Les vents sauvages

Du même auteur

Noyé vif, Calmann-Lévy, 2018
La Soif des bêtes, Calmann-Lévy, 2019

Johann
Guillaud-Bachet

Les vents sauvages

CALMANN LEVY

Couverture
Maquette : olo éditions
Illustration : © Aline Zalko

ISBN 978-2-7021-8067-9

Le connu, c'est l'habituel, et l'habituel
est ce qu'il y a de plus difficile
à « reconnaître », c'est-à-dire
à considérer en tant que problème,
donc en tant qu'étranger, que lointain,
que situé « hors de nous »…

NIETZSCHE, *Le Gai Savoir*, § 355

I

1

Dans le brouillard de la nuit, les flocons rebondissent comme des perles de lumière contre le pare-brise de la voiture qui slalome, cahotante, entre les nids-de-poule et les congères amassées en bordure de route. Étienne a les mains crispées sur le volant. Régulièrement, ses paupières lourdes s'écrasent sur ses yeux qu'il rouvre brusquement pour dissiper le voile de fatigue qui lui brouille la vue. Manon dort à l'arrière. Comme il n'a pas voulu qu'elle se détache et s'allonge, à chaque secousse, sa tête bringuebale de gauche et de droite.

— Doucement papa, murmure-t-elle parfois.

S'il ralentit, il ne pourra pas redémarrer. Pas avec cette épaisseur de neige, pas dans cette longue côte. Alors il maintient la troisième.

Le village n'est plus très loin désormais. Étienne sent la présence des trois géants blancs, endormis derrière le mur de brume. Des milliards de tonnes de roche glacée recouvertes d'une grande toison blanche que crèvent, au sommet, les crêtes et les éperons de granit qui ornementent les Trois Pics. Parfois, lorsque la route se replie et que les remparts de neige le protègent des violentes bourrasques, il parvient à discerner les prés et les forêts fantomatiques.

Il aurait aimé arriver de jour. Ils ont perdu trop de temps lors de leur dernière halte : il a fallu trouver de l'essence.

Le réservoir est encore aux trois quarts plein. Mais la petite Panda consomme en luttant contre la pente et le vent mauvais.

La voiture tressaute sur un bourrelet de neige, ralentit dangereusement. Alors qu'il accélère pour reprendre son élan, il aperçoit quelque chose à sa gauche : un corps, un visage peut-être, une forme colorée qui le fait sursauter et braquer le volant.

— Putain, c'était quoi, ça ?

La voiture dérape, s'approche du fossé. Surtout ne pas freiner ! Il appuie doucement sur l'accélérateur jusqu'à ce que les pneus mordent de nouveau. Manon ouvre un œil, marmonne quelques mots d'une voix enrouée. Malgré sa veste et son duvet, elle a pris froid. Les nuits sont glaciales.

— C'était quoi ce truc ?

Dans le rétroviseur, la lueur rougeâtre des phares vacille sur les rebords enneigés de la route. Était-ce un homme avachi dans la neige ? Il a cru voir des fringues de couleur vive. Merde ! Il ouvre et referme les paupières, se donne une paire de claques sèches.

— Je délire bordel, je délire complètement !

Mais l'impression subsiste en filigrane. Il ne peut ni s'arrêter ni faire demi-tour, au risque de ne jamais repartir. Alors quoi ? Un cadavre en pleine taïga ? Il s'ébroue et guette le village tapi dans l'obscurité. Dans toutes les villes et bourgades traversées, les lampadaires étaient éteints : des mâts vains, dépouillés de leur soleil.

La route s'aplanit et, après avoir franchi quelques virages serrés, les premières maisons se découpent dans l'air blanc. Des murs noirs, austères, fouettés par les vents neigeux. Les flocons s'agrippent aux pierres taillées mouchetées de givre.

Étienne remonte la rue principale, puis tourne à droite. Il gravit une courte côte jusqu'à un amas de vieilles maisons recroquevillées, en surplomb de l'église.

D'anciennes fermes, restaurées bien avant l'effondrement. Des murs solides, des toits en bac acier ou en tuiles écailles, percés de fenêtres et de Velux au vitrage épais pour contenir les assauts du froid. Dans la tourmente, les habitations ne dévoilent rien du monde chaud et paisible qu'elles abritent peut-être. Il sort. Secouées par le vent, les ombres galopent dans le rayon pâle des phares. Ses pieds s'enfoncent dans la neige. Seuls le grincement des charpentes et le tintement irrégulier des volets percent le chuintement des rafales.

Un halo, derrière la porte.

— Papa ?

— Oui, ma chérie ?

— On est où ?

— On est arrivés.

— Ça va, papa ?

Manon perçoit-elle l'intense lassitude de son père ? Il est à bout de forces, tremble de nervosité contenue. Ses yeux larmoient d'épuisement. Il n'a pas le souvenir d'avoir déjà vécu un tel calvaire.

La porte de la maison s'entrouvre. Une lampe à huile à la main, Mathieu apparaît.

— Étienne, enfin ! Merde alors, ça a dû être l'horreur avec ce temps !

Les deux hommes se serrent brièvement dans les bras. Mathieu est plus épais. Plus grand aussi, même si ça ne se voit plus tellement. Étienne reste sous le choc : son ami, voûté, lui évoque une bête matée.

— Tu as un regard… J'ai vieilli à ce point ?

Étienne se force à rire. Un chevrotement sec. Neuf années passées qui comptent comme vingt. Partout, le temps s'est accéléré : des soleils trop forts ont crevé le ciel, les vents incessants ont décapé les corps et les eaux mauvaises tordu les ventres. La peau s'est craquelée, les cheveux ont blanchi. Tous s'usent plus vite désormais.

Il fait descendre Manon de la voiture. La gamine reste en retrait, farouche. Elle goûte aux flocons épais.

— Le voyage n'a pas été tout rose, dit simplement Étienne.

Mathieu hoche la tête. De longs serpents de brouillard s'extirpent de leurs bouches, tant le froid est vif.

— Il fait combien ?

— Moins neuf. Rentrez vite, je vous ai préparé une chambre près du poêle.

La lampe de Mathieu les guide. Dans le vestibule, des plaques de polystyrène grossièrement jointées tapissent le mur qui donne sur l'extérieur. Se retournant pour fermer, Mathieu frôle Manon. La gosse fait un bond de côté, se réfugie contre son père. Un chaton terrifié.

— T'inquiète pas, Manon, je referme pour le froid…

L'une des plaques pivote sur des gonds en bois et laisse entrevoir un fenestron. Mathieu la referme, le bois craque. Manon se pelotonne un peu plus contre son père.

— On colmate tout, explique-t-il.

— Vous ne chauffez pas ? demande Étienne.

— Si, mais au minimum, on n'a pas beaucoup de bois…

Un instant, cette explication paraît absurde à Étienne : dans ce village encerclé de forêts, comment peut-on manquer de bois ? Puis il se souvient que la famille de Mathieu a perdu ses terres après la guerre, ses forêts, ses alpages.

— On verra plus tard, mais tu pourras venir te servir chez moi.

Il dit ça, l'air de rien, ne veut pas mettre son ami mal à l'aise. Les grands-parents d'Étienne n'ont jamais rien vendu. Ils y tenaient à leurs hectares, veillaient sur leurs forêts, les arpentaient de long en large, ne prélevant jamais plus de stères qu'il n'en fallait pour affronter l'hiver. Ou se contentant de tailler quelques chênes pour la menuiserie… Des kilomètres de forêts à exploiter comme bon lui semble.

Mathieu se racle la gorge, sort une bouteille de gnole et sert sans questionner. Puis il se roule un joint. L'herbe sent fort. Étienne s'aperçoit à ce moment-là que son ami a déjà les yeux rouges.

— Tu t'es remis à fumer ?

Il a du mal à le croire. Mathieu a tant bataillé pour s'en passer, quinze ans plus tôt.

— De temps en temps…

— Tu as quelque chose pour la petite ? Du lait ? Ou une tisane ?

— Bien sûr !

Mathieu se relève trop vite, heurte la table, puis pose une lourde théière sur le poêle en fonte.

— On fait presque toute la cuisine là-dessus. Heureusement qu'on l'a gardé ! Il n'est pas très performant niveau chauffage mais on peut poser quatre casseroles dessus…

Étienne approuve. Dans sa future cuisine, il y a l'imposante cuisinière en fonte de ses parents. Le genre d'engin qui se négocie une fortune actuellement. Et il y a l'ancienne à la cave, celle des grands-parents. Il pourra en faire cadeau à Mathieu.

— Caro dort ?

— Oui, Cyrielle et Tom aussi. Désolé, mais on ne savait pas quand vous arriveriez…

— Bien sûr !

— Ils vont être trop contents de vous voir demain.

Il le dit d'une voix débordante d'espoir. Étienne regarde son ami. Vieilli, rongé de froid et de fatigue. Étienne va bientôt connaître ça : il va devoir retaper la vieille bâtisse, réparer, creuser, tailler et débarder.

Ils causent encore un peu. Mathieu lui tend son joint. Manon tousse, Étienne refuse poliment. Il lui demande s'il a des nouvelles de sa famille. Mathieu répond que oui.

— Heureusement qu'il reste le téléphone de la mairie, ça permet d'appeler de temps en temps. Sauf si les lignes sont coupées par la neige ou le vent. Ça arrive tout le temps avec les tempêtes. L'année dernière, on est restés un mois sans un appel ! Il fallait descendre…

Les villages voisins, engoncés dans les vallons, restent protégés des vents violents.

— Qui répare ?

— Les services de dépannage ne montent plus, alors on se débrouille… Mais un mois sans nouvelles, c'est dur !

Une fois encore, Étienne perçoit l'abattement de son ami : les contraintes de la vie à laquelle il se prépare sont lourdes, éprouvantes. Pourtant, pas de rationnement imposé ici, pas de chauffage un jour sur deux, de coupures d'eau, d'épidémies, de barrages, de pillages ou d'émeutes. Seuls le silence et la solitude. Enfin, sa fille est à l'abri ! Étienne vide son verre d'une traite, se brûle le gosier. Mathieu a de l'avance, il titube presque. Manon a fini sa tisane. Elle dort sur la table, son bras en coussin.

— Bon, on va se coucher ?

— Porte-la, je vais vous montrer vos lits.

Toujours avec sa lampe, Mathieu les guide jusqu'à un cellier au sol tapissé de matelas et de couvertures. Une pièce étroite à l'odeur de bois et de peinture fraîche.

— C'est mieux que la chambre du fond : vous êtes juste à côté du poêle.

Étienne le remercie. Il entend les bûches crépiter derrière le placo, sent la chaleur s'insinuer jusqu'à lui. Enfin, des couvertures, un lit douillet. Il en pleurerait presque : tant de jours qu'il rêve d'étendre sa fille ailleurs que sur les sièges arrière de sa bagnole ! Les images de ses nuits de misère défilent, fragmentées, devant ses yeux mi-clos. Ils étaient réveillés par le moindre murmure, le moindre grincement, les membres meurtris par les courbatures, engoncés dans des fringues sales et des chaussures pesantes.

Il étend Manon tendrement, la borde. Il voudrait s'allonger à son tour, mais il faut encore sortir les affaires du coffre pour éviter qu'elles ne gèlent.

Mathieu l'aide. En une poignée de voyages, ils ont tout déchargé dans le vestibule. Au moment où Mathieu ferme à clef, Étienne aperçoit les énormes verrous ajoutés à la porte et la barre de fer emboîtée dans les crochets vissés de chaque côté du chambranle.

— Les choses ont changé, se justifie Mathieu.

— Des cambriolages ?

— On est tous prudents. On sait jamais ce qui rôde dehors la nuit…

Il le dit d'une voix timide, presque apeurée, puis il attrape gauchement le bras d'Étienne.

— Je voulais te redire… je suis désolé de ne pas avoir été là… avec ce qui est arrivé à Marie.

Étienne le savait bien. Il le rassure d'un sourire triste.

— Je vais me coucher. Bonne nuit, mon ami.

— Bonne nuit, Étienne !

Les deux hommes se séparent. Étienne gagne le cellier. Il s'allonge, effleure le visage de Manon, gercé par la rudesse du voyage : sa peau sèche est criblée d'infimes fissures. Que lui a-t-il fait subir ?

Mathieu tournicote encore. Le parquet grince, un brandon grésille, puis le silence tombe. Dormir. Pourtant le corps d'Étienne s'impatiente, lutte contre l'alanguissement facile. Ses yeux s'entrouvrent nerveusement : des kilomètres de route et de flocons fouettés par les essuie-glaces défilent derrière ses paupières. Il a le crâne envahi par la neige et la lueur des phares.

Il se remémore Marie dans leur lit, fuyant les ténèbres dans l'entrebâillement des volets qu'elle ne fermait jamais. Elle qui ne supportait pas le noir… Il pense à sa peau fragile, à sa poitrine ronde qui se soulevait doucement, à ses sourires fugaces… Du bout du pied, il repousse la porte de la pièce étroite. Dans la voiture, le mince habitacle de tôle et de vitres ne le préservait pas du froid, des bruits du dehors, de la lumière des phares ou du ciel. Même dans l'appartement, il y avait toujours le ronronnement de la ville. À toute heure, une porte claquait, une mobylette pétaradait ou une lointaine sirène hurlait. Mais ici… c'est la première fois depuis longtemps qu'il se confronte au silence !

Marie le hante. Un immense appel d'air dans son esprit, un précipice. Il se serre contre Manon pour écouter sa respiration profonde.

2

Il se réveille en sursaut le lendemain matin. 10 heures passées. Il n'a pas dormi ainsi depuis des mois. Manon est encore assoupie. C'est la première nuit qu'elle dort d'une traite, sans réveil affolé. Étienne s'étire longuement. Son corps miaule, ses articulations grincent. Il goûte le jour nouveau et la chaleur douce du poêle qui irradie à travers la cloison.

Il sort discrètement du cellier. Dans les toilettes, quelques feuilles de papier traînent sur le recoin d'une étagère mais c'est dans un grand bac à linge qu'il faut puiser, parmi un foutoir multicolore de langes.

Il descend l'escalier, entend des voix dans la cuisine : Caro et Tom.

— Salut !

— Oh ! Salut, Étienne !

Caro se précipite. Ils s'enlacent longuement, heureux de se retrouver. Puis Étienne attrape Tom et le soulève jusqu'au plafond : il est tellement ravi de le voir, le gamin ! Le jeune garçon fait une drôle de tête. Il n'a aucun souvenir de ce grand type barbu aux yeux noirs qui le bringuebale entre les solives.

— Comme t'as grandi, c'est fou ! T'avais deux ans la dernière fois que je t'ai vu. Tu pèses combien maintenant ? Deux cents, trois cents kilos ?

Tom se déride un peu, il pèse une plume. Ses bras malingres se perdent sous son pull trop large. Caro sourit tristement.

— Manon va être ravie de te rencontrer, assure-t-il à Tom, je lui parle tout le temps de toi. Je suis sûr que vous allez bien vous entendre.

Le garçon sourit franchement.

— C'est vrai ? Je peux aller la voir ?

— Elle dort encore. Je préfère que tu attendes un peu, je sais qu'il est tard, mais elle a vraiment fait un long voyage…

Sa voix s'éraille. Les galères du trajet lui serrent la gorge : les négociations incessantes aux péages et aux stations-service, les routes coupées, les trois types qui ont essayé de lui tirer sa caisse sur une aire d'autoroute. Il lui a fallu jouer des poings. Ça n'a pas duré longtemps, mais Manon a assisté à tout. Le souvenir est amer. Étienne se sent noircir, ses mains se resserrent. Tom s'agite. Étienne s'excuse et le repose doucement, retrouvant son sourire tranquille.

— Tu vas pouvoir la voir autant que tu voudras, maintenant. T'as d'autres copains dans le village ?

— Oui, mais pas beaucoup de mon âge. On est trois. Louise et Sylvain habitent loin, on ne se voit pas trop en dehors de l'école.

— Eh bien, tu vas avoir une copine chez toi.

— Trop bien ! Et j'lui prêterai mes jeux, j'lui en donnerai même !

— Ça, c'est gentil, Tom, surtout qu'elle n'a pas pu emmener grand-chose. Et toi alors, à quoi aimes-tu jouer ?

— Ben, j'aime bien les Lego… et aussi faire des cabanes dans les bois, ou même au grenier, enfin pas en ce moment parce qu'il fait trop froid.

— Cool ! Manon, elle adore les Lego, je suis sûr que, tous les deux, vous allez bâtir des châteaux grandioses, comme celui d'Harry Potter. Et les cabanes, je te dis même pas ! Tu joues aux chevaliers ou aux sorciers, parfois, avec tes copains ?

Peu à peu, Tom raconte les potes et les copines, ses affaires de mioche, ses rêveries du moment. Caro écoute, mine de rien. Étienne a toujours su s'y prendre pour faire pépier les autres, les grands comme les petits. Ça fait soudain deux boules de chaleur de plus dans la maison, qui remuent l'air figé.

Puis Cyrielle et Mathieu reviennent du froid, ils ont versé les restes aux poules et aux lapins. Ils plongent leurs mains boueuses dans une bassine d'eau tiède.

Cyrielle se souvient bien d'Étienne, lui reste bouche bée en redécouvrant sa filleule qui lui saute au cou : elle a quatorze ans, en paraît trois de plus ! Il sent sa poitrine contre son torse, malgré l'épaisseur des pulls, ses hanches fines, sa peau soyeuse.

— Eh bien, c'est fou, t'as pas changé, toi !

Elle le regarde, interloquée.

— Mon vieux parrain préféré…

— Non, sérieusement, t'as pas rapetissé ? En tout cas, t'es toujours aussi moche.

Elle éclate de rire. Même Mathieu s'y met. Le souvenir des innombrables journées passées ensemble plane : ils étaient si proches, avant ces neuf années…

— Café ?

— Avec plaisir, mais attends !

Il va dans le hall et sort d'un sac un paquet de bon café. Caro bourre l'étamine de poudre noire, récupère chaque grain qui s'égare, visse le réceptacle, pose l'antique moka sur le poêle. L'arôme âpre s'échappe bientôt de la cafetière et emplit la pièce. L'odeur nostalgique des matins ordinaires.

Étienne ne peut s'empêcher de jeter des coups d'œil étonnés à Cyrielle. Il se sent con, le parrain, vieux aussi : il a quitté sa filleule enfant, il retrouve presque une jeune femme. Caro le regarde d'un air compatissant. Il ne s'y était pas préparé, à cette métamorphose, il aurait préféré assister en douceur à la transition des corps.

— Les bêtes vont bien ?

Mathieu rassure Caro, aucune n'a disparu. Ils redoutent le renard et la fouine, ou simplement le froid.

— On va finir par les coucher avec nous, tu seras plus tranquille !

Tom est d'accord.

— J'prends les lapins !

Il les veut dans son lit la nuit, comme bouillottes. Cyrielle fait la moue. Dormir avec les poules, très peu pour elle…

— En une semaine, ce ne sera plus un lit mais une litière !

— La crotte, ça tient chaud…

Caro se tourne en souriant vers Étienne. Elle dit en plaisantant :

— Tu vois à quoi on en est réduits ?

Ils rient lorsqu'une violente bourrasque vient frapper les fenêtres. Les volets claquent, les sourires se figent.

— Faut que je contrôle les attaches, dit sèchement Mathieu.

Puis ils finissent leur café, brûlant, pour mieux sentir chaque gorgée. Les babines des enfants blanchissent, leurs mains fines trempent des tartines au miel et à la confiture de myrtilles cueillies cet été dans leur bol de lait frais.

— Il y a beaucoup de tempêtes ici aussi ?

Étienne espérait que les montagnes les protégeraient.

— Pas autant que sur le littoral ou dans les grandes régions de plaine, mais c'est dur, imprévisible. Surtout l'hiver, avec le froid et la neige.

— Tom, tu pourras aller porter des œufs à la voisine ?

Mathieu fronce les sourcils.

— Encore ?

— On ne lui en a donné que sept. On avait dit dix contre le foin…

Caro missionne Cyrielle : il y a des vêtements à recoudre et la vaisselle à faire. Manon l'aidera.

3

— Alors, tu m'accompagnes ?

Étienne est impatient. Il a tant à faire !

— Quand ?

— Maintenant !

— T'as pas peur que Manon s'inquiète ?

— Non, ça ira. Je veux vraiment voir la maison.

Mathieu sonde le fond de sa tasse. C'est Caro qui se lance.

— Tu sais, on a un peu réfléchi avec Mathieu, on se disait… vous pourriez venir vivre ici, avec nous. On pourrait réhabiliter la dernière partie de l'étage…

Mathieu enchaîne :

— On peut facilement aménager deux chambres de plus dans le grenier. On ajoute un poêle, un tubage. On peut chauffer toute la maison sans mal, le toit est bien isolé par rapport aux murs, quarante centimètres de laine de verre, plus du liège à l'intérieur.

Puis il embraye sur les poules, les lapins, les ruches qui nourriront tout ce beau monde.

— J'ai même un plan pour récupérer des chevreaux, on pourra faire notre propre fromage !

Cyrielle et Tom écoutent sans broncher. Ils n'ont pas l'air surpris, l'idée n'est pas nouvelle. Étienne passe sa main la plus fraîche sur son visage.

— Écoutez, c'est très généreux… faut voir, mais je débarque à peine. Pour le moment, j'ai surtout envie d'aller voir ma maison. Je n'y ai pas remis les pieds depuis des années !

— Bien sûr !

Mathieu s'affaisse, voûté de nouveau. Caro passe l'éponge, fébrile, bafouille qu'elle s'occupera de Manon à son réveil.

Ils chargent la voiture avec les affaires d'Étienne, quittent la ferme et redescendent la courte côte jusqu'à l'église. De là, ils rejoignent la route principale. Les roues patinent, se noient dans la poudreuse tombée dans la nuit. Le blizzard, déjà, forme des reliefs contre les murs : des vagues de givre figées.

Les gens pellettent devant leur entrée, des gestes amples et routiniers, pour dégager trottoirs et portions de route. Il leur faudra des heures pour tout nettoyer.

— Il n'y a plus de chasse-neige ? demande Étienne.

— Pas vraiment… La commune a bien un tracteur mais il faut rationner le carburant. Et les étraves s'usent vite.

Il tourne doucement le volant. Les roues cloutées crissent tandis que leurs crocs de fer percent le verglas. Levant le nez de sous leur capuche, plusieurs personnes scrutent la voiture inconnue. Quand ils croisent le regard d'Étienne, leurs yeux s'écarquillent ou s'aiguisent comme des lames. Certains saluent Mathieu, d'autres lorgnent l'amoncellement de valises et de sacs qui débordent du coffre et des sièges arrière.

— C'est le vent qui fout la merde. Avec les bourrasques, la neige forme des congères entre les maisons.

Ils prennent à gauche à la sortie du village. La route est bosselée, arrondie comme un ventre, mais les pneus adhèrent dans les ornières de neige fraîche. Ils continuent pendant deux kilomètres et atteignent, après un virage en épingle à cheveux, un vallon cerné par les falaises. Le ciel grisâtre ternit les longs champs de coton blanc puis rapetisse tandis qu'ils approchent des hautes murailles de roche. Derrière une haie de buis malades, quelques maisons accolées. Un panache de fumée ondule au-dessus de la cheminée de l'une d'elles, juste à côté de la ferme familiale d'Étienne.

Il se sent tout chose soudain, repense à son vieux père, droit, volubile, à sa mère souriante et sévère. Il se rappelle les longs étés ensoleillés, les virées sylvestres avec son grand-père, les chapardages dans les vergers voisins, les bastons de gosses et les descentes en luge à roulettes sur les flancs du hameau. Et l'abondance : prunes, mûres, fruits sauvages à foison, champignons ou doucette à cueillir au creux des murets. Il n'a jamais vécu ici à l'année, ses parents s'y sont installés après la mort de ses grands-parents, une fois à la retraite. Mais il y a passé des étés entiers. Certaines vacances d'hiver aussi, à chausser les skis et dévaler les pentes de la station voisine.

La maison qui fume est celle des Lesecq. Une famille honnie : des affaires de terres, de droits de passage, d'usufruit… Étienne aimait bien la fille Lesecq,

Seriane. Son visage lui revient alors que la Panda franchit en ronronnant le petit pont menant aux maisons. Une jolie rousse, lunatique, au caractère tranché. Ils avaient été proches, mais avaient fini par se perdre de vue…

La voiture s'engouffre dans le parking déneigé à l'arrière des maisons. Les portières claquent dans l'air froid.

— On y est…

Étienne ne bouge pas. Une légère bise égratigne les sommets, soulève des nuages de poussière blanche. Il contemple la vieille ferme : les murs de grosses pierres, le toit de tuiles en parfait état, les chevrons qui dépassent.

Mathieu traîne la patte, en retrait. Étienne le voit se tordre les mains. C'est ce qui lui met la puce à l'oreille. Alors il avance vite, fait voler la neige en traversant l'allée étroite qui longe sa bâtisse et celle des Lesecq jusqu'à l'entrée, de l'autre côté.

Là, il comprend : la vieille porte en chêne, solide, massive, construite par son grand-père, n'est plus là ! À la place, une plaque de contreplaqué vissée solidement dans le chambranle.

— Putain ! Mais qu'est-ce que ça veut dire… Mathieu ? Mathieu !

Il gueule. Sa voix se heurte à la bise. Des kilomètres de rêves s'ébranlent tout à coup, des années de préparation… Cette putain de porte qui manque !

— Je… je ne voulais pas te balancer ça comme ça, à peine arrivé…

Mathieu n'ose pas regarder son ami. Fixe le contreplaqué.

— Mais quoi ? Elle est où, la porte ?

— C'est… c'est pas seulement ta maison, c'est arrivé partout. Toutes les baraques vides. Les gens ne savaient pas qui reviendrait ou pas, alors ils se sont servis…

Étienne s'en contrefout que ce soit arrivé partout. Il vacille, s'assied sur les marches en pierre du perron.

— Les fumiers… Qu'est-ce qu'ils ont pris ?

— Je…

— Qu'est-ce qu'ils ont pris, bordel ! Dis-le-moi !

Mathieu détaille. Les larmes lui monteraient aux yeux s'il ne faisait pas si froid. La grande fenêtre de l'étage, la scie circulaire de table, la foreuse, des matelas, un peu de bouffe aussi.

— Et il y a autre chose…

Le meilleur pour la fin.

— Quoi ?

— La cuisinière de tes parents. Je suis désolé, Étienne.

Étienne n'écoute plus. Dans ses projections, la cuisinière jouait un rôle essentiel : il en rêvait toutes les nuits de cette grosse carcasse de fonte et de faïence, économique, puissante. Ses parents l'avaient achetée sur un coup de tête, un délire bourgeois, avait-il pensé à l'époque.

— Pourquoi ne m'as-tu rien dit ?

Mathieu est rouge de honte. Il se ratatine un peu plus dans sa grande parka grise.

— Combien de fois on s'est parlé au téléphone ? Pourquoi ne m'as-tu jamais rien dit !

— Je ne voulais pas que tu te prennes trop la tête…

— Me prendre la tête ? Tu débloques ? J'ai tout fait pour venir ici, tout abandonné là-bas, j'ai fait pioncer ma fille comme une clocharde pendant des nuits sur la banquette arrière ! Je lui ai juré que ce serait mieux, qu'on allait se construire une vie meilleure ici, je lui ai fait miroiter une baraque parfaite, pas un taudis à moitié pillé !

Mathieu s'agite : ce n'est pas à ce point, la baraque est en très bon état, il y a juste cette porte et une fenêtre à l'étage, et la cuisinière, oui, mais l'essentiel est sauf.

— Avec ta voisine, on a vite compris ce qui allait se passer. Alors on a récupéré tout ce qu'on pouvait et on l'a mis chez elle : l'ancienne cuisinière, le poêle, les conserves, les meubles, les matelas et les outils qui restaient, les chutes de bois, l'isolant… vraiment plein de choses, tout ce qu'on pouvait, on l'a protégé !

— Quelle voisine ? Seriane ?

— Oui.

Étienne ouvre la bouche, la referme, se calme un peu. L'amertume s'insinue, colonise chaque parcelle de l'âme meurtrie, du corps épuisé.

— Pourquoi ne m'as-tu rien dit…

Juste un murmure vide.

Avant que Mathieu ne puisse répondre, ils entendent des gonds grincer et le couinement de la neige compactée.

Seriane paraît sur le pas de sa porte. De longs cheveux roux bouclés, éclatants, s'échappent de sa capuche. Une crinière flamboyante qui égaye le hameau gris et blanc. Elle s'avance vers eux. Il reconnaît ses grands yeux clairs, son nez pointu, sa peau très blanche parsemée de taches de rousseur, en retrouve presque l'odeur.

— Bonjour, Étienne.

Il la salue en retour, gêné d'avoir crié.

4

La maison n'est pas aussi dépouillée qu'il l'a redouté. L'isolation intérieure, les équipements sanitaires, la tuyauterie et même le tubage du chauffage sont restés en place. Le reste des huisseries également, même le stock de tuiles au sous-sol. Bien sûr, Mathieu et Seriane ont dû batailler contre certains, peu scrupuleux, mais ils ne s'étendent pas sur la question.

Seriane les conduit jusqu'à sa cave. Entreposés sur des palettes, au-dessus du sol en terre battue, l'antique cuisinière de fonte des grands-parents, le lourd poêle Godin, une flopée d'outils, de matériaux précieux, de conserves et bocaux, des meubles, des matelas même. Tout un trésor sur lequel elle a veillé pour lui.

Abasourdi, Étienne se représente les ennuis auxquels ils ont dû s'exposer, les inimitiés qu'ils ont nourries afin de protéger ses biens. Et, dans la pénombre douce de la cave, devant la montagne d'affaires qui lui revient, il se met à sangloter. Des larmes accumulées depuis des années, depuis la naissance de son projet de retour, depuis la mort de Marie, aussi, lorsqu'il s'est retrouvé seul avec leur fille.

Seriane et Mathieu s'écartent : ils ne connaissent que trop bien ces moments d'abattement. Alors ils attendent, furètent distraitement dans le débarras, soulèvent une tenture qui protège un évier, un seau de lasure…

Une minute peut-être s'écoule, puis Étienne vient vers eux.

— Merci.

Il ne sait pas quoi dire. Ses paupières sont rouges, enflées, il n'a pas l'habitude.

Les deux autres lui sourient. Du tas d'affaires assemblées monte un léger arôme de lavande, de pin, de fonte et de literie poussiéreuse. L'odeur des grands-parents, des fantômes apaisants.

Ils retournent dans la maison d'Étienne, réfléchissent à la meilleure manière d'agencer les pièces, aux réparations urgentes, au choix des matériaux… La maison revient à la vie. Il faudra d'abord fabriquer une nouvelle porte, et obstruer efficacement le trou laissé par la fenêtre volée, à l'étage. Le bois et les fenêtres anciennes, conservés par Seriane, y suffiront certainement. Étienne doit aussi installer rapidement la cuisinière et le poêle, les raccorder au tubage existant.

Seriane se tient en retrait. L'enthousiasme de Mathieu prend toute la place, il s'extasie à la moindre idée d'aménagement.

— Mais tu peux rester chez nous autant que tu veux, le temps de faire les travaux, que tout soit prêt !

Étienne le remercie. L'essence est trop précieuse pour qu'il puisse se permettre des allers-retours quotidiens. Bien sûr, il pourrait venir à pied, mais avec la neige, ce serait une lourde perte de temps.

— Je vais m'installer rapidement. Vous garderez Manon, par contre, si ça vous va ? Je viendrai souvent, bien sûr, mais je préfère avancer…

— Comme tu veux. Je t'aiderai dès que je le pourrai. Et ne t'occupe pas de la bouffe, on va te fournir de quoi tenir.

Étienne étreint son ami, longuement, plus qu'à son arrivée la veille. Il sait que leurs réserves sont maigres. Mathieu, tout gauche, se redresse, retrouve un franc sourire.

*

Manon ne s'était rendue qu'une seule fois dans la maison de famille. Elle n'avait pas un an. Un séjour d'une courte semaine, quelques mois avant la mort de ses grands-parents paternels. En l'y emmenant à la fin de cette journée, Étienne se rappelle leur arrivée crépusculaire, neuf ans plus tôt. La chaleur était torride dans la plaine, Manon râlait dans son siège. Marie angoissait à chaque virage abrupt, pic effroyable ou falaise qui écrasait son horizon. C'était une fille de l'océan.

Toute la semaine, elle avait fait bonne figure. Mais dès qu'elle le pouvait, elle se nichait dans un coin avec Manon, sous un prunier ou dans le grenier… Il devait les traquer. Elle avait été on ne peut plus claire : hors de question pour elle de s'installer ici un jour !

La voiture s'engage sur le petit pont. Il jette un coup d'œil à sa fille, à l'arrière, et songe à ces morts prématurées qui l'ont privée de ses grands-parents puis de sa mère. Les parents d'Étienne l'avaient prévenu : les fins de vie qui s'éternisent, ce n'était pas pour eux. En revanche, pour Marie, il n'y avait eu aucun avertissement…

— On y est !

Seriane a entendu la voiture approcher, elle les attend sur le parking. Ils descendent. Étienne ouvre la porte arrière, celle de l'atelier.

Manon reste mutique en visitant la maison. Aucune émotion ne transparaît sur son visage muet. Elle se montre craintive devant Seriane, impressionnée par cette grande femme rousse qui la sonde de ses yeux limpides. Étienne lui montre sa future chambre, évoque un lit et un bureau imaginaires, la grande salle de jeu où elle pourra inviter ses amis… Autant de mots creux pour Manon.

Lorsque Étienne lui annonce son intention de dormir sur place, de la laisser seule chez Caro et Mathieu, le temps qu'il rende la maison confortable, Manon sort en courant. Il la retrouve dehors : ses mains tremblent malgré les gants de laine.

— Qu'est-ce qui ne va pas, Manon, dis-moi ?

Il veut l'enlacer, elle se dérobe.

Il insiste, la retient. Elle se blottit finalement contre lui et ils restent silencieux sous les rayons fauves de la fin du jour pendant qu'une poignée de nuages rageurs roulent le long du versant nord des falaises. Dans quelques heures, une nouvelle tempête déferlera. De grandes zébrures métalliques disséqueront le ciel.

— Je suis désolé. On vient à peine d'arriver et je parle déjà de te laisser… J'ai été stupide. En plus, il fait beaucoup trop froid pour dormir ici, je dois d'abord réparer la fenêtre et le poêle. Tu m'attends ? Je vais dire au revoir à Seriane.

5

De retour chez leurs amis, Manon et Étienne se lavent enfin à l'eau claire : de la neige fondue, chauffée au poêle et versée dans une baignoire. La tempête annoncée est bien arrivée : secouée par les bourrasques, la maison grince. Dans l'espoir de dérider sa fille, Étienne commence à faire l'idiot, il prend la pose, braille des chansons moyenâgeuses. Elle concède un premier sourire, les autres suivent sans trop de mal. Le bain se termine en éclaboussures, éclats de rire et beuglements déchaînés, ça leur ôte un peu d'angoisse.

Cyrielle a pris Manon de haut au début, considérant qu'elles n'ont pas les mêmes préoccupations. Mais, avant le repas, elles discutent musique et il s'avère rapidement que Manon en connaît plus long que Cyrielle. Et puis, Manon joue de la guitare, et drôlement bien. Avec Cyrielle qui tape comme une dératée sur une batterie de fortune, elles comprennent vite qu'elles peuvent s'entendre. Tom n'est pas en reste. Entre les farfouillages dans la grande maison, les expéditions au grand air, les combats de pirates et les Lego : il trouve déjà du répondant chez Manon.

De jeunes complicités naissent sous les yeux des parents attendris. L'après-midi passe, les enfants jouent et s'apprivoisent. Étienne, Mathieu et Caro échangent des impressions de jeunesse, causent politique, de la situation du pays, de l'effondrement, des projets d'Étienne.

— Tu n'aurais pas pu attendre le printemps pour venir ?

— Les autorisations de déplacement sont valables un mois seulement. J'ai tellement bataillé pour en obtenir une, il aurait fallu tout refaire…

Le soir, l'ambiance est presque festive. Caro a préparé des crêpes, il y a du fromage de pays, des champignons, des pâtissons au vinaigre. Tom mange de tout. Étienne avait gardé le souvenir d'un mioche chiant pour la bouffe, mais la pénurie est passée par là.

— Tu étais dans une grande école, Manon ? Vous étiez combien dans votre classe ?

— Assez grande, il y avait douze classes. On était vingt-huit dans la mienne.

— Waouh, nous, on est vingt-six en tout, dans tout le primaire ! Et t'avais beaucoup d'amis ?

— Oui, quand même.

— Comment ils s'appelaient ? C'étaient que des filles ou tu étais amie avec des garçons ? Moi, j'aime bien les filles aussi…

Tom est curieux, interroge sans cesse Manon sur sa vie en ville. Elle répond de bon cœur au début, puis plus évasivement. Il ne perçoit pas le léger tressaillement dans sa voix.

Au moment du coucher, Manon rechigne à ce qu'Étienne la laisse. Ce n'est pas dans ses habitudes pourtant de chercher à le retenir auprès d'elle.

— Qu'est-ce qui se passe, Manon ? C'est la maison ? Ça te fait peur de t'installer là-bas ?

Il tâtonne. Elle se cramponne à lui en silence, ses yeux apeurés rivés aux siens.

— Tu ne veux pas dormir sans moi ? Ne t'inquiète pas, je rentrerai tous les jours, aussi longtemps que tu le voudras. Allez, Manon, il faut dormir…

Il entend les bruits lointains dans la cuisine, le grincement de l'escalier.

Manon éclate en sanglots. Ses amies, sa chambre, sa mère surtout lui manquent tant ! Elle éprouve une terrifiante solitude ici, perdue dans ce monde austère qui n'a jamais été le sien, peuplé de fantômes et de rêves qui ne lui appartiennent pas. Elle comprend seulement maintenant que les dernières reliques qui la reliaient à sa mère – l'appartement et ses objets familiers – sont perdues à jamais.

Et puis, ces nuits glaciales à dormir en bord de route, cette peur sourde que trahissaient les gestes brusques de son père après l'assaut des trois hommes : tout cela pour quoi ? Pour une vieille bastide moyenâgeuse campée au pied des montagnes ? Manon ne saisit pas, elle se disloque : un fragment d'elle est resté là-bas, tout au bout de la longue route. Un fragment qui contemple les lueurs de l'appartement, guette l'ombre de sa mère, attend en vain sa venue nocturne : l'heure des caresses dans ses cheveux fins.

Enfin, elle cesse de pleurer et s'endort, épuisée. Étienne la borde. Il pose sa main sur son front tiède. Il pense à Marie, lui aussi.

Lorsqu'il redescend, l'insouciance s'est dissipée : les crêpes tièdes s'empilent sur une assiette froide, les chaises des enfants ont été remisées. La bouteille de gnole et les joints trônent au centre de la table. Mathieu sert la première tournée et roule son herbe avec un peu de tabac.

Étienne se sent las. Son pote se raccroche à sa came comme à un petit bout de ciel clair.

— Comment s'organise la vie dans le village ?

— Tout le monde essaie d'y mettre du sien. Il y a une vraie entraide, pour le bois, l'affouage, les récoltes, le déneigement… La plupart jouent le jeu. Après, il y a toujours des embrouilles, de vieilles histoires de familles.

— J'imagine…

En la matière, Mathieu était servi. Sa famille jouissait d'une réputation exécrable : pendant la guerre, sa bisaïeule avait dénoncé des voisins, une affaire de fille malmenée. Ce n'était pas clair, d'autant que les voisins en question faisaient principalement dans la contrebande. Mais ils connaissaient des résistants. À la fin de la guerre, on ne creusa pas trop et ils passèrent pour des martyrs. À l'inverse, l'arrière-grand-mère de Mathieu fut traitée comme une collabo.

— Tu as du boulot ?

— Ça pourrait être mieux… À la caserne, les heures ont été réduites à peau de chagrin et toutes les primes supprimées.

— Il y a moins d'appels ?

— Non. Mais il y a moins de pompiers, moins de camions aussi… On met trois fois plus de temps pour arriver sur place. Quand on arrive… Mais je fais des à-côtés, je rends des services.

— Tu n'as pas pu négocier des prairies ou des forêts en fermage ?

Mathieu s'étouffe. Il passe le joint à Caro.

— Tu plaisantes ? Plus personne ne vend, encore moins à moi. Quant à louer… si tu voyais les prix ! Les mecs, ils gardent leurs terres et font bosser les autres, ça leur rapporte bien plus. On en revient au féodalisme, soit tu es propriétaire terrien et tu exploites les autres, soit tu trimes dix heures par jour pour une paie de misère.

Il avait emménagé avec Caro quinze ans plus tôt, lorsqu'il avait obtenu sa mutation à la caserne la plus proche, vingt kilomètres plus bas.

Caro intervient.

— Les gens se soutiennent tout de même. Regarde pour le collège : on s'épaule avec les autres parents. C'est souvent Mathieu qui descend les gosses quand il bosse, mais on reçoit de l'essence en retour, ou d'autres choses.

— Vous descendez Cyrielle tous les jours ?

— Non. Le collège, c'est deux fois par semaine seulement.

— Et toi ? Toujours instit ?

Elle exerçait depuis quelques années au sein de l'école du village. Au départ, elle était remplaçante dans le secteur mais son poste avait été un des premiers à sauter. Sa paie aussi.

— Oui. Je reçois une petite rémunération et la mairie complète en bois, farine, laitages…

— Vous vous en sortez ?

Ils échangent un bref regard.

— Ça va. S'il nous manque quelque chose, on peut toujours compter sur un voisin… Et puis, les ressources des terres communales sont partagées, comme pour l'affouage. Il y a toujours un peu plus pour ceux qui ont besoin.

Mathieu hoche la tête, dubitatif.

— C'est vrai, c'est le paradoxe : parfois tu as l'impression d'être revenu au Moyen Âge, et d'autres fois tu te crois dans une communauté amish. Enfin, faut être du pays quand même, si un gars déboulait sans prévenir…

D'un coup, le souvenir des fringues dans la neige revient à l'esprit d'Étienne.

— Oh, putain ! J'ai oublié ! Hier, peut-être dix kilomètres avant le village, j'ai cru voir des vêtements dans la neige, sur le bas-côté, genre survêtement… J'ai sûrement déliré, avec la fatigue… mais c'était vraiment bizarre ! Je me suis dit qu'il fallait que je vous prévienne en arrivant, des fois qu'un type ait disparu…

Il se trouve mal tout à coup, se dit qu'il a peut-être condamné quelqu'un.

— Merde, et si c'était un type, encore en vie, en hypothermie !

Ou pas. Ou rien, un fantôme.

Caro et Mathieu échangent des regards furtifs.

— C'est peut-être bien un type que t'as vu, ce ne serait pas la première fois, se lance Caro.

— Comment ça ?

— C'est déjà arrivé, qu'on trouve des cadavres à la fonte des neiges.

— Des mecs du coin ? Qui se sont perdus ?

— Non, toujours des inconnus. Rarement identifiables de toute manière…

Mathieu croit bon d'ajouter :

— Après quelques semaines dans la neige, avec les bestioles qui rôdent, on ne risquait pas de les reconnaître.

Étienne se sent de plus en plus mal, il n'a même pas ralenti.

— J'étais tellement fatigué… je n'aurais pas pu repartir, avec la neige qui tombait. Et le verglas, bon Dieu !

Puis il secoue la tête, n'y croit pas.

— C'est insensé ! Un mec à pied se serait arrêté dans le village, il n'aurait pas continué de nuit par ce temps-là…

Caro hésite, se ponce les doigts à force de frotter les bulles d'air coincées sous la nappe. Mathieu inonde les verres de gnole, boit le sien d'une traite, se ressert aussitôt. Il picole vraiment trop, pense Étienne.

— C'était sûrement un mirage, ou juste des fringues, t'as cru voir quelqu'un mais c'était des fringues.

— Te fous pas de moi, lapin, c'est quoi l'embrouille ?

Ça faisait longtemps qu'ils n'avaient pas pointé le bout de leur nez, les petits surnoms de jeunesse. Mathieu ne sourit pas, cependant : l'histoire ne va pas être du genre Père Castor et compagnie.

— Tout a commencé il y a cinq ans. On a découvert, par hasard, les restes d'un corps, puis d'un deuxième. Depuis, chaque année, c'est la même chose : des os, des fringues, parfois des parties de corps… Le plus étrange, c'est que les bestioles n'en veulent pas, elles n'y touchent pas.

— D'où viennent-ils ?

— On ne sait pas vraiment. Du col des Trois Pics certainement. Ils passent la frontière, se perdent dans les pierriers…

— Mais ils verraient forcément le village !

— Il n'y a plus de lampadaires, plus de lumière dans les maisons. Pour peu que ce soit un jour sans lune…

Caro s'en mêle.

— Et on ne risque pas de tomber sur eux dans la montagne.

— Qu'est-ce que tu veux dire ?

Mathieu manque renverser son verre en se resservant. Il baisse la voix, les yeux aussi.

— Tu vas vite t'en rendre compte, autant qu'on t'annonce la couleur : plus personne ne traîne dans la montagne. Fini les parties de chasse, les virées aux champignons, la cueillette du genépi. Les gens ont peur…

— Les hommes ont peur, précise Caro.

— Pourquoi les hommes ?

— Parce qu'on n'a retrouvé que des cadavres d'hommes.

Ils se taisent, Étienne frissonne. La chaleur vive du poêle se perd en chemin.

— C'est quoi, ce bordel… Jamais un survivant n'a atteint les maisons ?

— Si, une fois, un Italien.

— Et alors ?

— Il a toqué chez Aristide, l'ancien garde forestier. Tu le connais bien. C'est sa baraque qui est la plus proche des Trois Pics… C'était au mois de mars. Les torrents de flotte, cette nuit-là, ça valait quelque chose !

Tous les toits et les arbres déchargeaient : un boucan d'enfer. Mais il a quand même entendu un truc bizarre. Alors il est descendu et a ouvert la porte.

— Et ?

— Il y avait un type. Mais pas entier…

— Quoi ?

— Il avait des plaies sur tout le corps, comme des plaques d'eczéma. Rouge vif. Il a tenu quelques heures, il délirait. Avec de telles engelures, il aurait fallu l'amputer des pieds et des mains. Des escarres sur la peau, le visage balafré, une horreur… Surtout, il était tétanisé. Complètement terrifié, selon Aristide, et incapable de parler.

— Il n'a pas pu dire d'où il venait ? Qui lui avait fait ça ?

— Non, il n'a pas pu. Il baragouinait en italien. Aristide a prévenu les secours, mais Willy, notre cher maire, est arrivé en premier, avec son pote Gus… Tu ne te souviens peut-être pas de lui, Willy Vaugrin, conseiller départemental, secrétaire de la fédération de chasse… Un beau salopard. Avec ses questions de merde, il l'a achevé avant même qu'on arrive sur place.

Mathieu ricane, il regarde le plafond, forme des ronds de fumée.

— Ils surgissent de nulle part, comme par enchantement ! C'est de la sorcellerie, mon ami. Car tu ne le sais pas encore, Étienne, mais ce sont des terres ensorcelées…

Caro le dévisage avec colère.

— Arrête, Mathieu, ce n'est vraiment pas drôle !

— Quoi donc ?

— Tu sais très bien de quoi je parle.

— Oh… c'est la sorcellerie qui te fait peur ? Vite, une gousse d'ail !

Le silence qui suit est glaçant. Mathieu se passe une main dans les cheveux.

— Je suis désolé. J'ai la beuh mauvaise, ce soir. Je vais me coucher.

Caro se lève elle aussi, rageuse. Elle commence à débarrasser la table.

— Excuse-nous, Étienne, on n'a pas envie de t'embrouiller avec tout ça. Il se passe plein de choses très chouettes dans le village, il y a de l'entraide, un bon esprit…

— Les cadenas que vous avez ajoutés à la porte, c'est à cause de ça ?

— Les gars ne te le diront pas, mais… Ces corps, chaque printemps, ça finit par rendre fou !

Caro frotte frénétiquement une assiette déjà propre. La mousse engloutit ses mains. Étienne lui saisit doucement le bras.

— Laisse.

— Je suis désolée, Étienne, c'est… je me sens tellement fatiguée parfois.

Sa voix s'éraille. Caro sèche ses joues au torchon. Étienne la serre contre lui, tandis que son rêve de retour à la terre se dissout lentement dans les plis d'un torchon de cuisine.

— Va te coucher, Caro, je vais finir.

Il se retrouve seul. Il rallume un mégot frais. À travers les volets clos de la fenêtre, il distingue quelques lames de ciel froid, la terre blanchie. Et quelques kilomètres plus loin, un vieux tas de fringues sur le bord de route ou un cadavre pétrifié.

Étienne se triture l'âme, cherche une explication rassurante. En entendant le ronflement du moteur, en voyant la découpe des phares jaunes, un type en vie se serrait rué sur la route pour l'arrêter ? Mais s'il était à l'agonie ? Avait-il pu laisser crever quelqu'un au bord d'une route ?

Lentement, il se dirige vers l'entrée. La fumée stagnante imprègne ses pensées. Incommodé, il ouvre les trois verrous, ôte la barre de fer. L'air est sec. Une mince buée se faufile hors de sa bouche entrouverte. Au-dessus du village, à l'est, après les dernières forêts et les longues pentes enneigées, le paysage tourmenté se craquelle : des promontoires rocheux jaillissent entre les arbres, des îlots de falaise découpent les alpages. La pierre s'extirpe, le relief se verticalise. Au sommet trônent les Trois Pics, dernières dents d'une mâchoire préhistorique.

Risquer sa vie là-haut, traverser le col, affronter la neige, et recevoir comme dernier souvenir de l'existence l'image d'une petite voiture filant dans la nuit…

Demain, il ira. Pour en avoir le cœur net.

Il rejoint le cagibi douillet. Manon est blottie sous la couverture. Il dépose un baiser sur son front, puis reste longtemps les yeux ouverts, écoutant les crépitements du feu voisin.

6

Le lendemain matin, Caro l'accompagne à la mairie. Dans la rue, deux types refixent un volet arraché par le vent. Les coups de marteau résonnent contre les murs de pierre.

Caro le présente à la secrétaire. Une femme joviale, avec un fort accent, qui lui pose quelques questions sur Manon et remplit des cases avec un stylo bleu. Personne n'a pris la peine de virer l'ordi du bureau.

— C'est tout bon, votre fille est inscrite. Elle peut venir à l'école.

Un ancien qui attend près de la cabine téléphonique entend le nom de famille d'Étienne et se présente alors : il a bien connu ses parents. Les langues se délient, les regards méfiants deviennent chaleureux : un fils qui rentre au pays, c'est dans l'ordre des choses.

— Et tu es venu seul ?

— Non, ma fille est avec moi.

— Pourquoi venir maintenant ? C'est rude, l'hiver !

— On n'a pas eu le choix. Faut des autorisations, pour voyager. J'ai dû attendre plusieurs mois…

Enfin, une famille de plus, c'est une bonne nouvelle pour le village.

Le maire arrive à ce moment-là. Il doit avoir soixante piges, il est grand, droit, impeccablement rasé, les cheveux proprement tirés en arrière. Il arbore un énorme cou qui dégouline de sous ses bajoues gonflées.

Il empoigne la main d'Étienne et, sans la lâcher, s'enquiert des conditions de son long trajet, des tensions urbaines.

— Pas évident, répond Étienne. Une fois qu'on sort des grands axes, c'est très hasardeux : des carcasses de camions ou d'engins bloquent la route, il vaut mieux éviter les nationales, les petites routes sont restées en meilleur état, finalement. Par contre, faut se montrer prudent.

— Avec tous ces voyous, le pays n'est plus sûr… Même ici, nous avons eu des problèmes. Et en ville ?

— Couvre-feu, barrages de l'armée. Il faut montrer patte blanche. L'approvisionnement reste correct dans l'ensemble, les grandes plaines agricoles et les élevages ont été sécurisés, mais il manque toujours quelque chose. Le problème, surtout, ce sont les prix de l'immobilier : vivre à l'intérieur des enceintes coûte de plus en plus cher.

Le maire hoche la tête d'un air entendu.

— En tout cas, si vous avez besoin de quoi que ce soit, n'hésitez pas à venir me trouver ! Même pour des petits boulots. Ce n'est pas trop la saison, mais au printemps il y aura à faire dans les champs…

— Merci, mais j'ai l'intention de travailler mes terres et mes forêts. Je ne pense pas que vous me verrez souvent.

Le maire se crispe un instant, hésite, puis se détourne.

— Dans quelques jours, quand vous serez installé, passez me voir. C'est important, il faut que je vous explique le fonctionnement du village : certaines règles ont changé… Et n'oubliez pas de participer à notre assemblée ! Il y en a une bientôt.

Étienne le salue. Il cherche à déchiffrer sa réaction.

La cabine se libère. Une vieille dame en sort, exténuée.

— Ils n'ont pas de nouvelles… toujours pas. C'est pas possible, même pas un coup de fil…

Elle sanglote. Le vieux monsieur qui s'est présenté à Étienne grimace et la prend délicatement par le bras pour la raccompagner.

En remontant, Caro lui montre l'épicerie communale, juste à côté de l'église. Même si Seriane a sauvé pas mal de bocaux et de conserves des réserves de ses parents, il pourra s'y approvisionner en produits frais.

Ils regagnent la maison.

— Je fais la classe cet après-midi, tu veux que je prenne Manon ?

— On va lui demander.

Il la trouve en train de dessiner avec Tom. Étienne reconnaît d'emblée l'immeuble. Elle a même esquissé les commerces voisins, les poubelles taguées qui débordent, le rideau métallique tordu du coiffeur au rez-de-chaussée.

Manon veut aller à l'école, avec Tom.

— Tu es sûre ? Ça ne t'inquiète pas trop de rencontrer les autres enfants ? Tu veux que je vienne ?

Elle lève les yeux au ciel.

— Enfin, papa, je ne suis plus un bébé !

Étienne sourit, le cœur réchauffé, lui ébouriffe les cheveux.

Caro lui tend une Thermos qu'elle a remplie de tisane chaude.

— Mathieu te rejoindra sûrement en début d'aprèm, dès qu'il aura fini.

— Merci, Caro, et prends bien soin de Manon, elle risque d'être un peu perdue… Je ne rentrerai pas tard.

Sa fille lui crie, du haut de l'escalier :

— T'inquiète, papa, je gère !

Un rapide clin d'œil à Caro puis il quitte la maison et monte dans sa voiture.

*

En bas de l'église, au lieu de prendre à gauche pour rejoindre sa maison, il tourne à droite. La route commence à descendre peu après la sortie du village. Il n'est pas certain de retrouver l'endroit, dix à quinze kilomètres avant les premières habitations, estime-t-il. La conduite est délicate sur le goudron verglacé : aucun engin n'arrose plus la route de sel ou de pouzzolane. Il reconnaît la longue pente sèche dans laquelle il a eu peur de ralentir.

Il examine le bas-côté et distingue une sorte de cavité dans le rempart de neige. Il coupe le moteur. L'air s'est réchauffé, le vent a tourné. En altitude, des rubans de nuage tourbillonnent et se disloquent, mais il n'y a pas un souffle dans le vallon.

La neige, parfaitement lisse le long de la route, se brise à cet endroit : elle est comme tassée, écrasée. Le renfoncement pourrait contenir un homme. Les grosses chaussures d'Étienne éraflent la longue meringue. Il s'enfonce au mollet. Dans le champ au-dessus, aucune trace, mais le blizzard nocturne a tout balayé.

Il entend alors le bruit d'un moteur puissant. En bas de la pente, surgit une grosse Jeep. Elle n'est qu'à deux ou trois cents mètres, mais la Panda va la couper dans son élan. D'ailleurs le conducteur klaxonne. Étienne se presse, redémarre la voiture, mord le plus possible sur le bas-côté. Les pneus s'embourbent. La Jeep continue de klaxonner, comme une bête agacée cornant par-dessus les plaines de neige. « Putain, mais tu peux passer, connard ! »

La Jeep frôle la Panda – heureusement, Étienne a replié le rétro – et, au lieu de poursuivre sa route, s'arrête. Étienne a vu au moins trois types sur les sièges. Il remet son rétro en place au moment où la portière du 4x4 s'ouvre.

— C'est quoi, ces façons de se garer au milieu de la route comme un malpropre, en pleine montée !

Le colosse en treillis qui est descendu s'approche.

— Tu ne vois pas que c'est dangereux ? Tu as vu où je tombe, si ma voiture bascule ?

— Ma voiture, elle n'est pas moins large lorsqu'elle roule. Je me suis mis le plus possible sur le talus, non ?

Étienne est sorti de sa voiture lui aussi. Le type le détaille de haut en bas. Un autre gars rapplique. Blond, rasé de près, l'air bovin.

C'est toujours le premier qui s'adresse à lui.

— Et tu fais quoi là, tu profites du paysage ?

Étienne note le coup d'œil que le colosse vient de lancer au trou dans le mur de neige. Il remarque aussi le long coutelas passé dans sa ceinture, et les cartouches de chasse.

— Je cherche à faire demi-tour.

— Demi-tour ?

— Oui, je suis passé là il y a deux nuits, j'ai perdu un gant par la fenêtre, j'espérais le retrouver.

Le bovin blond regarde machinalement par terre du coup, à la recherche du gant. L'autre fronce les sourcils, incrédule.

— T'as perdu un gant ici ?

— J'en sais rien, ici ou plus haut… Je me suis arrêté parce que j'ai vu ce trou dans la neige.

Le colosse le fixe. Étienne change de ton, s'excuse presque pour le dérangement.

— C'est ma fille, elle voulait attraper des flocons, elle l'a laissé tomber…

Le bovin a relevé la truffe tout à coup. Étienne se demande, un peu écœuré, si c'est parce qu'il a entendu le mot « fille ». L'autre, en revanche, se détend.

— Gaspiller de l'essence pour un gant, c'est con… Tu le reverras jamais avec toute cette neige. D'où tu viens ?

Étienne brode un peu, s'invente une provenance.

— Et tu loges chez qui ?

— Chez des amis.

— C'est qui tes amis ?

Trop d'insistance, des regards qui furètent.

À ce moment, le dernier type sort de la Jeep. Trapu, une longue barbe noire aiguise son menton carré.

— C'est bon, Jeanjean, laisse-le tranquille ! Il vient d'arriver au village.

Étienne embraye.

— Vous savez si je peux faire demi-tour facilement plus bas ?

Le colosse le dévisage une dernière fois puis se gratte une dent avec un ongle.

— À deux cents mètres, y a une épingle à cheveux. Elle est pas trop pentue et la route s'élargit. Fais gaffe quand même, au verglas… Personne ira te chercher !

Le barbu leur fait signe de remonter, les deux autres s'exécutent. Avant de démarrer, la tête méchante du colosse se retourne vers Étienne et le trou dans la neige.

7

Étienne reprend la route du hameau. Ces types et leurs questions lui laissent une sale impression. Il gare la voiture derrière sa maison. La jauge d'essence a baissé d'un cran dans la montée. Il ouvre la porte à l'arrière, qui donne sur l'ancienne grange, transformée en atelier par ses parents. C'est là qu'il va réinstaller outils, établi, et les matériaux qu'il a emportés ou que Seriane a conservés.

Le vent s'éveille quand il commence à vider le coffre, des rafales sèches soufflent des billes de grésil, délestent les arbustes de leur neige. Des rouleaux de vapeur blanche écument au sommet des crêtes.

Il s'occupe du fumoir d'abord, qui contient les sacs de sel, des boîtes d'allumettes et des briquets, des silex, deux dynamos, de nombreux outils aussi. Il a déjà au pied ses chaussures d'alpinisme en cuir épais. Il range le reste du matos de montagne : anoraks et duvets, cordes, dégaines, crampons… Ensuite, il sort les verrous, la tronçonneuse, les deux grandes scies de bûcheron, les haches et la pompe à eau manuelle.

L'atelier se remplit peu à peu, le vide se comble.

Seriane vient le voir, elle l'a entendu arriver.

— Salut.

— Salut. Je ne voulais pas te déranger…

Elle rit : elle ne souffre pas trop du dérangement, ce serait plutôt le contraire. Étienne est surpris par son rire vif qui tranche avec sa réserve.

— Un coup de main ? Je peux commencer à remonter les affaires de la cave…

— Je ne veux pas t'en rajouter, je vais le faire.

Elle le regarde sérieusement tout à coup.

— On va être voisins, les seuls à deux kilomètres à la ronde, alors il vaut mieux qu'on oublie tout de suite les politesses…

Il reste bouche bée, puis rigole. Il n'a plus l'habitude du franc-parler de Seriane.

— D'accord. Je te prépare un café ?

— Je veux bien, mais tu n'as pas de feu… pas de cafetière…

D'un air mystérieux, il fait jaillir de derrière son dos une belle cafetière italienne, toute neuve, et un paquet de bon café.

— *Tsoin tsoin !*

Rappel des jeux passés, la grande époque des mages et de la sorcellerie : ils s'amusaient alors, avec un art exercé, à mixer potions et emplâtres, à faire apparaître ou disparaître des objets sous les yeux ébahis de leurs camarades. Étienne bricolait des tours, fabriquait des artefacts, Seriane excellait dans les histoires terrifiantes et la connaissance des plantes. Elle jouait à guérir, envoûter, maudire…

Étienne songe aux mots de Mathieu, la veille : *des terres ensorcelées*… Il se sent un peu idiot avec sa cafetière.

Le café est bon. Ils le boivent au chaud chez Seriane, contre le tube du poêle qui hulule. Dehors, le vent redouble de violence. L'air glacé s'insinue entre les pierres et le mortier qui enveloppe la fenêtre. Étienne aperçoit, dans un coin, un cheval à bascule et une caisse de jouets.

— Tu as une fille, c'est bien ça ? demande-t-il.

Il est étonné de ne pas l'avoir vue ni entendue. Les incursions du vent soulèvent la fine pellicule de poussière qui recouvre les jeux.

Seriane repose sa tasse de café sur le plateau de marbre.

— Elle aurait eu vingt-deux ans cette année.

— Il lui est arrivé quelque chose ?

— Oui. Elle n'est plus là. Tu as fini ton café ?

Étienne lui tend sa tasse vide, mal à l'aise. Puis elle se lève et le mène à la cave pour commencer le grand transbordement.

Ils s'attellent au transport des matériaux : grandes planches, plaques de liège ou de laine de roche, tasseaux, demi-rond, plinthes, carrelage… une quantité appréciable de matières premières. Puis il y a les outils, l'établi, les hérissons et les cannes de ramonage. Des dizaines et des dizaines d'allers-retours, à sillonner côte à côte le couloir de neige entre leurs deux maisons.

Vers 11 heures, ils s'interrompent. Étienne veut aller voir l'état de ses forêts.

— Ne tarde pas, il faut se méfier des tempêtes.

— Mathieu et Caro m'ont mis en garde. Ils m'ont raconté la découverte des corps… Tu en penses quoi, toi, de ces histoires ?

Les grands yeux graves de Seriane le traversent.

— Tout a tellement changé depuis la dernière fois que tu es venu. Les montagnes sont devenues dangereuses... Mathieu et Caro t'ont prévenu pour tes forêts ?

Étienne se crispe.

— Quoi donc ?

— Il y a eu des prélèvements sauvages…

— Merde !

Ils ne lui avaient rien dit. Seriane est gênée :

— Il reste plein de beaux arbres, rassure-toi. Mathieu t'expliquera, il voulait t'en parler.

Avant de partir, Étienne visse rapidement deux verrous supplémentaires à l'intérieur de l'épaisse porte en chêne qui ferme l'établi. Un siècle, trois épaisseurs de planches, un arrondi sur la gauche. Elle n'a pas été volée, celle-là. Puis il remonte le champ à l'arrière de la maison, le long de la ravine. Il soulève à chaque pas une brassée de flocons alors que d'autres crissent et se tassent sous sa semelle.

En contrebas, le vent dévoile des portions du lit gelé du ruisseau. Seriane l'a rassuré : même pendant les grandes sécheresses, il y a toujours de l'eau. Il s'enivre du ruissellement sur les pierres invisibles.

Ce champ lui appartient, il y placera le grand potager, contre la ravine : l'eau remontera par capillarité. Dans le reste du pré, il plantera des fruitiers : pruniers, mirabelliers, groseilliers… des variétés robustes.

Sur l'autre versant du ruisseau, la haute colline est ornée d'un patchwork de résineux et de feuillus : pins, chênes, frênes. Quelques érables aussi et de hauts mélèzes. De beaux arbres, difficiles à atteindre dans le terrain pentu. Il faudrait creuser un sillon dans le talus, ou fabriquer un déversoir, afin de faire glisser les troncs. De l'autre côté se niche un vallon tapissé d'une belle forêt aisée à travailler. C'est là qu'il compte débuter son exploitation. Il a ramené de quoi tailler les planches et réhabiliter le moulin à augets, près du ruisseau. Il pourra vendre le surplus.

Arrivé au sommet de l'arête, il se cale dos au vent pour éviter les assauts cinglants, et tente de discerner le plateau en dessous : la lisière, en bord de route, a été privée de ses plus grands arbres. Mais plus loin, les cimes restent hautes.

Il n'en revient pas. Qui a pu déboiser ainsi chez lui, voler ses arbres ? Une volée de neige le projette presque à terre. En laissant passer la giboulée, il se remémore la causerie du matin avec le maire, son trouble lorsqu'il a évoqué sa volonté de travailler ses terres : tout le monde est au courant ! Tout le monde a laissé faire !

Il bascule, amer, sur le versant ouest de la crête. À mesure qu'il s'enfonce dans le bois, les arbres se font plus nombreux, plus imposants. Il calcule leur circonférence, jauge les jeunes pousses qui émergent du tapis de flocons.

Couper les arbres, débarder, les laisser sécher sur place. Une fois les troncs secs, les écorcer, les étêter et les tirer jusqu'à la route. Seule la distance sera un obstacle.

Il atteint finalement les pentes nord et la montée à l'alpage où il ambitionne de faire paître ses bêtes pendant l'estive. La combe se referme, les vallons voisins se rejoignent, se fondent dans la paroi qui s'élève. Au-dessus de lui, les longues vires herbeuses arrondies par la neige serpentent entre les premiers escarpements tandis que les bourrasques s'engouffrent dans les couloirs étroits en gémissant.

Là où il se tient, protégé du vent, il peut voir au loin les cheminées du village qui crapotent, leurs panaches de fumée grise dispersés dans le ciel.

Ses biens volés, ses forêts déboisées, les types dans le 4x4… Malgré le calme apparent, la peur règne dans la vallée. La tension tapie au fond de lui se ravive. Étienne ferme les yeux. Une cuisinière et des dizaines de troncs perdus. Et puis ? Il a toujours la maison, le moulin, de beaux arbres à proximité et d'autres parcelles à exploiter, sans compter l'alpage, les prés, le champ pour le potager… Il songe à Mathieu et Caro, qui n'ont rien de tout cela : dix mètres carrés de terrasse mal orientée, surchargée de terre, afin de produire quelques kilos de légumes. Peut-il vraiment se plaindre ?

Il se laisse glisser à la descente : ses jambes patinent, son corps flotte, il sent ses muscles se dérouler dans la longue pente.

Parvenu à l'arrière de sa maison, il dévisse le plancher de la Panda et en extirpe un sac de toile. Il démonte la trappe sanitaire de la baignoire et le pousse au fond. À peine jette-t-il un coup d'œil au métal luisant du canon. Puis il regagne l'atelier.

Étienne s'étire, se met au travail. Il exhume les vieilles lucarnes à battants sauvées par Seriane et Mathieu : du simple vitrage, du bois vermoulu. Mais s'il bâtit un nouveau cadre, rénove les châssis et pose les fenêtres en doublon – l'une ouvrant vers l'intérieur, l'autre vers l'extérieur –, il pourra remplacer convenablement celle qui a été volée. Rapidement, il trouve les bons gestes, prend les cotes, choisit le bois.

Mathieu arrive vers 14 heures. Il déballe des crêpes froides et un cake au fromage.

— Tu veux manger ?

Étienne repose la scie, ôte son masque. Il se méfie des poussières de bois, il a les yeux sensibles.

— J'ai croisé Seriane, elle m'a dit que vous aviez déjà presque tout déchargé ! Je vais t'aider pour le poêle et la cuisinière.

— Non, je veux d'abord renforcer la porte d'entrée et boucher le trou à l'étage. Je préfère être prudent…

Mathieu est dubitatif.

— C'est différent maintenant, dans le village les gens savent que tu es rentré. Personne ne va revenir…

Étienne ne répond pas, émiette un reste de cake entre ses mains.

— Les gens se sont aussi pas mal servis dans mes forêts. Quelqu'un s'est fait plaisir en tout cas, il y en avait des beaux arbres, là-haut !

— …

— Ça aussi, tu aurais pu m'en glisser un mot au téléphone, quand je te causais de mon projet de scierie !

La voix gronde. Les deux hommes s'évitent, contemplent le ciel changeant par la porte entrouverte. Ils ont tant rêvé leurs retrouvailles.

— Comment te dire tout ça ? Je ne voulais pas te décourager. Et puis, il te reste tant d'arbres !

— Ce n'est pas le problème. Tu aurais dû me le dire avant, j'avais confiance en toi.

Les yeux de Mathieu s'enfouissent dans le lambris de larges planches qui recouvrent l'établi.

— J'avais peur que tu renonces à venir…

Toutes ces années sans se voir, les enfants qu'on oublie, les amitiés qui s'amenuisent.

Étienne sent sa colère se dissiper subitement. Il serre la grosse main désolée de Mathieu et reprend une tranche de cake. Il pense au rationnement en ville, aux pénuries qui menaçaient toujours. Ici, au moins, ils ne dépendent que d'eux-mêmes.

— Ma cuisinière, merde…

— Tu m'as tellement fait chier avec ta cuisinière ! T'en parlais tout le temps, j'ai cru que t'allais faire une syncope en apprenant qu'elle avait disparu.

Étienne se marre.

— Tu te rappelles comme on s'est foutus de la gueule de ma mère quand ils l'ont reçue ?

Ils éclatent de rire. Avec le recul, Étienne se demande si ses parents n'avaient pas senti le vent tourner avant l'heure.

— Fait chier quand même ! Tu sais qui l'a récupérée ?

— Non. Aucune idée. Le marché noir, pour ce genre de bestiole, tourne à plein régime.

Étienne hausse les épaules.

— Et pour la forêt, tu sais qui a fait le coup ?

— C'est encore autre chose… Les premières années, l'affouage s'est fait dans les forêts communales. Puis il a fallu exploiter de nouvelles parcelles : la mairie s'est tournée vers les terres appartenant à ceux qui avaient quitté le pays. Toi, je savais que tu reviendrais, je l'ai dit, je te le jure ! Mais un matin… C'est Seriane qui est venue me trouver, elle avait vu le grumier passer.

Étienne s'installe sur le pas de la porte. Dehors, un éclat de soleil perce les tombereaux de nuages qui défilent. Mathieu s'emporte.

— J'y suis allé ! Ça faisait déjà plusieurs jours qu'ils étaient là. Pas des gars du village, les connards de la fonderie ! Je leur ai dit de dégager, que ce n'était pas leurs terres, qu'ils n'avaient rien à faire là !

— C'est quoi ça, la fonderie ?

— Des abrutis, en tout cas à l'époque... Un des gars est venu se planter devant moi, il m'a montré sa hache, et aussi son flingue. Il m'a juste dit : « Tu es le père de Cyrielle, c'est bien ça ? » Ensuite il a baratiné sur un accord qu'ils auraient passé avec le maire... Ils en avaient rien à foutre, tu comprends ? Et ils savaient qui j'étais ! Où j'habitais !

Une nuée de petits oiseaux passent dans le ciel, au-dessus des grands chênes qui s'élèvent à mi-pente, sur le versant boisé. Il faudra la tailler, cette ornière, pour faire glisser les troncs jusqu'au ruisseau. Et construire un pont en rondin, pour la traversée.

— Étienne ?

Il fera rouler les billes de bois au sommet le long de l'arête, la déclivité est suffisante, et il tracera un sillon face au moulin.

— Étienne ? Tu... tu m'en veux ?

— Bien sûr que non. Tu fais juste chier de ne m'avoir rien dit ! Pour le reste, t'as fait ce que t'as pu, c'est déjà énorme...

Il donne une grande taloche dans le dos de son pote, pour le dérider.

— Bon, et ces types alors, d'où viennent-ils ? C'est quoi cette fonderie ?

— L'ancienne papeterie, près des gorges, une poignée de types pas très recommandables l'ont restaurée. Ils ont débarqué peu après les premiers troubles. Leur patron se fait appeler le Romain…

Étienne s'en cogne des petits noms, presse Mathieu de poursuivre.

— Ils ont monté un haut-fourneau à l'intérieur, et une fonderie, d'où le nom. Une scierie aussi, un magasin maintenant. Petit à petit, les salopards qui faisaient partie de la bande se sont barrés et des gars du coin les ont remplacés. C'est devenu une sacrée structure.

— Que font-ils exactement ?

— C'est les rois de la débrouille ! C'est le seul endroit dans les environs où on peut se procurer des pièces métalliques, des produits chimiques, de l'essence, des piles, du matériel électrique, de la bouffe… tout ce dont tu as besoin. Pour le bois, c'est pareil. Ils ont remis en service les grandes roues à augets et les scies battantes. Ils te taillent les planches que tu veux, des tasseaux, des liteaux…

— Et personne n'a rien dit pour la spoliation des terres ? Ils peuvent se servir où ils veulent chez qui ils veulent ?

— Non, c'est fini maintenant. Depuis le départ de ces voyous et leur remplacement par des gars de chez nous, ce n'est plus arrivé. La mairie a conclu un accord avec la nouvelle équipe : pour tout ce qui concerne l'entretien, le déneigement, les travaux et l'approvisionnement de l'épicerie communale, on passe par eux. Et on n'est pas les seuls à le faire !

— Vous payez un impôt, quoi.

Mathieu hoche la tête.

— Ouais, on peut sans doute dire ça… Mais ils permettent à pas mal de gens de s'en sortir.

Les deux hommes se taisent, songeurs. Étienne sort un paquet de tabac, se roule une clope. Mathieu un joint. Ils fument en silence. La fumée et la buée se mélangent dans l'air froid de l'après-midi.

— Et ils sont devenus quoi, ces « anciens » ?

— Ils vivent reclus dans la montagne, avec le Romain. Près du col, dans l'ancien monastère.

— Toute l'année ?

— Oui.

Étienne siffle. À cette altitude, avec le froid et la neige, ce n'était pas une mince affaire !

— Et qu'est-ce qu'ils font là-haut ?

— Personne n'en sait trop rien… Il se dit que le Romain a voulu les isoler, qu'ils ont causé trop d'emmerdes. C'est pas une perte.

— Et les corps, ils pourraient venir de là-haut ?

Mathieu n'exclut rien. C'était toujours dans ce secteur, en tout cas, qu'on les retrouvait.

— Je te l'ai dit, mon pote : c'est le Moyen Âge.

8

Près de deux semaines ont passé depuis son arrivée. L'incertitude du ciel s'impose chaque matin. Les vieilles méthodes de grand-mère : les os qui coincent, le bois qui grince ou encore le vol des hirondelles, ne fonctionnent plus. Il n'y a plus de prédiction, plus d'oracle. Étienne travaille sans relâche dans la maison. Il a fini la fenêtre du premier étage. Mathieu, Caro, Seriane, Cyrielle, et même Tom et Manon sont venus lui prêter main-forte pour soulever l'imposante structure.

La pose se révèle délicate : le cadre en pierre n'étant pas parfaitement rectiligne, il faut raboter par endroits. Mais en deux heures, le châssis est posé et jointé au mastic. Elle a une drôle d'apparence, cette série de trois fenêtres doublées à petits carreaux, mais elle garde bien du froid. Comme Mathieu et Étienne ont raccordé le poêle deux jours plus tôt, la bâtisse est prête. Manon et Étienne peuvent s'installer.

Les enfants maugréent : Cyrielle et Tom s'étaient habitués à leur nouvelle frangine. L'idée de la voir partir ne les réjouit pas. Quant à Manon, le hameau cerné de falaises lui fait peur. Même Mathieu et Caro arborent un sourire de façade : ils se sont engueulés la veille, Étienne a entendu des éclats de voix étouffés.

Pendant des mois, l'annonce de la venue d'Étienne et de Manon a été leur échappatoire. Ensuite ce fut leur présence parmi eux. À présent, la solitude rapplique en embuscade.

Devant la nouvelle fenêtre, Étienne observe le sommet de la colline et les deux hêtres qu'il va débiter.

Il ne s'est jamais disputé avec Marie. Sauf quand son traitement est venu à manquer et qu'il a songé à forcer les barrages. Elle excluait qu'il prenne le moindre risque pour elle. Ce qui la terrifiait, c'était de laisser Manon orpheline.

Son regard suit la ligne téléphonique inutile qui pendouille entre sa maison et un poteau encore vaillant. Il songe aux hivers longs, aux aspirations étouffées à force d'être susurrées à la même oreille : l'espace s'est resserré, les vies se sont amenuisées.

— Tu vas faire quoi ensuite ? lui demande Mathieu.

— Je vais installer la vieille cuisinière et fabriquer une nouvelle porte d'entrée.

Sans parler du moulin, du poulailler et des enclos pour les futures bêtes. Il a de quoi s'occuper.

Étienne offre une clope à Mathieu. Ils s'installent sur le perron, parlent du lendemain : à l'église se tiendra l'assemblée mensuelle du village. Étienne pourra se présenter à tous, nouer des relations et commencer à voir pour racheter des bêtes. Il veut des poules et des moutons. Une truie aussi, si possible.

— C'est pendant la séance que vous discutez affaires ?

— À la fin, après ce qui concerne le village, tu dis ce que tu veux et les gens viennent te voir s'ils sont intéressés. Faudra pas t'énerver : tu risques d'avoir des propositions de malfrats…

Étienne a déjà reçu la visite d'un cousin éloigné qui en avait après ses alpages. Du genre insistant. Les yeux du type furetaient partout. Mathieu s'enquiert de son nom puis a un geste dédaigneux.

— Une crevure ! Je ne savais pas que c'était ton cousin. Il a des terres à ne plus savoir qu'en foutre, mais il ne te donnera jamais rien, même pour dépanner. Un proche du maire. Ils noyautent la fédération de chasse et les conseils municipaux alentour.

— Pourquoi ?

— La nouvelle fonderie a des idées trop collectivistes pour eux : genre partage des terres et des biens. C'est une communauté, en fait. Et ça, le maire et ses potes n'en veulent surtout pas ! Tu les imagines, perdre leurs biens durement acquis sur des générations ?

Non, effectivement, Étienne ne l'imagine pas.

— J'ai rendez-vous avec le maire, justement, en fin d'après-midi…

Seriane passe avec les filles et Tom. Elle veut leur montrer des arbres, quelques plantes qui émergent de la neige, des traces aussi… Manon ne la quitte pas d'une semelle.

— On dirait que ça colle pas trop mal entre Seriane et Manon, remarque Mathieu.

Étienne est content. Il avait peur que Manon la rejette. Elle avait tendance à repousser les autres femmes depuis la mort de Marie.

Caro les rejoint : il est l'heure pour eux de rentrer.

— J'espère qu'elle ne leur apprend pas n'importe quoi…

— Allons, dit Mathieu, elle leur apprend à reconnaître les plantes, c'est son domaine.

— Justement !

Les amis finissent par partir. Étienne remercie tout le monde pour le coup de main. Seriane s'éclipse à son tour.

Manon le fixe obstinément. Il sent la colère nichée en boule.

— Ça ne va pas, Manon ?

Elle renifle avec dédain. « Comment est-ce que ça pourrait aller ? » semble dire son regard.

— Maman, elle n'aimait pas la montagne.

— C'est vrai. Et toi ?

— Moi, j'aime Cyrielle et Tom, et Caro et Mathieu, le village…

— Pas cette maison, c'est ça ?

Elle ne prend pas la peine de répondre. Cet air buté, ce regard frondeur : le visage de Marie se superpose à celui de sa fille.

— J'ai rien ici. Même chez Cyrielle et Tom, je me sens plus chez moi !

— C'est normal, Manon, il faut tout aménager.

Elle chuchote maintenant, sans le regarder.

— De toute façon, maman, elle aurait jamais voulu venir ici… Tu profites qu'elle est morte, qu'elle ne peut plus rien dire !

— Qu'est-ce que tu inventes ?

— Tu racontais n'importe quoi, que ce serait le paradis ici, qu'on aurait tout ce qu'on voulait, que tout le monde nous aiderait.

— Je suis en train de le construire, notre petit paradis ! Bientôt, tu auras des poules, des agneaux. Tu verras, lorsque les champs seront en fleurs, les arbres verts, les oiseaux chanteront…

— Et les morts, je les verrai aussi ?

Étienne reste coi.

— Tous les enfants en parlent dans le village, ils disent qu'il y a des monstres dans la montagne, qu'il ne faut surtout pas y aller. Et nous, on s'installe là…

— Manon, les monstres n'existent pas !

— Tu mens : ils existent, les monstres, c'est même l'un d'eux qui a emmené maman !

— Arrête, Manon !

Il a gueulé, le regrette aussitôt. Il s'approche de sa fille. Manon recule, heurte la porte. Sans un mot, elle se détourne et dévale l'escalier en pleurant.

9

Le maire arrive en même temps que lui devant la mairie. Toujours aussi massif, avec ce cou trop large pour une seule tête. Ils se saluent. Les marches sont ébréchées : des années de gel et de dégel ont fendu la pierre.

La pièce est étroite. Des fauteuils au cuir usé et de vieilles armoires à dossiers métalliques encerclent le bureau massif. Des relents de poussière et de papier sec ruissellent des vieux registres qui s'empilent par dizaines sur les rayons. Un vieux cadastre napoléonien décore le seul mur libre de la pièce.

Le maire lui adresse un signe entendu.

— Si ça ne tenait qu'à moi, je brûlerais tout ça ! Je déteste la paperasse… Appelez-moi Willy.

Puis il lui fait signe de s'asseoir.

— Alors, cette installation ? Tout se passe comme vous voulez ?

— Si on veut… j'ai eu pas mal d'imprévus. La maison a été visitée en mon absence. On m'a volé des biens précieux : porte, fenêtre, même une cuisinière en fonte.

Willy hoche la tête d'un air compatissant.

— La racaille des villes est montée faire ses emplettes… On a fini par s'organiser pour les chasser, mais l'ancienne municipalité a tardé avant d'agir.

— On ne m'a pas dit ça. On m'a plutôt parlé de gens du coin.

— Des racontars. C'est comme les pillages en ville : toujours les mêmes qu'on retrouve !

— Et les gendarmes ? Il y a eu une enquête ?

Willy renifle.

— La première gendarmerie se situe à plus de trente kilomètres. Trente kilomètres de routes de montagne enneigées l'hiver. Et même l'été, avec les pénuries d'essence… Nous devons régler nos affaires nous-mêmes ! Voyez, je ne rends plus compte de rien à personne : les liens avec la préfecture sont au point mort. Les impôts ne sont plus prélevés depuis quatre ans, bon débarras ! Désormais, nous sommes organisés, nous assurons nous-mêmes les réparations et l'entretien des voiries, des bâtiments, l'approvisionnement en matières premières. Et tous les habitants doivent mettre la main à l'ouvrage…

— C'est-à-dire ?

— Vous serez sollicité pour aider la communauté.

— La communauté s'est déjà pas mal servie chez moi !

Le maire ne répond pas. Il se racle la gorge, son énorme goitre tressaille. Il tient ses larges paluches serrées l'une contre l'autre.

— Comme je vous l'ai dit, ce ne sont pas des gens d'ici qui s'en sont pris à votre maison.

— On m'a parlé de la fonderie.

— La fonderie est utile au village : ils nous fournissent en carburant, en métaux, en bois, ils proposent de la main-d'œuvre et offrent du boulot aux jeunes.

— Pourquoi ce sont eux qui gèrent l'épicerie ?

— Si vous nous garantissez demain de nous procurer du carburant, des vivres, des médicaments, du métal, des bombonnes de gaz ou des batteries, beaucoup de personnes seront prêtes à vous payer.

— Et le pillage de forêt fait aussi partie de leurs prérogatives ?

Willy fait pivoter son gros visage de droite à gauche.

— Il y a eu quelques débordements au départ, mais maintenant le problème est réglé. Ça devient un repaire d'écolos mais ils emmerdent personne. Heureusement, le pouvoir de décision est resté aux mains des élus du village. C'est important de ne pas mettre tous ses œufs dans le même panier.

— Entre vos mains, quoi…

Willy pose ses paluches à plat sur le vieux bois piqueté. Sa voix enfle enfin.

— Si ça n'avait tenu qu'à moi, je peux vous dire qu'on aurait vite mis un terme aux incursions de ces pourritures. La racaille, ça a toujours été le problème, hier comme aujourd'hui ! Pendue haut et court aux entrées des villages, voilà qui aurait donné à réfléchir aux autres ! Mais je n'étais pas encore maire… Après, vous n'avez pas l'air de bien comprendre ce que nous avons vécu : quand tout a commencé, ce sont des villages comme le nôtre qui ont morflé en premier, les secours mettaient plus d'une heure pour arriver, lorsqu'ils arrivaient… plus de médicaments, l'essence, n'en parlons pas… Alors nous occuper des maisons vides et des arbres coupés, ça n'a pas vraiment été notre priorité !

Puis il ajoute :

— Au début, dans les mois où se sont produits les cambriolages, nous avons perdu seize personnes dans le village. Six en raison de l'âge et de l'absence de soins, quatre autres dans des accidents malheureux : deux voitures dans le fossé, un accident de tronçonneuse, une chute de charpente. Les quatre étaient en vie après leur accident, mais comment sauver un type qui s'est tronçonné la moitié de la cuisse sans secours rapide ni perfusion ?

Tous ces morts dans un si petit village…

— Et les autres ? demande Étienne.

— De quoi parlez-vous ? demande le maire, désagréable à présent.

— Vous avez parlé de seize morts.

Willy fait craquer ses phalanges, gêné.

— Non. Dix seulement. Les autres, c'étaient les disparues… Des filles qui en ont eu marre de vivre ici, alors elles ont fugué… Votre voisine ne vous en a pas parlé ?

— Quelle voisine ?

— La vôtre : Seriane Lesecq. Sa fille fait partie des six disparues. Elle s'est barrée, mais depuis, sa mère n'arrête pas…

— Qu'est-ce qu'elle n'arrête pas ? demande Étienne, intrigué.

Le maire en a marre, il soupire. Ses larges doigts tambourinent sur le plateau de chêne.

— Elle la cherche dans la montagne, partout. Elle est convaincue que sa fille est morte, qu'elle a été assassinée. Elle est un peu cinglée, si vous voulez mon avis… Les jeunes ne tiennent pas toujours le coup ici, c'est compréhensible. Ça va faire six ans bientôt, elle ferait mieux d'accepter.

Étienne sort de la mairie. La nuit est tombée, étrangement tiède. De gros grumeaux trempés tombent du ciel. Il marche pesamment, balaie les flocons obèses. La fille de Seriane avait donc disparu ! Avant de partir, il a tenté d'en savoir plus, mais le maire a coupé court. Le maire n'a pas l'air de porter Seriane dans son cœur… Plus que ça, c'est presque de la haine, ou de la crainte qu'ont trahi les intonations de sa voix. D'une manière ou d'une autre, Seriane semble le déranger.

La neige des bas-côtés est pâteuse, le gel ne l'a pas encore saisie.

Des fugues et des cadavres, voilà qui promettait… Il s'en veut d'être venu pleurnicher pour sa porte et quelques arbres coupés. En ville, n'a-t-il pas lui-même assisté à des pillages ? Vu des commerçants se faire rouer de coups ? Il se souvient d'une fois. Les pillards étaient peu nombreux, mal entraînés. Une patrouille a déboulé, ils ont réussi à en coincer deux, des jeunes. Ils ont été plaqués au sol et tabassés consciencieusement par les agents et les voisins venus en renfort. Étienne était avec Marie. Ils sont partis mais ils ont entendu les hurlements jusqu'au bout de la rue.

La voiture démarre, la glace craque sous les roues.

Les deux gamins ont dû finir dans un camp de travail. L'État ne savait plus comment gérer les débordements : plus assez de place en prison, plus assez de juges, de gardiens… alors les camps sont sortis de terre, comme des champignons vénéneux. Un partenariat public-privé, comme ils disent : de grosses boîtes, qui par ailleurs licencient en masse, gèrent ces sortes de prisons avec leurs propres vigiles. Les ados désœuvrés sont devenus une main-d'œuvre corvéable à merci. Des quartiers entiers ont vieilli tout à coup.

C'est le prix à payer, disaient les voisins d'Étienne et Marie. Et pendant que des ghettos entiers s'embrasaient, les centres-villes et les banlieues cossues érigeaient leurs remparts.

Étienne roule, contemple le ballet métronomique des essuie-glaces. Des flocons mous s'avachissent sur son pare-brise.

10

Il n'aperçoit qu'au dernier moment, dans la découpe des phares, le gros 4x4 garé aux abords de sa maison. Ils sont deux, à fumer des clopes près de leur bagnole. Ils lèvent les bras pour se couvrir le visage lorsque Étienne braque ses phares sur eux. Aussitôt, il reconnaît le veau blondinet et le barbu. Il se gare, prend le manche de pioche qu'il conserve à ses pieds dans la Panda. Il n'a aucune envie de se laisser emmerder.

— Qu'est-ce que vous faites chez moi ? Vous voulez quoi ?

Le jeune bovin a un mouvement de recul : il fait sombre, Étienne arrive vite. L'autre, en revanche, ne se laisse pas démonter.

— Bonsoir. On n'est pas venus pour vous. Et on a fait bien attention de ne pas se garer sur votre place.

— Ah oui ? Vous faites attention à ce genre de choses maintenant ?

L'autre se crispe à son tour, recule d'un pas. Ils font à peu près la même corpulence. Étienne a son manche de pioche en main, l'autre son poignard à la ceinture.

— Comment ça ?

— C'étaient mes forêts, là, derrière. Et ça, c'était ma maison, avec ma porte, ma cuisinière et ma fenêtre.

— Et alors ?

Ce connard arrogant sourit dans sa barbe noire. Il ne lui revient décidément pas. Il n'a pas du tout envie de le voir traîner autour de chez lui.

Le veau se tait, perplexe.

— Popeye, c'est quoi cette histoire de forêt ?

Mais l'autre ne lui répond pas.

— T'es du genre hospitalier, toi ! On n'y a pas touché à ta cuisinière et à tes fenêtres. Pour les forêts, c'est autre chose…

La main d'Étienne s'affermit sur le manche.

Des murmures parviennent jusqu'à eux : Seriane et un troisième type remontent l'étroit couloir, ils discutent calmement. Elle salue gentiment Étienne. Elle a l'air ailleurs. L'autre se présente. Il est vêtu simplement, sans treillis ni cartouches, il porte juste un sac à la main. Le visage franc, sec comme Seriane et les cheveux roux en bataille.

— Ah bonjour ! C'est vous le nouveau alors, le fils Sornin ? Moi, c'est Romaric, je suis le frère de Seriane.

Étienne se souvient. Romaric, de neuf ans son cadet. C'était un gosse chétif, rêveur, son père lui balançait rituellement de grandes taloches dans l'espoir d'en faire un homme.

Étienne fixe une dernière fois le barbu dans les yeux, regrette presque de devoir retrouver son calme.

— Tout va bien ? demande Romaric.

— On fait connaissance, répond Popeye, laconique.

— Ça fait un bail… Bonjour Romaric, répond finalement Étienne en se retournant.

— Ma sœur m'a dit que tu étais revenu. Tu t'installes à demeure, avec ta fille ? Bienvenue au pays ! Une nouvelle famille, c'est une chance…

— Merci. J'ai encore du boulot avant de pouvoir vraiment m'établir.

Romaric hoche la tête, compréhensif. Sûr que ce n'est pas facile de rentrer dans ces conditions.

— On est désolés de vous déranger, c'est ce que je disais à Seriane : d'habitude, on évite de débouler à l'improviste, à la nuit tombante. De nos jours, ça fout toujours un peu les jetons, une bagnole qui débarque en pleine nuit.

Il dit ça en rigolant à moitié, mais son regard sérieux transite d'Étienne à ses comparses.

Étienne ne dit rien, se détend un peu. Le barbu s'allume une clope.

— On cherche quelqu'un : un gars qui s'est égaré, alors on passe un peu partout pour demander…

— Quelqu'un du village ?

— Non.

Romaric jette un coup d'œil à sa sœur, à Popeye aussi. Il semble embarrassé.

— Tu n'as peut-être pas encore entendu parler des corps qu'on retrouve parfois, à la fonte ?

Étienne hoche la tête : si, il est au courant.

— Ah, très bien ! Un habitant a vu quelqu'un en dessous des arêtes, sur les vires, juste avant la nuit. Il se dirigeait vers le sud.

Romaric désigne dans l'obscurité le cirque de falaises.

— Enfin, c'est tellement vaste, il peut être n'importe où.

— Et c'est vous qui vous chargez de ça ?

— Avec la fonderie, on a remis en service la caserne du village, je ne sais pas si tu le sais. On peut se tutoyer peut-être ? Du coup, c'est nous qui assurons les secours. On manque de véhicules, de personnel aussi, on va recruter bientôt d'ailleurs ! Alors on complète avec ce qu'on a…

Il désigne la Jeep d'un coup de menton avant de poursuivre.

— La fonderie, tu en as déjà entendu parler ?

— Oui.

— C'est une sorte de communauté, on va dire, mais attention, on n'est pas des beatniks ou je ne sais pas quoi… On unit nos forces, on propose du boulot et des services dans tout le secteur, surtout, on essaie de partager, de s'amuser un peu, de mieux vivre quoi… Enfin, j'ai pas le temps de bien t'expliquer, faudra venir nous voir un de ces jours ! Sinon, tu as vu quelqu'un ?

— Où ?

— Chez toi, sur tes terres, sur la route…

— Non, personne.

— On va y aller alors. S'il y a vraiment un type dehors, il y a peu de chance qu'il passe la nuit si personne ne le retrouve avant.

Popeye renifle.

— Ça, c'est sûr… vaut mieux ne pas perdre ses gants dans la nuit.

Et il balance sa clope en direction de la maison d'Étienne avant de suivre le bovin dans la Jeep. Étienne rappelle Romaric.

— Et ce serait qui, ce type qui se balade en pleine nuit ?

Romaric hausse les épaules.

— Aucune idée… On ne sait pas qui ils sont. Des Italiens qui passent le col, des gens d'autres bleds… Ils n'atteignent jamais le village.

— Vous n'allez pas organiser une battue pour le retrouver ?

— Quand ?

— Maintenant.

Romaric le dévisage avec un drôle d'air.

— On ne va pas dans la montagne la nuit. Pas dans le massif des Trois Pics, en tout cas.

— Mais pourquoi ?

— Y a une malédiction qui rôde !

Personne ne bronche. Il a soudain l'air moins tranquille, le frangin. Étienne ressent la gêne des deux gaillards derrière leur portière, ça lui met l'eau à la bouche.

— Il y a d'autres choses qui ne se font pas, du genre, aller tailler dans les forêts des autres…

Romaric ne comprend pas.

— Mes forêts, de l'autre côté de la colline ! Une partie des arbres ont été coupés et pas par moi. On m'a dit que c'était des gars de la fonderie qui avaient fait le coup.

Le frère de Seriane se tourne alors vers ses acolytes. Celui en treillis confirme.

— C'était y a quatre ou cinq ans, avant les accords. On a coupé du bois dans quelques forêts pour consolider les sections de la mine et pour entretenir le feu de la cuve.

— Merde…

Romaric a l'air ennuyé, l'autre pas du tout.

— Je ne savais pas, explique Romaric. Je n'avais pas encore rejoint la fonderie. Écoute, les premières années, ça a été plutôt chaotique, ce n'était pas la fonderie d'aujourd'hui… Y avait ces types, organisés, sans scrupule, presque tous sont partis…

Ce disant, il fixe la longue barbe de Popeye dans l'habitacle.

— On est plus sélectifs à présent. En tout cas, je vais voir ce que je peux faire : on trouvera sûrement une solution pour te dédommager.

Le treillis fait la tronche en entendant ça.

— On va dédommager tous ceux qui reviennent maintenant ? Les forêts, ça devrait être à tout le monde, non ? Un « bien commun », il dit, le Romain : ce que la nature nous donne, c'est la *res communis* ! Il y en a qui triment depuis des années, ils n'ont rien, pas un lopin de terre. Et lui, il débarque dans son domaine et vient se plaindre, en plus ?

— C'est pas comme s'il y en avait tant que ça qui revenaient, non ? Allez, faut reprendre les recherches maintenant.

Romaric salue Étienne.

— À la prochaine, je te tiens au courant ! Et si tu as besoin de bois, on a ce qu'il faut !

Il monte à son tour dans la Jeep et pose le sac à ses pieds.

— *Ciao*, frangine, merci pour la livraison et n'oublie pas : même quantité, dans une semaine. Il y a pas mal de demande… Allez, prends soin de toi !

Le bovin fait rugir le moteur. Les phares puissants du 4x4 balaient le champ voisin. Étienne et Seriane regardent la voiture s'éloigner dans la nuit, profonde à présent, à travers l'écran de flocons qui se densifie.

Avant de rentrer dans la maison de Seriane, Étienne essaie d'imaginer un type perdu, seul, dans la nuit déjà glaciale. *Une malédiction qui rôde…* Pour la première fois, il se sent à l'étroit dans le vaste cirque de falaises et de forêts.

11

— Qu'est-ce que tu leur prépares ?

Emmitouflée dans un plaid en laine blanche, Seriane est assise dans le salon, face à Étienne. Elle effrite des feuilles sèches.

Manon travaille dans la cuisine, il lui reste des devoirs à finir.

— De quoi parles-tu ?

— Des commandes que tu transmets à ton frère.

Elle montre autour d'elle les bouquets suspendus, les dizaines de boîtes, les centaines de petits tiroirs qui renferment graines, feuilles, champignons séchés.

— Des antidouleurs, des anxiolytiques… Toutes sortes de remèdes. Beaucoup de gens en prennent. Il n'y a plus de médicaments.

— Tu les fabriques ?

— Oui, je cueille des plantes et je me sers dans les stocks de la fonderie. Le Romain et sa bande, ils ont ramené toutes sortes de choses…

— Ah. Et tu le connais bien, ce Romain ?

Seriane tarde à répondre. Ses yeux se laissent happer par les ombres derrière la fenêtre.

— Je ne l'ai pas vu depuis longtemps. Mais il a laissé une partie des réserves à la fonderie.

Manon déboule dans l'escalier. Elle a l'air ravi.

— J'ai fini mon exposé. Il me reste les maths et ce sera bon.

Elle repart aussi vite qu'elle est venue.

— Elle est très sérieuse, s'amuse Seriane.

Elles ont bien discuté, pendant qu'Étienne était à la mairie.

— Oui, elle a peur de décevoir Caro, si elle ne fait pas correctement son travail…

— Je crois plutôt qu'elle ne veut pas lui causer davantage de tracas. Apparemment, Tom n'est pas vraiment motivé par l'école… Tu veux boire quelque chose ?

Étienne accepte et elle se lève pour rejoindre la cuisine.

Pendant son absence, il observe la pièce : la tapisserie délavée pendouille dans les coins, la table basse prend des allures de vieux loup de mer avec son bois écorché par les pointes de couteau et la chaleur vive des plats en fonte. Derrière le poêle central, les bibliothèques poussiéreuses débordent de livres et de boîtes. Aussi quelques sculptures étranges : mélange de pierres polies et de branchages, de mousses et de plantes grasses. Seriane lit beaucoup. Elle s'occupe de son poulailler, de son potager. De ses plantes surtout : elle les fait sécher, dorer au soleil, danser dans les courants d'air, les jours de grand vent. Elle les pèse, les dose, les émiette, les marie. Des guirlandes de bouquets odorants pendent au-dessus du poêle. Étienne la voit partir tôt certains matins. Et elle ne dort pas souvent la nuit, s'il en croit les lueurs nocturnes.

Seriane revient, s'assied près de lui. Elle paraît fantomatique, dans son suaire pâle. Son grand corps respire, soulève la toison, ses boucles impétueuses roussissent ses épaules.

— Tu vois souvent Romaric ?

Seriane fixe les flammes dans l'âtre.

— Non. La fonderie est loin. De l'autre côté du village.

— Tu en penses quoi, de la fonderie ?

— Je me méfie des hommes en meute.

Quelque chose dans sa réponse le fait frémir.

— J'aime pas trop les gars qui étaient avec ton frère. Je les ai déjà croisés sur la route, ils jouent aux miliciens… Et puis, ils ont quand même pillé mes forêts.

— Mon frère te dira que la fonderie a changé, que l'esprit n'est plus le même…

Ils boivent en silence. L'eau chaude les réchauffe alors que le vent se faufile entre les interstices des vieux vitrages.

— Et tu… tu vois d'autres personnes ? Tu es toujours amie avec Sandrine, Noémie ?

Il ne se souvient même pas de tous les prénoms.

— Beaucoup sont partis, tu sais…

La main de Seriane trace un arc de cercle autour d'elle. Il remarque le bout de ses doigts, écarlates à force d'être rongés.

— Et… et toi ?

— Moi, je suis là. Je ne suis pas partie…

— Je veux dire… Ça ne te manque pas trop ?

— Quoi ?

— Eh bien les amis, ta famille…

Il prend une grande inspiration.

— Ta fille ?

Un coup de vent traverse la pièce. Un grand bol d'air gelé.

Seriane se lève, ouvre la porte du poêle pour enfourner une nouvelle brassée de bûches. La couverture qu'elle tenait serrée contre elle se dérobe. La chaleur inonde la pièce. Sous le chemisier, ses seins se dessinent librement. Les yeux d'Étienne se perdent dans la peau lisse, laiteuse…

Il détourne le regard.

— J'ai eu une discussion avec le maire. C'est lui qui m'a parlé des disparitions… Il m'a dit que ta fille était partie. Ça a dû être tellement dur. Tu n'as jamais eu de nouvelles ?

Seriane reste accroupie, immobile devant les tisons qui grésillent, se convulsent et se tordent. Ses hanches cambrées, son dos gracieux, son chemisier tendu dans la clarté des flammes.

— Elle n'a pas fugué…

— Qu'est-ce qui s'est passé ?

— Le maire est un sale type. Il raconte n'importe quoi. Tu veux une autre tisane ?

Seriane prend une casserole sur le poêle et verse une eau fumante dans la théière devant eux.

Les pensées d'Étienne trébuchent. Il a beau s'efforcer de regarder ailleurs, il ne peut empêcher ses yeux de parcourir le corps de Seriane. Gêné, il se lève, gesticule un peu.

— Je ne veux pas insister, tu n'es pas obligée de m'en parler maintenant… C'est… je l'ai appris, je ne pouvais pas faire semblant…

De la théière monte une fumée entêtante : millepertuis, valériane et des plantes inconnues.

— C'est gentil, Étienne. Mais c'est tellement étrange de te revoir, d'entendre ta voix après tant d'années…

Elle s'est levée à son tour, ils se tiennent à quelques dizaines de centimètres l'un de l'autre.

— Depuis ton retour, je pense souvent à nous, enfants… À notre histoire.

— Et après, que s'est-il passé ?

— Après quoi ? demande-t-elle, étonnée.

— Après notre histoire.

Elle le regarde tristement.

— Eh bien, la vie a continué : le lycée, les amis, les amoureux…

— Tu as trouvé quelqu'un de bien ?

— Ce n'est pas ce que j'ai cherché.

Tout près l'un de l'autre, leurs corps s'électrisent. Il sent la moiteur de son souffle, le parfum de violette de sa peau. Il s'en imprègne.

Après le lycée, Seriane avait commencé des études de biologie. Elle voulait être botaniste, mais son père était tombé gravement malade et elle était revenue aider sa mère.

— De toute manière, je n'aimais pas les cours, être enfermée…

Ils ne se voyaient plus déjà. Étienne rechignait à rendre visite à ses grands-parents, préférait les bords de mer agités et les plaisirs urbains.

— Puis mon père est mort. Ma mère a commencé à perdre la tête, ça faisait quelques années déjà… Je n'ai pas eu le courage de l'abandonner, j'ai laissé tomber la ville et les amphis.

Étienne l'enlace, il est désolé. Elle se tend aussitôt. Elle n'a plus l'habitude d'être touchée. Ses yeux verts s'opacifient : quelque chose de si sombre qu'Étienne recule. Elle le retient, revient contre lui.

— Excuse-moi…

Elle abandonne sa tête dans son cou. Les boucles sauvages le caressent, des brindilles odorantes à portée de main. Elle murmure, apaisée :

— Tu es parti si vite… J'ai longtemps pensé à nous lorsque je me promenais dans le bois, au sommet de la colline.

Les yeux verts sont revenus. Étienne se détend, sent son corps qui se dérobe, son ventre qui se crispe, ses mains qui glissent le long des hanches de Seriane. Les vapeurs de plantes obscurcissent son esprit. Pendant quelques instants, ils se pelotonnent, s'abandonnent. Étienne respire à peine. Leurs peaux frissonnent, se fondent l'une dans l'autre. Puis la voix de Manon résonne en bas, dans la cuisine.

Aussitôt, le charme se rompt, les corps retrouvent leur distance et leur densité.

Seriane sourit à Étienne, pour dissiper le malaise naissant.

— Tu veux manger ?

— Quoi ?

— Manon m'a aidée à préparer une tarte au fromage, et une aux groseilles pour le dessert.

Ils mangent tous les trois dans le petit salon, nichés contre le poêle ardent. Derrière la fenêtre, quelques flocons virevoltent dans le noir profond qui s'installe.

— La radio me manque, dit doucement Manon.

— Tu peux prendre tous les livres que tu veux, c'est bien aussi.

Manon a déjà commencé à en emprunter. Les grandes bibliothèques lui rappellent celles de sa mère. Elle n'a jamais autant lu.

— Ce n'est pas pareil, entendre parler les autres…

— Tu veux que je te lise un livre ?

— Ah ouais !

Seriane prend un ouvrage commence la lecture. Étienne, toujours troublé, dérive. La voix douce berce le temps qui s'écoule lentement, la neige, apaisée, s'étire dans la pénombre, papillons flottants, sphinx cristallins fondant dans le grand tapis blanc qui recouvre le hameau.

Manon sourit, s'apaise, s'endort.

Étienne, souriant, écoute la voix de Seriane qui, inlassablement, conte. Il sait qu'il va souvent repenser à son corps serré contre le sien et au désir puissant qu'elle éveille en lui.

12

Le lendemain, Étienne se lève tôt : il espère finir le raccordement de la vieille cuisinière à bois avant l'assemblée du village, convoquée à 16 heures.

Comme elle n'a pas école, Manon s'occupe de sa chambre. Seriane est venue l'aider : elles ont nettoyé les murs et passé une couche d'enduit à l'argile ocre pour éclairer la pièce austère de couchers de soleil. Puis elles ont installé le sommier et le matelas. Les lattes sont fermes, Manon s'en moque : elle se jette sur le lit, sourit au plafond de chaux, heureuse d'aménager son antre finalement.

Ils s'attablent tous les trois. Manon jubile.

— Et t'as vu les couleurs ? Il est trop beau, ce orange. C'est Seriane qui l'a préparé.

— C'est vrai qu'il est beau. On pourrait peut-être en enduire un mur du salon ?

— Oui, ça ferait bien.

Seriane ne dit rien. Elle sourit mais ses yeux traversent la table et le petit corps de Manon.

— Tu as vu la cuisinière ? Elle est belle, elle chauffe bien !

Tellement bien qu'ils étouffent presque avec le soleil qui a surgi sans prévenir.

Ils font la vaisselle et rangent les couverts. Manon ne veut pas se reposer, elle préfère aider Seriane à tailler des piquets pour son potager.

Étienne s'inquiète un peu.

— Tu devrais peut-être laisser Seriane tranquille.

Vers 15 h 30, ils se décrassent avant de quitter la maison. Seriane les retrouve sur le parking devant la Panda. Elle semble soucieuse, se retranche derrière un sourire de façade.

— Ça va ? lui demande Manon.

Seriane lui replace une mèche. Manon se prend une châtaigne : un corps en surtension.

— Excuse-moi, ça me stresse toujours ces grandes messes…

Manon hoche la tête.

— Tu m'étonnes !

Elle imagine l'assemblée, comme dans un vieux film en noir et blanc, bourrée de grabataires, d'odeurs de chiottes, de peaux chiffonnées et d'eau de Cologne.

— Bon, on y va ?

Étienne bat la cadence sur le plancher de la voiture. La Panda démarre, il lorgne Seriane dans le rétro. Depuis plusieurs nuits, il pense à elle, à son corps, sa voix, sa peau. Elle évite ses regards. Ses pensées électriques irradient l'armature métallique.

— T'es sûre que ça va ? lui demande Manon.

Seriane lui sourit.

— Mais oui. Qu'est-ce que tu vas faire avec Cyrielle et Tom ?

Manon hoche les épaules.

— Je sais pas trop, on va jouer de la musique peut-être…

— Ah ! Vous êtes toujours sur *Hôtel California* ?

— Oui. J'ai du mal avec certains accords… Pourquoi tu vas à l'assemblée si ça t'ennuie ?

— J'ai loupé les deux dernières, je vais finir par me faire remarquer… Et j'ai hâte de voir ton père se faire harceler par toutes les vieilles copines de tes ancêtres : « Oh, le fils Sornin ! Le fils Sornin est revenu ! »

— C'est malin…

Manon éclate de rire.

— Et je pourrai l'écouter bientôt, votre reprise ? lui demande Seriane.

— On a encore un peu de boulot. Mais j'arrive presque à faire le début sans faute !

La voiture tourne et les premières toitures du village apparaissent en contrebas. Étienne range la bagnole derrière les autres le long de la route.

Des anciens remontent péniblement les ruelles, évitant prudemment les plaques luisantes nichées dans l'ombre des murs et les amas dégoulinants chauffés au soleil.

— Tu sais, papa, c'est bien, la fonderie ! Il y a des fêtes, de la musique, il y a même du cinéma parfois.

— Ah bon ?

— Y a plusieurs enfants de l'école qui y vivent. Ils dorment dans des dortoirs ou en famille, chacun peut choisir. Ils participent aux travaux, aux repas, ils apprennent plein de choses utiles…

L'église se dresse devant eux, le clocher en tuf masque le soleil. Quelques rayons affleurent à travers le fenestron haut perché et rougissent les pierres grises.

— À tout à l'heure, Manon. Je passe te chercher quand c'est fini. Tu ne fais pas de bêtises avec Cyrielle et Tom, hein ?

Manon les salue d'un revers de main, s'éloigne en sautillant dans la neige. Ses jolies bottines mitraillent la route d'éclaboussures.

13

Étienne entre dans l'église. La nef, vidée de ses chaises et de ses bancs, ressemble à une grande citerne de pierre. Le long de la travée centrale, les gens murmurent, la haute voûte résonne.

Une cloison nouvelle isole l'autel. Derrière la porte, le chœur de l'église a été aménagé en concile : outre les chaires séculaires qui ceignent le pourtour de la pièce et épousent ses arrondis, les bancs de bois de la nef ont été installés là, sur trois rangs. L'autel central est orienté vers le chœur. Un faux plafond bâti à la hâte conserve le peu de chaleur distillée par les poêles à pétrole. Une odeur de kérosène et de froide humidité imprègne la pièce.

Les têtes se dressent à leur arrivée. Une cinquantaine de regards, agglutinés près des poêles. La plupart ont des cannes, des cheveux blancs. La nouvelle du retour du fils Sornin court sur toutes les lèvres.

Mathieu et Caro leur adressent un signe rapide.

— Eh bien, une entrée remarquée ! lui glisse Caro à l'oreille.

— Oui, je me sens presque de trop…

— Faut les comprendre, t'es la seule nouvelle tête de l'année, qui plus est un fils du pays ! Une star locale, quoi…

— La star locale ferait mieux de ne pas s'asseoir à côté de nous, si elle veut préserver son aura…

Comme Étienne n'a pas l'air de comprendre, Mathieu lui montre une harde de gros gaillards en treillis et cartouchières, en bout de salle, qui les lorgnent d'un mauvais œil.

— Tiens, il y a l'autre abruti, celui qui m'a pris la tête en voiture.

Le colosse est là, effectivement, qui les fixe méchamment.

À leurs côtés, Seriane se tient en retrait. Elle fait mine de ne pas voir les regards lourds posés sur elle.

Les voix des nouveaux arrivants se mêlent aux murmures de la petite foule. Bientôt, plus d'une centaine de personnes se retrouvent assises là, à égrainer leurs inquiétudes, à se plaindre de la neige, du froid ou des coups de chaud soudains, des bêtes qu'il faut nourrir et des travaux d'hiver… Il y a quelques jeunes parmi eux, des enfants du pays. Caro énumère à l'oreille d'Étienne les noms et les alliances.

— Celui-là est sympa. Antoine. Il n'est pas d'ici, un ancien ingénieur qui a senti le vent tourner… Là, c'est Juliette, la fille des anciens épiciers. Elle est revenue il y a six ans s'occuper de sa mère. Elle n'a jamais pu repartir…

Étienne gigote : tous ces noms poussiéreux lui donnent le tournis.

Enfin la porte se referme. Le maire s'approche du pupitre. Un silence de plomb visse les hommes et les femmes à leur chaise.

Caro se penche vers Étienne.

— Le maire est cul et chemise avec les plus anciens de la fonderie. Les mauvaises langues racontent qu'ils lui ont refait sa toiture gracieusement… Il n'aime pas les nouveaux par contre, trop écolos à son goût.

— Bonsoir à tous, merci d'être là et merci à Jeanjean et Roger qui ont déneigé l'entrée… Il y en avait encore une bonne couche, ce matin… Tout d'abord, un point sur les travaux réalisés depuis la dernière assemblée. Il y avait surtout le problème de canalisation en aval du château d'eau sur la côte, on est montés voir avec Bastien et son équipe, c'était une queue de rat gelée…

Fosses septiques bouchées, murets endommagés, tuiles emportées… pendant près d'une heure, les avaries défilent et les interventions salvatrices de la mairie aussi. Étienne se frotte les yeux, retire sa veste. L'odeur de pétrole, entêtante, lui donne la nausée. Autour de lui, il ne voit que des vieillards aux mains chevrotantes, emmitouflés dans de longs manteaux et des couvertures grises. Il souffle en bâillant à Mathieu :

— Putain, comme c'est chiant !

— Tu t'attendais à quoi ? Qu'on parle de la programmation du prochain festival de rock ?

— Non, mais sérieusement, ça pue ! Le pétrole, déjà, c'est dur, mais merde, y en a qui ne se lavent plus, non ?

Mathieu se met à pouffer. Les regards de traviole s'agglutinent sur lui.

— Un bain à l'eau tiède tous les mois… bienvenue chez toi, mon pote !

Enfin l'orateur se tait. Une voix vacillante s'élève aussitôt dans l'assemblée.

— Et le déneigement ? Le tracteur n'est passé qu'une seule fois chez moi…

Un vieil homme tassé, une chapka sale incrustée dans le crâne. Étienne le reconnaît aussitôt : Aristide, l'ancien garde forestier, le meilleur ami de son grand-père. Il venait presque tous les jours boire le digestif. Étienne les accompagnait parfois marteler les troncs pour la coupe ou cueillir les champignons d'automne.

Willy s'agace aussitôt.

— On ne va pas en parler à chaque fois, la commune n'a qu'un engin et tu es en bout de route. Vu nos réserves de carburant, on ne peut pas passer à chaque chute dans tous les hameaux. Vous pouvez très bien demander l'intervention de la fonderie en complément, un accord a été passé avec elle.

— Vous savez ce qu'ils prennent ? Je suis seul, moi, je partage avec personne !

Aristide habite une ferme isolée, au bout d'une piste au nord du village. Sous les Trois Pics.

— L'intérêt général s'impose à tous : les routes principales doivent être déneigées en priorité.

— Ah oui ? Et c'est dans l'intérêt général de faire déneiger votre parking par le tracteur communal ?

Les voisins d'Aristide temporisent, le font se rasseoir. Mathieu explique à Étienne :

— Dans le village, c'est le tracteur communal qui dégage tout. Mais dans les hameaux, c'est une autre histoire… Surtout que notre cher Willy ne peut pas sentir Aristide.

Étienne prend conscience soudain que sa route est déneigée après chaque chute. Mais par qui ?

— T'as de la chance d'avoir Seriane comme voisine. Ils ont besoin de médocs…

— Je n'arrive pas à joindre mes enfants, ni mes petits-enfants. Est-ce qu'il y en a ici qui ont des nouvelles récentes du côté de Saint-Flour, dans le Cantal ? Et l'aîné de mes petits-enfants vit près de Saint-Malo…

Cette fois, c'est une toute petite dame, grisâtre et pleine de rides comme un sérac. Elle se tourne à droite à gauche.

Enfin un bras se lève : un homme serré dans une chemise de bûcheron trop petite donne des nouvelles du Centre. Il a joint son fils à Clermont-Ferrand : la situation est stable là-bas. Mais il est sans nouvelles de son petit-fils de Montpellier, depuis quatre mois déjà… Une autre dame lui répond alors : sa fille a réussi à fuir la banlieue de la ville.

Un à un, les habitants viennent questionner et partager ce qu'ils savent. Un bourdonnement inquiet enfle, résonne sous les jambes des archanges et des demi-saints tranchés par le faux plafond.

— C'est systématique, lui explique Caro, tout le monde profite de l'assemblée pour s'informer.

Une cartographie des insurrections et des lieux sûrs se dessine peu à peu. Les regards se troublent. Certains ne retiennent pas leurs larmes, d'autres oscillent la tête, abasourdis.

La nouvelle messe est une litanie des lieux perdus : les maisons des grands-parents, les longues plages, les villes aimées pour les vacances ont pris leur distance. Les bornes kilométriques sur le coin des routes ont retrouvé tout leur sens.

Étienne hésite. Pourquoi irait-il, à peine arrivé, se donner en spectacle ? Mais il a à dire, peut expliquer certaines choses.

Il se lève. Les yeux s'agrippent à lui.

Il parle du Sud d'abord : des villages entiers qui ont brûlé pendant l'été, des récoltes mises à mal, des convois de réfugiés fuyant les incendies, la sécheresse et la pénurie. Puis des quartiers nord de Marseille ravagés par les flammes. Il ne s'étend pas sur les immeubles détruits, les fuyards pris au piège, le reste de la ville ensevelie sous les fumées épaisses. Il évoque Feyzin et les colonnes noires qui avaient teinté le ciel des jours durant. Les nuages âcres, gorgés de vapeurs toxiques, avaient contaminé Lyon et sa banlieue avant de se répandre vers le sud. Puis les tempêtes, la vallée du Rhône dévastée, la submersion du littoral. Il explique enfin les centres-villes fortifiés, les corridors protégés sur les grands axes routiers, l'armée qui patrouille… Le scandale des villes-forteresses, ces centres bourgeois qui se dotent de milices et se gardent des troubles en défendant férocement leurs privilèges. Des pans entiers du territoire ont été sacrifiés, dévastés par les rafles pour fournir en main-d'œuvre les camps de travail qui pullulent, au nom de la lutte contre la criminalité. Des grandes sociétés militarisées ont acheté des villes entières, expropriant, licenciant, remplaçant leurs salariés inutiles par des prisonniers…

Les données d'Étienne datent déjà de plusieurs semaines mais l'immédiateté des informations n'existe plus : toutes les nouvelles se traînent désormais le long des kilomètres qui traversent le pays.

Le silence est pesant, les visages graves. Étienne voit à leur dédain figé que certains n'y croient pas. Surtout, il devine l'ennui, impérissable, accablant : les proches absents, le téléphone inutile, la télé éteinte, les boîtes aux lettres à l'abandon… Deux cent trente-deux âmes et des milliers d'absents, amis ou familles, disséminés dans un pays redevenu gigantesque. Seul le souffle lancinant du vent, jour après jour, vient rompre le silence dans les longues fermes froides.

Seriane se penche et lui glisse :

— Tu sais y faire pour mettre l'ambiance, toi…

— J'aurais mieux fait de me taire.

Puis vient le temps des échanges. Les uns annoncent leur prix pour du fromage, du fourrage, quelques pièces de viande… d'autres vendent des bocaux, des récoltes tardives, du pain ou des fruits secs… Quelques appels à main-d'œuvre sont aussi lancés.

Une femme et un homme se dirigent vers l'autel. Caro se tourne vers Étienne.

— La fonderie. Ils viennent annoncer ce qu'ils ont en stock.

Planches, liteaux, tasseaux, poutrelles de charpente en métal, couteaux, haches et outils divers fabriqués dans leur forge, médicaments… pendant cinq bonnes minutes, d'une voix monotone, un gars court sur pattes avec une barbe énorme et le crâne chauve débite la liste qu'il tient entre ses mains. Une panoplie impressionnante, Étienne en reste ébahi.

— Et nous cherchons des bras : on va faire descendre les troncs coupés au printemps dans une parcelle communale… Si vous êtes intéressés, il y a cinq jours de boulot, payés en stères.

Le gars a terminé. Au pupitre, la femme prend le relais.

— En magasin, nous aurons du poisson séché, des tomates au vinaigre, des olives vertes en saumure et pas mal de poires. De la charcuterie aussi, en assez grande quantité : saucissons de bœuf et une sorte de lonzo. Conserves de poissons et de raviolis, lessive et savon, cosmétique, du dentifrice et des lames de rasoir… tout ça sera disponible dès la semaine prochaine à l'épicerie ou directement au magasin de la fonderie, alors venez passer vos commandes !

Tout le monde se lève. Cette abondance de produits aiguise les appétits et un brouhaha guilleret ragaillardit la petite foule. Derrière les sièges en bois, les fresques de l'église débordent d'arbres, de fruits et d'angelots. Un décor absurde, songe Étienne, plus encore qu'avant.

— Bonjour, vous êtes le fils Sornin ? Vous ne me reconnaissez sans doute pas…

Plusieurs personnes s'agglutinent autour de lui, d'anciens amis de ses parents. Ils sont avenants, curieux et sentent fort.

— Je t'ai connu bambin, grand comme ça !

— Ah ça, on reconnaît les traits de ton père !

Ils l'interrogent sur la maison, hochent sobrement la tête lorsqu'il évoque ses biens dérobés, s'empressent de le rassurer : ils lui donneront ce qu'il faut en chevreaux et poules pour démarrer, le prix ne sera pas un problème… Il a du mal à suivre, les voix se chevauchent, les appels aux souvenirs se multiplient.

— Je te laisserai des bêtes. Tu es jeune, t'as une fille à nourrir ! Moi, je ne sers plus à rien…

Aristide dépasse les autres d'une bonne tête. Mais, décharné, les cheveux épars tel un reste de paille après la moisson, l'ancien géant des bois est méconnaissable. Étienne lui serre longuement la main.

— Tu as des problèmes de déneigement ? Je vais venir te filer un coup de main.

Aristide rigole.

— Sûrement pas, t'as assez à faire comme ça. Et puis, c'est seulement pour emmerder le gros Willy : je ne bouge pas de chez moi et mon vieux 4x4 passe partout.

— Sûr ? Je viens avec plaisir…

— Et moi, je t'accueille avec plaisir. Mais pas pour déneiger. Tu crois peut-être que j'ai besoin de l'aide d'un blanc-bec ?

Aristide sourit à pleines dents. Étienne voudrait rester avec lui mais les autres le pressent. Une vieille dame les interrompt et se faufile entre eux.

— Venez me voir. Je m'appelle Eugénie, j'ai des photos de tes parents, de ta mère petite, même ! Et de toi !

Elle était dans le club de peinture, avec sa mère. Il se souvient du fauteuil bergère au tissu fripé, et du sirop de thym et de citron qu'elle lui servait, avec des biscuits à l'amande.

— Ne vous formalisez pas : nous ne voyons plus nos enfants ni nos petits-enfants depuis une éternité, alors… Demandez à Mme l'institutrice, on se bat tous pour intervenir à l'école !

Aristide salue rapidement Étienne de la main, puis sort accompagné de Seriane. Étienne est déçu. Il aurait souhaité lui parler plus longuement.

Eugénie se cramponne à son bras, elle le supplie presque.

— Vous viendrez me voir, avec la petite ? J'étais très amie avec votre mère…

L'enfance qui s'invite entre les rides, une brèche fugace dans la solitude. Puis elle s'écarte. Il conserve de longues secondes durant l'empreinte froide de ses doigts sur sa peau.

Il discute encore quelques minutes puis s'excuse : il a besoin de prendre l'air. L'odeur de kérosène lui monte à la tête.

Il sort, traverse la nef. Dehors, les hommes fument. Quelques femmes aussi. Pipes, cigarettes, les petits brasiers rougeoient dans le crépuscule qui, déjà, alourdit le ciel. Étienne aperçoit Mathieu, en pleine discussion avec un type qu'il ne connaît pas. Il se rapproche.

— … Allez, on a besoin de toi ! Tu te fais chier à faire des kilomètres pour aller bosser en bas.

— Tu crois vraiment que c'est du long terme ? Je perds tout, moi, une fois que j'ai dit oui…

— J'en suis sûr, comment veux-tu qu'on fasse autrement ? Les villages alentour, c'est pareil, ils ont besoin qu'on assure !

Le gars lui tend un petit sachet, ils se tapent dans la main. Mathieu se retourne. Il se crispe un peu en apercevant Étienne et enfourne le sachet dans sa poche l'air de rien.

— Alors, tu as trouvé des bêtes ?

— Oui, c'est bon, j'ai des poules, des agneaux, et même un petit porcelet, normalement… Les vieux amis de la famille. Et toi, tu fais tes emplettes ?

— T'as de la chance, on ne me propose pas de porcelet à moi… Tu connais Bastien ?

Étienne hésite : la barbe épaisse et les cheveux longs masquent une partie de son visage… puis il se souvient. L'autre lui tend la main.

— Alors tu es revenu, finalement ?

— Oui, avec ma fille. Je retape la baraque.

— Moi, ça fait quatre ans maintenant. J'ai fait comme toi. Mon paternel est encore de ce monde, on vit avec lui. Faut que tu viennes à la maison !

Étienne sort son tabac. La feuille glisse sous ses doigts secs. Il s'humecte la peau pour rouler convenablement.

— Tu as des gosses ?

— Un grand, d'un premier mariage… Et ma nouvelle femme attend une petite, c'est pour le printemps.

— Chouette. Félicitations !

Bastien et lui étaient proches, ils faisaient des virées ensemble : grandes voies, alpinisme, spéléo et canyoning.

— Et toi, célibataire ?

— Ma femme est morte.

Comme Bastien se décompose, Étienne enchaîne rapidement.

— T'es toujours guide ?

— Non, c'est fini depuis longtemps, mais j'ai un job à la fonderie.

— Ah. Tu bosses pour eux ?

— Avec eux. J'y ai vécu un moment avant de me marier. J'ai gardé plein d'amis là-bas.

La face est du pic central, une escalade magnifique, était jadis leur terrain de jeu favori. Ils y passaient des heures, ouvrant de nouvelles variantes, s'essayant au mixte en fin d'hiver, bivouaquant certaines nuits à même la falaise dans un portaledge.

— Tu serais partant pour une petite virée au printemps, en souvenir du bon vieux temps ?

L'autre le regarde bizarrement.

— Dans la montagne ?

— Ben, oui.

Bastien fait une drôle de grimace.

— Plus personne ne fait ce genre de chose…

Il se tourne vers Mathieu.

— Il n'est pas au courant pour les corps ?

— Si, mais c'est Étienne. Tant qu'il en aura pas trouvé un…

Bastien souffle bruyamment.

— Ne va pas vers les pics alors, évite même le coin au-dessus de chez toi : va plus au sud… En tout cas, j'ai plus le temps et plus l'envie non plus. Mais ça me ferait plaisir de boire une bière avec toi, à l'occas !

Puis il s'excuse et s'éloigne un peu vite.

Étienne est déçu : il est revenu pour la montagne aussi, pour se fondre dans les grands espaces. Bastien et lui ont tout appris ensemble.

Autour de lui, les habitants quittent l'église. Aristide et Seriane ont disparu. Les monticules de neige, compactée le long des maisons par l'étrave du tracteur, durcissent. Le ciel s'arrondit. Une grosse lune blanche se hisse derrière les trois hauts pics au nord, quelques étoiles pointent au loin, tandis que la pénombre flirte avec l'horizon.

14

— Tu veux boire quelque chose ?

La chaleur vive et réconfortante de la cuisine, les fumets agréables qui s'échappent des casseroles dissipent peu à peu le froid statique et les odeurs poisseuses de l'église, collées à leur peau.

Liqueurs à base de gentiane, de noix ou de genépi. Comme si elle lisait dans ses pensées, Caro ajoute :

— La fonderie fournit en bière, mais pas toute l'année…

— Vin de noix, ça ira très bien.

Elle les sert, ils trinquent en silence.

À l'étage, les enfants jouent de la musique. Une joyeuse cacophonie perce les solives et le Fermacell. Tout cet entrain les écorche presque.

Caro remet deux bûches dans le large poêle. Le feu pétille, des gerbes d'étincelles jaillissent hors du foyer par la trappe entrouverte.

— Seriane est rentrée ?

— Elle va nous rejoindre. C'est moi qui l'ai emmenée.

— Je ne pense pas qu'elle viendra…

— Pourquoi ?

Caro fait tourner son verre sur la toile cirée. Les reflets du vin se mordorent à la lueur de la lampe à huile.

— C'est pas son genre. Elle est plutôt sauvage avec nous.

Étienne n'est pas sûr de saisir.

— Elle passe des journées entières dans la montagne, cueille des plantes, vagabonde. Elle est un peu lugubre, ça doit lui faire du bien de t'avoir auprès d'elle…

Devine-t-il une once de jalousie, nichée dans les interstices, entre les mots de Caro ? Il la regarde : ses yeux coulent de fatigue et des plis tristes saturent les coins de sa bouche. En comparaison, Seriane, avec ses yeux ensorcelants et sa peau d'une blancheur immaculée, resplendit.

— Elle m'attend peut-être à la voiture… Je vais vérifier, j'en ai pour deux minutes.

Étienne se lève en trombe, croise Mathieu dans le vestibule. Il a vu Seriane partir sur le sentier.

— Je vais essayer de la rattraper.

— Elle doit déjà être loin…

Étienne trottine jusqu'au vieux cairn qui marque le départ des chemins reliant le village aux hameaux. La grosse lune blanche éclaire la colline. Nulle trace de Seriane parmi les ombres des pins et des genévriers.

— Tu ne l'as pas trouvée ? lui demande Mathieu à son retour.

— Non.

— J'ai eu peur que tu la suives à pied…

Mathieu est déjà attablé, un verre plein dans une main et un joint dans l'autre.

— Je croyais que plus personne ne marchait dans la montagne.

Mathieu exhale un long serpent de nuage.

— Ce sont surtout les hommes qui se gardent d'y aller…

— Personne ne va dans le massif des Trois Pics, sauf Seriane, précise Caro.

— Pourquoi ?

— Je sais pas… Ça n'a pas l'air de la déranger, tous ces cadavres. Elle se déplace toujours à pied, même la nuit. Elle met tout le monde mal à l'aise.

— Parce qu'elle marche ?

Caro poursuit.

— Parce que personne ne sait ce qu'elle fait…

Étienne s'agace. Ces insinuations commencent à lui peser.

— Elle récolte des plantes, non ? Pour soigner tout le village ?

— Oui, c'est sûr, elle a des stocks à faire. Sa renommée court bien au-delà du canton. Mais ça n'explique pas toutes ses sorties… Enfin, de toute manière, elle ne serait pas venue, soupire Mathieu. Elle n'aime pas se frotter aux gens. En tout cas, pas à nous.

Étienne repense aux cheveux de Seriane ondulant sur sa peau, à ses lèvres sur son cou.

— Vous n'avez pas l'air de beaucoup l'apprécier…

Mathieu hausse les épaules mais Caro ne se dérobe pas.

— Elle ne fait pas grand-chose pour se faire apprécier.

— Qu'est-ce que tu veux dire ?

— Elle reste très distante. Beaucoup de gens la trouvent froide, hautaine.

— Vous n'avez jamais été amies ?

Caro s'interrompt, le manche de la louche en l'air, au-dessus de la casserole de soupe fumante qu'elle vient de poser sur la table.

— Si. Quand sa fille a disparu, on s'est rapprochées, ça a duré quelques mois… C'était au printemps. On essayait de la soutenir, nous et d'autres dans le village. Elle n'a jamais cru à la fugue, elle cherchait des traces de sa fille dans les montagnes. Elle pensait à un accident. Il y a eu deux battues, organisées par des volontaires. À cette époque, personne n'avait découvert de morts dans la montagne.

Mathieu ronchonne.

— Sans le maire actuel, d'ailleurs, un vrai scandale ! Il était adjoint à l'époque, et il a refusé de participer, lui et une partie des chasseurs et des gars de la fonderie. Soi-disant qu'ils n'y croyaient pas, que Neige était simplement partie de son plein gré. Même si c'était vrai, ça leur coûtait quoi ? Deux journées ?

— Et après, qu'est-ce qui s'est passé ?

Un silence s'installe. Quelques séries de notes et de battements perlent du plafond et secouent les toiles d'araignées suspendues aux poutres.

— Personne ne le sait vraiment. D'autres jeunes filles du pays ont disparu. Dans notre village, mais pas seulement. C'est arrivé au moment où pas mal de types louches circulaient dans les environs. Du coup, tout le monde a eu peur. Seriane a pris l'habitude de s'éclipser pendant des semaines. Elle réapparaissait juste de temps en temps, pour venir chercher des vivres. C'était comme si elle ne voyait plus le soleil : sa peau était devenue blafarde, ses yeux se plissaient au moindre rayon… Elle semblait gravement malade. Elle dormait peut-être dans sa cave…

— C'est la même année que les premiers corps ont été retrouvés ?

— Oui. Un bon millésime… C'est arrivé quelques mois après les disparitions, je crois. Le premier corps, c'est un chasseur qui est tombé dessus. Impossible de l'identifier. Et le second a suivi quelques semaines après.

— Des anciens de la fonderie se sont volatilisés aussi. Personne ne sait ce qu'ils sont devenus, ajoute Caro.

— Et Seriane ?

— Elle est retournée chez elle. Elle a recommencé à sillonner les montagnes pour cueillir des plantes. Quelque chose avait changé : elle ne parlait plus de Neige, ne demandait plus d'aide pour la chercher. De temps en temps, elle rapportait de ses excursions des bouts de corps, des ossements. Elle les balançait sur les marches de la mairie…

Caro se tait. Debout derrière la casserole fumante, elle plonge ses yeux dans la colonne de vapeur. L'ombre de Seriane plane. Elle la revoit déambuler dans les rues désertes, passant et repassant devant les portes closes, cherchant sa fille, jour et nuit.

Bientôt, c'est le grand chambardement. Manon, Cyrielle et Tom déboulent et les préoccupations sérieuses se font bien vite piétiner par l'élan et l'appétit radieux des enfants.

15

Un soleil éclatant incendie les plaines de neige, couche les falaises dans un horizon blanc.

Lorsque Étienne se lève, Manon est déjà debout. Elle boit sa tisane dehors, la tasse fume entre ses mains. Tous les jours, elle se rend à l'école à pied, retrouve ses copains, mange le midi avec Caro et Tom, puis rentre avant la tombée de la nuit.

Étienne s'installe auprès de sa fille, une tasse de café à la main. Il l'embrasse sur le front, elle se tend un peu : il a encore dans la bouche l'amertume du vin de noix et l'aigreur de la nicotine.

— Ça va, ma chérie, bien dormi ?

Il ne prête pas attention à son silence.

— Je vais couper mes premiers arbres ce matin !

Il a longuement affûté ses haches la veille. La pulpe de ses doigts est devenue si lisse qu'elle paraît grasse au toucher.

Elle ne le regarde pas. Deux panaches s'élèvent de leurs tasses. Deux humeurs qui ne s'accordent pas.

Au-dessus de l'appentis en ruine, à gauche de l'entrée, la cime des deux arbres déborde.

— Ça ne va pas, Manon ? finit-il par demander.

Elle prend son temps.

— Tu la connais bien, Seriane ?

— Oui assez, pourquoi ?

— Depuis longtemps ?

— Eh bien, oui, on était amis, enfants. Quand je venais voir mes grands-parents. Elle avait mon âge. On jouait ensemble, un peu comme toi et Tom…

Sauf qu'à sa connaissance, Manon et Tom ne se bécotent pas dans le placard de la chambre ni dans les bois.

— Et tu savais qu'elle était herboriste ? Une guérisseuse ?

— Oui, elle a toujours aimé les plantes. Pourquoi toutes ces questions, Manon ?

— Tu ne t'es jamais dit que Seriane aurait pu sauver maman ?

Étienne cligne des yeux, elle le scrute. Il sent l'intensité de son regard, le sien vacille, se réfugie dans les arbres sur la colline.

— Non. Je ne me le suis pas dit.

— Pourquoi ? Qu'est-ce que tu as fait, à part attendre ?

— Qu'est-ce que tu racontes ?

La colère s'incruste entre eux, comme une invitée encombrante.

— J'entendais tout, papa. Le soir, vous fermiez les portes mais j'écoutais. Vous l'avez su des semaines à l'avance que les médicaments allaient manquer. Et toi, t'as attendu que maman n'ait plus rien ! Tu aurais très bien pu partir en chercher, ou même venir trouver Seriane. Elle aurait fait ce qu'il fallait…

Il n'en revient pas. Les mots incisifs, le regard de Manon : une silhouette plus ample se superpose au corps de l'enfant. L'ombre de la future femme. Il se sent las soudain, terriblement vieux aussi, éclaboussé par l'avenir. Il bredouille :

— C'est pas le genre de médicaments qu'on peut acheter au coin de la rue… On ne savait pas comment s'y prendre. Je pensais avoir trouvé une solution, j'avais des contacts, avec des médecins…

Manon le fixe en silence.

— Ces ordures de labos, ils ont cessé la production de tout ce qui ne rapportait pas… Et ta maman, je ne pouvais pas me résoudre à la laisser…

— C'est elle qui nous a laissés du coup, pour toujours.

Manon se lève.

— J'y vais. À ce soir, papa.

Papa. Pour le rassurer.

Il la regarde s'éloigner. Grande, volontaire. Il se souvient l'avoir portée ici même sur ses épaules. Bébé, elle empoignait ses deux oreilles et penchait sa tête vers la sienne en riant.

*

Dans sa forêt, au sommet de la colline, il choisit un hêtre : du bois tendre, un fût pas trop large. Il pose son sac, arme sa hache. Un coup montant, un coup descendant. L'entaille s'esquisse, dans le sens de la pente.

L'acier martèle le tronc fibreux. Les copeaux volent, les ébarbures s'éparpillent sur les racines découvertes. Il parvient à creuser un triangle de vide dans la chair beige de l'arbre. Il change alors de position et s'attaque à l'autre face de l'arbre.

Il est en sueur, l'effort est harassant et ses coups manquent de précision. Enfin, le hêtre vacille, ploie en grinçant, comme un vieil éléphant qui s'agenouille.

La neige voltige. Le tronc s'effondre dans un vacarme sinistre.

Étienne contemple le long cadavre de bois odorant : sur le fût abattu, les jeunes ramures tremblent encore. La souche fraîche exhale des parfums de sève chaude.

Il laissera le tronc sécher sur place, ne l'étêtera qu'au dernier moment.

Reste à débarder. Une à une, il abat les branches inutiles à la hache ou à la scie. Il a soif tout à coup, s'assied sur la souche et sort la Thermos de son sac à dos.

En contrebas, les fenêtres de sa maison brillent. Il entend la neige chaude goutter des branches autour de lui et les rigoles souterraines clapoter sous la neige. À l'horizon, les sommets crénelés exhibent leurs tourelles blanches et noires : canines de pierre et dorsales enneigées. La tisane est chaude, l'arôme de thym puissant. Son regard volage balaie les pentes, se perd dans les vires qui entaillent le mur de roche de lignes blanches. Il se brûle presque les lèvres.

Soudain, une couleur vive accroche son regard.

Intrigué, il s'ébroue, cligne des paupières. Au milieu de la falaise, un point rouge, minuscule. Cette couleur le trouble : quel est cet objet, égaré ou placé à dessein, au milieu de la paroi ? Il sort les jumelles de son sac.

Une étoffe, un manteau peut-être, posée sur un balcon étroit. La neige qui réverbère le soleil de fin de matinée inonde de blanc les lentilles des jumelles. Vu la tourmente de la veille, quoi que ce soit, manteau, sac ou détritus, ce n'est pas là depuis longtemps.

Les paroles du frère de Seriane lui reviennent en mémoire : *Un gars sur la route a vu quelqu'un en dessous des arêtes, sur les vires, juste avant la nuit. Il se dirigeait vers le sud…*

Étienne récupère sa hache, la scie, sa Thermos et les jumelles, ficelle son sac et redescend. S'il veut en avoir le cœur net, il va lui falloir le matériel adéquat. C'est peut-être un homme qui attend là-haut.

16

La neige est sèche, trop fine. De minuscules étoiles roulent et voltigent sous la large spatule des raquettes.

S'enfonçant souvent jusqu'aux genoux, il a remonté la crête qui s'étire du sommet de sa colline jusqu'à la base de l'éperon rocheux : le dos arqué d'un animal fantastique qui se redresse soudain, presque à la verticale. Au pied de la pointe, les vallons se rejoignent. À son sommet, les vires naissantes s'élargissent et découpent le cirque rocheux de grandes lignes horizontales.

La tache rouge est sur le troisième replat. Il a pris pour repère un gros dévers qui surplombe l'étroit balcon.

Dès le début de son ascension, il tâtonne avec prudence. Le manteau est instable, des corniches de neige soufflée masquent le vide. Il s'efforce de rester au milieu de la pente, prend appui sur les rochers apparents, ne s'aventure pas vers les bords, pourtant plus aisés à gravir.

Il savoure le poids du sac, le cliquetis des mousquetons, des coinceurs et des dégaines qu'il a emportés. L'odeur de la corde, de la magnésite. Il en oublie presque la tache rouge, invisible à présent qu'il s'engage dans l'entaille de la falaise.

Il s'arrête près du sommet de l'éperon.

La traversée est délicate, plus qu'il ne l'imaginait. Il avise un gros baquet au-dessus de lui, enroule une longe autour et passe un maillon rapide dans le demi-cabestan qu'il noue dans le sens que prendra la corde. Il tire trois coups secs sur la cordelette, contrôle sa résistance.

En contrebas, le hameau. Réduit à la taille d'un gros jeton, il tient dans le cercle qu'il forme entre ses doigts. Il lui semble distinguer Seriane, sur le parking. Il ne l'a pas croisée en partant, alors il lui a laissé un mot pour lui demander de veiller sur Manon, s'il rentrait trop tard.

De l'autre côté du couloir, les grandes dalles de pierre miroitent comme un patchwork de soleil : la lumière se niche dans les saillies du gypse.

Étienne ôte ses gants, enfile son baudrier, déroule la corde qu'il fait passer dans le maillon jusqu'au milieu : quinze mètres de chaque côté. Il a pris une double. Il laissera celle-là sur place pour s'assurer au retour.

Il carre les deux brins dans son autobloquant, visse le descendeur sur son baudrier. Puis il remet ses gants et commence la traversée. Pas à pas, une main pour s'équilibrer, l'autre arrimée aux deux sections de corde qu'il fait coulisser dans le descendeur.

Huit mètres à franchir. Un coup de vent s'immisce dans le couloir, il frémit. Dans le ciel quelques nuages bourgeonnent, le temps s'épaissit, se refroidit. La suite sera aisée : le replat large de trois ou quatre mètres découpe la paroi comme un coup de couteau.

Son pied part tout à coup. Il vacille, compense d'un mouvement de hanche et se cale dans la pente.

Tranquillement, il se rétablit, évite les gestes brusques. Il souffle lentement pour apaiser son cœur. Puis il desserre l'étau de sa main droite sur les deux brins de corde.

De l'autre côté du couloir, il insère un coinceur dans une courte faille, détache la corde de son baudrier et la fixe sur une dégaine.

Il connaît bien cette vire pour l'avoir parcourue l'été, gamin : une piste d'herbe et de genévriers qui traverse habilement les falaises.

Étienne progresse prudemment. La neige est épaisse, dense, tassée par les chutes des balcons supérieurs. Aux endroits exposés, il tâtonne avant de s'engager. Il pense à l'étoffe rouge, aux vêtements qu'il croit avoir aperçus sur le bord de la route. Autour de lui, le ciel s'agite : les fractus grouillent dans l'azur morcelé.

Rapidement, il parvient au renfoncement qui marque le milieu du cirque. La tache rouge est là, une cinquantaine de mètres devant lui. Un manteau.

Toujours plaqué contre la roche, Étienne contourne quelques congères pour l'atteindre. Nul corps, nul sac. Juste cette doudoune improbable.

Il la soulève précautionneusement. La doublure et la neige sont tachées de sang : une auréole brune, des caillots durcis par le gel. Un homme ou une femme blessé, perdu entre les à-pics ?

Le tissu a été déchiré en plusieurs endroits, de longues lacérations. Le nez plissé, il fouille les poches : un briquet, deux cigarettes à moitié consumées, et une feuille, pliée. Au fond des poches, il découvre une sorte de poudre : des gravillons noirs, un bout de roche sombre et lourd, aux éclats métalliques.

Un coup de blizzard lui fait relever la tête. Le ciel s'est assombri, une mer azurée, striée de serpents de nuages. Un froid vif remonte la vallée. Il frissonne, fourre le tout dans sa poche intérieure et remonte la fermeture Éclair.

Il regarde autour de lui. Derrière, devant, en haut, des roches verticales. Et des mouchetures de sang qui colorent la corniche.

Regarder en dessous, au cas où ?

Dans une faille solide, il encastre deux coinceurs. Une longe dans les deux dégaines, un mousqueton, un demi-cabestan lacé sur la longe.

Il sort la deuxième corde de son sac et ôte ses raquettes. Quelques pas lui suffisent pour rejoindre le bord. Il teste plusieurs fois l'arrimage des coinceurs, puis il se tourne, dos au vide, et amorce le rappel. Un large bourrelet de neige s'effrite sous ses pieds lorsqu'il bascule. Il fait lentement défiler la corde, jusqu'à prendre appui sur la roche verticale. Alors seulement, il regarde en dessous.

La longue dalle s'achève, à une dizaine de mètres, sur un replat incliné. Une terrasse creusée dans la roche, invisible depuis la plaine. De là où il se trouve, il ne voit ni corps, ni sac ou vêtements. Uniquement des fragments pourpres qui criblent la neige comme des éclats d'obus.

Le soleil se fane, le vent brandit des nébuleuses de neige au sommet des falaises. La corde glisse rapidement entre les doigts gantés d'Étienne, ses pieds dévalent le roc nu. De larges fissures entaillent la paroi à l'aplomb, le rocher est solide : il pourra grimper sans mal, quitte à bricoler un prussik pour franchir le ressaut de neige.

À moins d'un mètre du sol, il se fige. Une multitude de débris souillent la neige comme une peau vérolée : des lambeaux de chair, de viscères, d'os brisés.

Un vent puissant s'engouffre soudain dans la vallée. En vague, les arbres sur les collines se contorsionnent et se courbent. La bourrasque fouette la roche et soulève des effluves nauséabonds : l'odeur de la putréfaction.

— Mais qu'est-ce que…

L'image d'un homme dépecé comme un vieux tas de barbaque s'insinue dans son esprit. Il regarde autour de lui. La brume enveloppe les grandes dalles de pierre. Il s'ébroue, se donne une paire de claques. L'humidité poisseuse dépose sur sa peau une couche moite et frelatée.

Un corps en charpie. L'œuvre de charognards qui se seraient acharnés la nuit durant sur la dépouille ? Étienne reste suspendu à quelques dizaines de centimètres du sol, haletant, incapable de poser son pied sur cette saillie contaminée. Aucun passage ne permet d'atteindre ou de s'extirper de ce replat. L'homme, ou la femme, a forcément chuté du balcon supérieur.

— Il se sera tué en tombant, les charognards se seront chargés du reste.

Entendre sa voix le rassure. Il a besoin de reprendre la maîtrise de son souffle.

Des vautours ? Des choucas qui auraient déchiqueté le pauvre type pour l'ingurgiter petit bout par petit bout ? Mais dans ce cas, pourquoi ne rôdaient-ils pas près du corps ?

Le blizzard gagne en vigueur, les nuages lourds se condensent autour du sommet proche. Il pourrait inspecter les restes, les traces, mais ses yeux le piquent. Il manque d'air. Il ne veut pas plonger ses doigts dans ce tombeau à ciel ouvert. Tenu par les deux brins de corde, ballotté par le vent, Étienne rêve de murs épais et d'un poêle flamboyant.

Puis il sent une présence.

Ce n'est tout d'abord qu'une fragile intuition, la sensation d'un regard qui l'effleure. Il scrute autour de lui. Il cherche une bête, un rapace, une hermine peut-être, qui l'épie.

Le malaise s'épaissit. Un parfum de cendre rampe vers lui. Il tourne brusquement la tête à gauche : au centre d'une grande dalle verticale, il aperçoit une ouverture dans la roche. Il sait que tout le massif des Trois Pics est truffé de galeries. L'homme aurait trouvé refuge dans une grotte ?

À l'entrée de la cavité, une sorte de monticule affleure. Il croit distinguer des branches ou des os qui en dépassent et, surmontant le tout, un crâne humain.

— Merde !

Le souffle court, Étienne dérape sur le rocher. La brume se densifie. La sensation d'être épié s'accentue. Et soudain, il voit : un visage s'est glissé dans l'ouverture. Une tête de femme. Elle l'observe. À la place des yeux, deux trous noirs.

Il se cramponne à la corde mais ses mains tremblent violemment. Tout son corps est agité de soubresauts, il ripe et bascule sur le flanc. Ses yeux scintillent, des milliers de petits points de lumière ferment son regard. En contrebas, alors qu'une chape fantomatique engloutit des pans entiers de la montagne, il distingue le hameau. Puis tout disparaît.

*

C'est le bruit qui le ranime : un grondement caverneux. Très haut, une congère a cédé. Le vacarme des blocs de neige qui valdinguent, rebondissent, s'arrachent aux pierres est assourdissant. Étienne saisit une prise et se plaque contre la paroi. Une crampe violente l'élance, de sa jambe à son dos, doublée de fourmillements. Son cœur martèle dans son crâne comme des coups de hache sur un tronc.

Combien de temps est-il resté évanoui, pendu à la corde ?

L'avalanche s'achève plus bas, invisible. Dès qu'il lâche prise, les coups de vent le ballottent comme un fétu de paille. Il faut qu'il remonte ! Ses membres engourdis sont douloureux, ses sens sont brouillés, ses yeux et ses bras le piquent. Chaque effort accentue son mal de crâne.

L'ascension lui paraît un calvaire. Perdu dans un océan de nuages, il gravit les premiers mètres sans souplesse, tenaillé par l'angoisse. Heureusement, les prises sont nombreuses. Il reprend son souffle, tempère ses mouvements. Tous les deux mètres, il cale ses pieds, tend son bras gauche et enroule de sa main droite la corde dans l'autobloquant pour assurer sa progression. Rien n'existe plus que la roche, ses pieds et ses mains qui la saisissent et le retiennent. En quelques minutes, il escalade le dernier ressaut. Ne lui reste que la corniche à franchir.

Une rafale gelée le plaque contre la crevasse. Une vague humide qui altère les sons. Le coup de vent faiblit, les nuages dispersés se rassemblent à nouveau près de la falaise. Étienne jette un dernier regard sous lui : le replat a disparu dans la brume. Il s'élance, se hisse à la force des mains. Lorsqu'il atteint la vire, il s'étale de tout son long, les muscles en feu et les larmes aux yeux.

Lentement, il enroule la corde et défait le relais.

— Connard, sombre connard.

Il a flanché, cédé à une peur absurde. Le mal des montagnes ? Adolescent, il avait souvent des migraines passagères lors de ses sorties en altitude, mais il n'avait encore jamais été victime d'hallucinations.

Il se frictionne le visage et commence à marcher.

Il gravit la rampe qui marque le milieu du cirque. Et alors qu'il bascule de l'autre côté, il se remémore la doudoune et les raquettes qu'il a oublié de prendre avec lui.

— Merde…

Il n'est pas loin. Même s'il n'a aucune envie de prolonger la balade, il fait demi-tour. Un pas, et il se sent de nouveau observé. Il regarde tout autour, ne voit rien. Un deuxième, un troisième. Il s'arrête. Au-dessus de la corniche, il est sûr, dans le repli obscur, un visage pâle le fixe de ses yeux vides.

— Putain !

Il voudrait crier, mais ses lèvres gercées restent collées.

Il s'assène une violente paire de baffes et repart en courant dans l'autre sens. Il se retourne à mi-chemin. La femme s'est hissée sur le replat et progresse dans sa direction. Étienne se précipite, retrouve à l'extrémité de la vire la corde qu'il a fixée en amont du couloir. Le vent se déchaîne dans l'étroit couloir qui sectionne le massif. De l'autre côté, l'éperon est invisible. Étienne traverse, corde tendue, sans même attendre une accalmie. Il trébuche, se raccroche de justesse en criant.

Enfin, il atteint la cime de l'éperon. Un interminable frisson le parcourt. Il sait que, s'il tourne la tête, il verra le visage sans yeux de l'autre côté du couloir. Il s'élance.

Le grésil glaçant lui pique la peau. Il s'enfonce jusqu'aux genoux. Fouetté par les tourbillons, Étienne déambule dans les ténèbres blanches. Sur l'arête, les bourrasques ont remodelé le terrain. Il ne voit rien : il n'y a plus de hameau, plus de cirque, plus de collines ou de lignes de crête, pas même un lointain sommet ou un soleil trouble. Le monde est éteint. Il évolue à tâtons parmi les arbres, cherche tant bien que mal à suivre le dos de la colline. Les premières pentes du coteau sont abruptes : une erreur d'orientation pourrait lui être fatale.

Les arbres, colonnes fantomatiques, surgissent à l'impromptu. Il songe au visage de la morte, aux galeries souterraines qui grignotent la montagne. Il a l'impression qu'à chaque pas, la neige va céder sous son poids pour l'ensevelir dans un abîme de glace.

La soif le dévore. Il tend sa langue et happe quelques flocons.

Ses pensées se noient. Des heures d'une éternité blanche, brumeuse. Il titube, s'affale, perd la notion de l'espace et du temps. Chaque pas arraché à la neige enivre plus qu'un verre d'absinthe.

Puis, il entend un bruit assourdi, régulier : un cor, une trompette. Étienne écarte ses lèvres gercées à l'extrême, deux vieux biscuits cassants. Il aspire une goulée d'air et s'oriente vers l'appel.

Dans la brume, le son enfle, le mène à travers le labyrinthe de neige, les colonnes noires des futaies. Et soudain, une masse grandit devant lui : l'ombre compacte des maisons.

Dans la voiture, Seriane klaxonne inlassablement pour le ramener à elle.

17

Le feu dénoue ses articulations transies. Il fond lentement. Seriane le fait reculer afin d'éviter une brûlure.

— Tu n'aurais jamais dû partir seul !

Elle passe un gant tiède sur sa peau, frictionne délicatement ses phalanges des mains et des pieds, rouges et gonflées. Elle le fait boire aussi : une décoction pour faire rapetisser les démons furieux qui dévorent son crâne.

— Ce n'est qu'une migraine…

Ses mains si blanches, si fines, portent le bol à sa bouche. Elle entrouvre ses lèvres crevassées pour y faire couler le liquide. Ses doigts délicats…

Elle masse ses épaules et son dos endolori. Sa longue chevelure rousse balaie sa peau. Une forte odeur de crème et d'herbes emplit la pièce, des arômes entêtants d'eucalyptus, de gingembre, de lavande, d'autres encore, inconnus. Le feu tournoie dans le poêle, attisé par la tempête qui se glisse sous le chapeau de la toiture.

— J'ai vu un corps, Seriane… en charpie. Il n'en restait presque rien.

Elle verse de l'eau bouillante dans la bassine à ses pieds.

— Et j'ai… j'ai cru voir quelqu'un, mais c'est impossible… J'ai perdu la tête !

Les mains de Seriane interrompent leur va-et-vient.

— Quelqu'un ?

— Une jeune femme. Enfin, elle n'était pas normale, pas vivante… Elle n'avait pas d'yeux mais elle me regardait.

Les grands iris verts de Seriane se troublent.

— Moi aussi, parfois, j'ai l'impression de voir des femmes, ma fille… Il ne faut pas aller dans la montagne, Étienne. Les hommes ne doivent pas.

— Mais pourquoi ? Seriane, qu'est-ce qu'il y a là-haut ?

— Des charognards, des bêtes enragées… Rien de bon, en tout cas. Repose-toi maintenant, tu en as besoin. Et ne t'inquiète pas, je m'occupe de Manon.

Étienne laisse sa tête reposer et il s'endort en regardant les flammes vacillantes à travers la vitre du poêle.

18

Caro est assise à la table. Les dernières gougères cuisent. Elle a aussi fait des sortes de naans, fourrés au chèvre frais et au miel. Un souvenir d'étudiante. L'odeur de pain rend la pièce si agréable qu'elle s'y est installée pour travailler.

Encore des heures passées à cuisiner. Sa manière à elle de conjurer le sort, de maintenir un peu de confort. Elle se rend compte qu'elle est terrifiée à l'idée que ses enfants ne mangent pas à leur faim : la nuit dernière, elle a listé en boucle ce que ses deux enfants avaient ingurgité et les vivres en réserve.

Cyrielle lui en veut. Elle refuse, désormais, le gavage en règle et la pesée du matin : « Mais qu'est-ce que tu veux ? Que je devienne obèse, c'est ça ? J'en ai marre de tes pancakes. Si j'ai pas faim, je mange pas, c'est tout ! »

Les enfants jouent à l'étage. Caro prépare les cours du lendemain. Elle se sent vieille et conne face à sa fille. Elle songe aussi à ce mal qui infecte la montagne, déchiquette les corps, aux jeunes femmes disparues. Le croque-mitaine. Qui sait s'il ne se régalerait pas de sa fille gavée de naans et de pancakes ?

Jamais elle ne parle de ses angoisses, pas même à Mathieu. Elle se rassure, ils ont tous des manies.

Sa voisine, par exemple, qui fait le ménage chaque jour des heures durant et entasse dans sa réserve des collections d'éponges et de produits nettoyants. Chacun son calvaire.

Elle se lève, enlève le naan de la poêle en fonte, y place une nouvelle boule de pâte qui grésille. Une bulle se forme, gonfle et s'étire. Instinctivement, elle recule.

Caro a peur. De la montagne, de ses secrets. Elle redoute le retour au monde magique et à ses antiques superstitions. L'échelle du temps s'enroule : la foudre redevient le courroux du ciel, le soleil un dieu navigant, les herbes et les plantes l'apanage des sorciers et des rebouteux.

Et, quelque part dans les falaises, la Bête guette.

La porte d'entrée se referme, Mathieu entre, s'assoit sur la première chaise qu'il trouve.

Il a de la suie sur la moitié du visage, les cheveux noirs, il pue le bois calciné. Ses yeux ne sont que deux gouffres vides.

Caro lui tend un naan tout fumant et une tasse de tisane chaude. Il commence à rouler. Elle attend un peu avant de demander.

— C'était où ?

Mathieu grommelle.

— Une maison ?

— Un petit immeuble.

— Il y avait quelqu'un à l'intérieur ?

— Un couple âgé au rez-de-chaussée et une famille au deuxième, sous les combles.

Il tire longuement.

— On a pu sauver les vieux.

Mathieu se met doucement à pleurer. Des sanglots secs : la suie obstrue les larmes. À l'étage, ils entendent les éclats de rire des enfants.

— Il nous a fallu quarante-cinq minutes pour arriver sur place. Et la borne ne fonctionnait pas…

— Écoute, tu n'y peux rien, c'est pas de votre faute.

— Je les connaissais, je crois. Ça remonte à loin…

Caro vérifie qu'il mange, le ressert.

— J'arrête !

— Quoi ?

— Je ne descends plus. Je suis passé voir Tomeck avant de rentrer.

Caro se fige avec son naan.

— Tu disais toi-même que c'était risqué…

— Tomeck est certain qu'ils me nommeront chef de caserne à la fonderie avec mon ancienneté… C'est moi qui gérerai l'équipe, les inter. Ils ont des engins en parfait état, ils les révisent tous les mois, y a plein de volontaires. On n'arrivera pas après coup, pour compter les morts…

— Mathieu ?

— Quoi ?

— Tu ne pourras plus revenir en arrière, ils ne te reprendront pas en bas.

— Je sais. Tu penses qu'on a le choix ?

Il n'a pas besoin de lui rappeler l'argent qu'il dépense pour descendre à la caserne, ses heures chichement rémunérées, le risque permanent d'une mutation imposée. Ils se dévisagent quelques secondes. C'est la solution la plus rationnelle. Mais ils se souviennent tous deux des débordements des fondateurs de la fonderie.

Puis Cyrielle déboule, elle en a marre, elle doit encore bosser mais Tom et Manon font trop de bruit. Caro tempère :

— Il faut qu'on ramène Manon, de toute manière… Il commence à être tard.

À ces mots, Mathieu fronce les sourcils.

— Comment ça ? C'est bizarre qu'Étienne ne soit pas venu.

— Avec les travaux, il ne doit pas voir les heures passer…

Elle pense, tout à coup :

— Mais comment on va faire pour Cyrielle ? Les trajets au collège ?

— Il y a une navette qui part de la fonderie, je prendrai Cyrielle avec moi les jours de classe.

Mathieu éteint sa clope et va prévenir Manon : départ dans quinze minutes. Le temps de prendre un bain brûlant, de chasser la suie et de déverser quelques litres de larmes.

Dans la voiture, Manon se tait. Mathieu essaie de lui parler, mais il voit vite qu'elle n'est pas d'humeur. Lui non plus d'ailleurs. Son visage le démange, il a frotté trop fort.

Assise à l'arrière, Manon laisse le paysage crépusculaire défiler autour d'elle. Elle apprécie le silence sombre de Mathieu.

Elles se sont chamaillées, avec Cyrielle, à propos de Caro. Manon la trouve trop dure avec sa mère. Toujours à la moquer, la charrier, à ignorer ses attentions. Au bout d'un moment, la tension est montée et Cyrielle a balancé sans réfléchir :

— C'est facile pour toi, ce n'est pas ta mère ! T'as personne qui te colle aux basques !

Elle s'est rendu compte toute seule de l'énormité de ce qu'elle venait de dire, mais le mal était fait. Les sanglots avaient accouru, au galop. Manon a pris son manteau puis s'est enfermée dans les toilettes.

Et son père qui n'était même pas venu.

*

Emmitouflé sous les couvertures, Étienne est prostré devant la fenêtre qu'il a construite. Il sent encore les vapeurs des onguents que Seriane lui a appliqués. Il fixe le ciel barbouillé de neige : l'infini blanc dévore la vitre, les flocons tombent et rayent le ciel.

Il entend la voiture dehors. Le moteur, les portières qui claquent.

— Étienne ?

Mathieu avance dans la pièce, le voit près du poêle, accourt vers lui.

— Étienne ! Mais qu'est-ce qui s'est passé ?

Seriane revient avec des traitements qu'elle a préparés. Elle intercepte Manon.

— Attends, Manon, il faut qu'on parle.

Manon panique.

— Qu'est-ce qui est arrivé ?

— Rien de grave, rassure-toi. Ton papa a eu une sorte d'accident, il est très fatigué. Est-ce que tu sais ce que c'est, des engelures ?

Elle lui explique calmement, la serre tendrement contre elle.

Manon rejoint son père, une tasse à la main. Il grimace un sourire. Sa peau se corne. Il n'est pas beau à voir : son visage ressemble à un vieux parchemin ridé. La pulpe de ses doigts est gonflée, comme couverte d'ampoules.

— Oui, ça va, ne t'inquiète pas. C'est superficiel, ça va vite passer…

Il se redresse, son visage se crispe. Ses membres juste réchauffés couinent comme de vieilles manivelles et, malgré les soins de Seriane, la migraine se rappelle à lui à chaque mouvement.

— Je fais peur à voir mais c'est pas grave, Manon. C'est la tête surtout, j'ai pas bu assez.

Il s'avachit un peu dans le fauteuil. Parler l'épuise : certaines consonnes lui brûlent les lèvres, d'autres écartèlent sa peau gercée. Il a l'impression qu'à tout moment son visage peut se fractionner.

— Comment c'est arrivé ? demande Mathieu.

Il raconte brièvement.

— Je coupais des arbres, j'ai vu un truc dans la falaise, j'ai voulu aller voir…

— Mais pourquoi tu ne m'as pas attendu ? C'est de la folie, faire ça tout seul !

— J'ai pris mon matos. La tempête est arrivée si vite… Tout était calme au début, je me suis fait piéger. Comme un débutant…

— Faut plus faire ça, Étienne. Le temps change trop vite, tu comprends ? Avec les vents… en moins d'une heure, le ciel peut devenir noir, surtout en hiver. Déconne pas, les secours en montagne n'existent plus !

Manon comprend, apeurée, que son père aurait pu y rester.

Seriane la voit frémir et intervient.

— Étienne, tu dois te reposer. On va te laisser avec Manon, elle va s'occuper de toi, je lui ai expliqué comment faire.

Elle lui répète :

— La crème plusieurs fois par jour. Toutes les heures au début, puis un peu moins à partir de demain. Pendant une semaine au moins.

Mathieu se lève.

— Je vous laisse… Étienne, je peux repasser ce soir, si tu veux ?

— Non, pas besoin. T'es sympa mais c'est bon.

— Sûr ? Ça ne me dérange vraiment pas.

— Sûr. Merci, mon ami.

— Je passerai demain, alors. Si tu as besoin de quoi que ce soit… Repose-toi bien, mon pote.

*

La nuit est tombée. Manon picore un calzone au fromage que Seriane lui a apporté. La farine est douce.

— Ton père s'est endormi, je lui ai remis de la crème. Je vais rentrer. Ça va aller ?

Manon hoche la tête. Ses yeux picotent.

— Tu es sûre ?

Seriane voit bien à sa moue blessée que quelque chose ne va pas.

— Raconte-moi, si tu veux.

— C'est rien… C'est juste qu'avec Cyrielle, on s'est disputées… Elle m'a dit que j'avais de la chance de ne plus avoir de mère…

Manon lui raconte tout dans le détail, les larmes aux yeux. Seriane s'approche doucement, passe la main dans ses cheveux.

— Ce n'était pas malin de la part de Cyrielle. Je suis sûre qu'elle s'en veut et qu'elle n'a pas pensé à mal…

— Et qu'est-ce qui se passera si mon père meurt ? Je vais me retrouver toute seule !

— Ne t'inquiète pas, Manon. Il est solide, ton père. Mes potions et tes soins vont vite le remettre sur pied. Et puis, même si ton père devait partir quelque temps, tu as Mathieu, Caro, Cyrielle et Tom, les amis de l'école. Et moi aussi, je suis là…

— S'il devait partir quelque temps, j'aimerais bien rester avec toi.

Manon ravale ses larmes et se blottit contre Seriane, qui tressaille en sentant la chaleur de la fillette contre elle.

Étienne se réveille vers minuit. Le bout de ses doigts le démange atrocement. Il tâtonne à la recherche de sa lampe de poche. Manon est allongée près de lui, elle a ramené le matelas de sa chambre dans le salon. Il rabat la couverture sur ses épaules.

Lorsqu'il revient des toilettes, Manon est réveillée. Elle a déjà remis une bûche dans l'âtre.

— Ça va, papa ?

— Oui. Et toi, tu as froid ?

Elle hoche la tête. Ils se font face, chacun assis sur son matelas.

Étienne plonge un doigt dans l'onguent. L'odeur de plantes et d'épices se propage alors qu'il commence à appliquer la crème. Manon aimerait bien l'aider mais le visage de son père est si tuméfié qu'elle n'ose pas y toucher.

— Ça te fait mal ?

— Un peu…

Demain, il faudra déneiger. Soulever la pelle, brasser les tonnes de neige accumulée.

— Ça va, papa ?

Manon le dévisage.

Il se sent misérable tout à coup : des années à prédire l'effondrement, à abreuver leur quotidien de discours survivalistes et de rêves d'autarcie. Des nuits entières à absorber les noms des plantes, les secrets des animaux de montagne, les techniques pour labourer le sol, couper les arbres et faire sécher les troncs, acheminer l'eau, élever des bêtes…

— Je voulais que tu sois bien ici, qu'on commence une nouvelle vie…

Il avait tout fait pour la convaincre, tout planifié. Il lui avait décrit des soirs durant la maison dans les moindres recoins, les terres et les forêts, les alpages et les ruisseaux. Et voilà qu'ils se retrouvaient enfermés entre les montagnes, à redouter les cadavres et les apparitions insensées.

— Ça ne démarre pas très bien, non ?

— On a vu mieux… Ta mère n'a jamais aimé la montagne : elle ne s'imaginait pas s'éloigner davantage de l'océan… C'est seulement après, quand on s'est retrouvés tous les deux, que je me suis décidé.

— Elle n'aimait pas papi et mami ?

— Si. Mes grands-parents aussi, elle les appréciait beaucoup. Simplement, elle est née au bord de l'océan et ça ne s'oublie pas. Son rêve à elle, c'était qu'on achète un voilier et qu'on parte faire le tour du monde pendant quelques années.

— Pourquoi vous ne l'avez pas fait ?

— Le travail, la routine, le temps est passé plus vite qu'on ne pensait.

— Et après je suis née…

— Tu n'as jamais été un obstacle à ce projet ! On t'aurait emmenée sans mal… C'est la maladie qui a tout remis en question. C'est devenu beaucoup plus compliqué de partir loin.

Dehors, le vent s'est tu. La montagne s'est recroquevillée dans une coquille noire.

— Maman me manque tellement…

Étienne l'attire à lui. Ils se tiennent longtemps l'un contre l'autre en fixant les myriades de flocons gris qui défilent comme des comètes en fusion.

II

II

1

Jour après jour, les chutes massives et les blizzards mordants cèdent un peu plus la place aux vents du sud. Les ruisseaux se gonflent d'eau. Le grondement des coulées et des éboulements déchire fréquemment le silence des sommets. Le village et ses hameaux tremblent alors, les têtes se redressent, guettent l'épaisse nuée blanche et la disparition des arbres.

Étienne et Manon sont arrivés depuis bientôt deux mois. Les travaux avancent bien, les murs vides se garnissent de lambris frais, l'odeur des planches coupées et de l'huile de lin embaume la maison.

La journée est magnifique. Manon enfile son sac sur le dos.

— À ce soir, p'pa !

— Attends, je viens avec toi.

— Papa ! Je peux y aller à pied, je ne suis pas une gamine.

— J'ai besoin de prendre l'air, de toute façon.

Manon soupire. Depuis son accident dans la montagne, quatre semaines plus tôt, son père invente mille prétextes pour l'accompagner partout où elle va. Les premiers jours, c'est Seriane qui s'en est chargée.

Elles se rendaient à l'école à pied, en coupant à travers les collines. Puis il a pris le relais.

Il la laisse à l'orée du village et rebrousse chemin.

Le soleil est déjà éclatant. La neige molle dégouline du flanc de la colline. Étienne passe le dernier virage et arrive dans sa vallée. Au loin, les falaises luisent. Il n'est pas retourné chercher son matériel d'escalade et le couloir qui mène à la vire s'est transformé en cascade.

La première semaine, sortir, s'éloigner de la maison était déjà une épreuve. Il prenait sa carabine et tressautait au moindre bruissement. Puis il a retrouvé un peu d'audace. Il a laissé son arme, osé gravir de nouveau le coteau pour abattre un second arbre.

De la route, Étienne distingue la souche fraîche abattue quelques jours plus tôt. Les deux troncs débardés sont couchés côte à côte.

Mais, à chaque sortie, il se sent observé. Il a la sensation que, quelque part au milieu de la paroi, caché à l'intérieur d'une cavité, quelqu'un le surveille. Le monde extérieur est devenu hostile, menaçant. La peur, entêtante, grignote l'espace. Et même si ses forces sont revenues, il ne se déplace plus avec insouciance.

Il atteint le dernier pont. Le ruisseau, enflé par la neige, gronde impétueusement entre les piliers.

Les nuits aussi sont difficiles : il se réveille en sueur, la poitrine pincée, les images du visage mort de la femme et des minuscules morceaux de chair éparpillés se sont incrustées dans ses rétines.

Combien de corps croupissent dans les recoins de la montagne ?

Une semaine après son accident, il s'était confié à Caro et Mathieu. Il leur avait raconté en détail son ascension, la descente en rappel et la découverte du corps en miettes. Il avait parlé aussi de la grotte et de cette femme qu'il avait cru apercevoir.

— Deux fois. Je l'ai vue dans l'anfractuosité. Et sur la vire, derrière moi, j'avais le sentiment qu'elle était encore là ! Je n'avais jamais vécu un tel délire. Ça m'obsède encore...

Mathieu et Caro s'étaient dévisagés, en silence. Un instant, Étienne avait redouté qu'ils le pensent fou. Mais Mathieu avait simplement ajouté :

— Tu comprends pourquoi plus personne ne va dans la montagne, maintenant ? Ceux qui ont bravé les avertissements sont revenus avec ce genre d'histoire.

— C'est déjà arrivé ? D'autres que moi ont vu ces… visages ?

— Les gens ne parlent pas.

— Pourquoi ?

— La peur, la honte… C'est dur à admettre.

Étienne s'était aussi rendu en mairie pour déclarer la découverte du corps. Il avait donné la copie du passeport italien, trouvée dans la poche, avec le nom inconnu. Le maire l'avait écouté sans broncher. Il avait demandé des détails sur le matériel qu'Étienne avait utilisé pour sa traversée.

— Le corps était dans quel état ?

— En charpie.

— Vous n'avez pas ramené la doudoune, par hasard ?

Étienne avait hésité.

— Je n'ai pas pu rebrousser chemin… La tempête…

Il n'avait pas eu besoin de conclure. Le visage du maire s'est crispé, ses grosses bajoues tombantes se sont relevées. Il a juste dit :

— Les gens racontent de drôles de choses, pas vrai ? Mais il en faut du courage pour aller là-haut. La peur, ça fait dire n'importe quoi… N'empêche, à une autre époque on appelait ça de la sorcellerie et on faisait le nécessaire pour se débarrasser des sorcières.

Étienne était rentré, perplexe. Willy l'avait aussi interrogé sur Seriane, ce qu'elle faisait pendant son expédition. Il avait préféré coupé court à la conversation. Il n'aimait décidément pas ce type.

*

Aujourd'hui, il rend visite à Aristide, l'aïeul du village. Manon a dormi chez Caro et Mathieu, elle est restée aider pour le pain. Une fois tous les deux mois, le four communal est mis en service. Étienne et sa fille ont pétri la veille une trentaine de grosses boules de deux kilos.

La ferme est à six kilomètres, de l'autre côté du village au nord. Au pied des Trois Pics. Étienne évite les chemins de traverse. Même sur la route, il jette des coups d'œil furtifs aux landes alentour, tressaute lorsqu'un souffle agite la cime des arbustes.

Le dernier kilomètre est pénible : le chasse-neige s'est arrêté au hameau précédent et la piste est recouverte de neige lourde.

Aristide n'a jamais vécu dans le confort. Nichée au creux d'une pâture, la bâtisse sent l'oubli. Les volets sont assoiffés : la vieille couche de lasure s'émiette au vent.

La barrière qui ceinture le domaine est brisée, le poids de la neige a fait ployer les dures planches de mélèze.

Il frappe, à plusieurs reprises. Aristide vit seul. Il n'a pas eu d'enfants. Il a passé l'essentiel de sa vie à sillonner les montagnes. Le vieil homme met quelques secondes à le reconnaître. Il ne voit pas grand monde, surtout l'hiver : seules ses bêtes s'enquièrent de lui.

— Bonjour, Aristide. Je passais dans le coin, je voulais savoir comment tu allais.

Peut-être le colosse sourit-il sous sa toison blanche. Il n'a plus un cheveu sur le crâne mais sa barbe est encore imposante. Le vieil homme le laisse entrer. L'intérieur est sombre, frais, exhale une forte odeur de terre et de braise.

Ils s'asseyent près de la cuisinière en fonte. Aussi ancienne que lui. Dix-neuf degrés dans la pièce, estime Étienne, en restant près de l'âtre. Le reste la maison doit pointer à douze ou treize.

— Genépi ?

Étienne accepte. Des images oubliées se frayent un passage : Aristide et le grand-père courbés sur les hautes pentes, à quelques mètres du vide. Enfant, il n'avait pas le droit de gravir les derniers ressauts. Il les guettait alors de loin, jouait avec des pierres, calculait la hauteur des pins à l'aide d'un bout de bois comme Aristide le lui avait appris.

Ils boivent doucement.

Un jeune chat fait irruption dans la pièce, évite soigneusement Étienne.

— Je l'ai trouvé en début d'hiver, il s'est invité…

— Tu le laisses entrer ?

— Il ne m'a pas laissé le choix ! Et il me tient chaud aux pieds.

Les deux hommes rigolent.

— Alors, comment te portes-tu ?

— Comme un vieux buis. Je suis tout rabougri, je dessèche de l'intérieur. J'ai beau boire deux fois plus, je n'arrive plus à compenser…

— Tu as de quoi te nourrir ? Et assez de bois pour le feu ?

Aristide sourcille, mi-amusé, mi-courroucé : ce n'est tout de même pas le gamin qui va lui expliquer comment passer l'hiver ? Il se radoucit vite.

— Je me débrouille. J'ai une bonne réserve de stères, des bocaux et de la viande séchée. Des œufs aussi. Je fais mon potager et j'ai de bonnes bêtes.

— Et le déneigement ? Les engins ne passent pas chez toi ?

— Ils s'arrêtent chez Gaston. Mais, de toute manière, qu'est-ce que tu veux que j'aille faire au village… Et toi ? Tu as remis la maison en service ?

Étienne lui détaille tout ce qu'il a fait. Le vieux marmonne, un rayon de sourire écorche sa barbe drue. Peu à peu, il s'assoupit en écoutant Étienne. Le chat ronronne sur les jambes centenaires en tricotant la laine du plaid.

Après quelques minutes, Aristide se réveille. Dehors, des oiseaux chantent, l'eau du toit goutte devant les fenêtres. Ses pensées flottent en surface, ses yeux se remplissent.

— Et ta fille ?

— Sa mère lui manque. On a perdu Marie, il y a deux ans bientôt. Une maladie rare, les médicaments ont vite disparu…

— Je suis désolé pour toi et pour la petite. Elle a quel âge ?

— Manon a dix ans.

Aristide hoche la tête.

— Ça ne doit pas être facile. J'ai perdu ma mère quand j'avais sept ans. Elle a toujours été gentille avec moi, même malade. À la fin, je n'allais plus à l'école, je m'occupais d'elle. J'ai bien conservé quelques photos, mais même aujourd'hui, ça me fiche le bourdon de les regarder.

Étienne se tait. Jamais Aristide ne lui avait parlé ainsi. Il l'imagine enfant, trottinant dans les champs. Un autre siècle, un autre millénaire.

— Elle était libraire. On vivait dans le Sud, tout près de Marseille. J'y suis retourné une fois, en 1992 je crois. Le quartier avait disparu… Les hauts immeubles et les routes avaient recouvert les maisons ouvrières et les jardins.

— Et comment t'es-tu retrouvé ici ?

— Mon oncle, le frère de mon père, il m'a pris avec lui. Il tenait une scierie à l'entrée du village.

Ses yeux brillent un peu trop. Ceux d'Étienne aussi d'ailleurs.

— Mais assez parlé de moi. Et ta voisine ? Les retrouvailles ?

— Manon voit beaucoup Seriane, elle l'apprécie !

— Ça doit lui faire du bien, à Seriane. Ta fille a raison de l'apprécier. Et toi ?

— Quoi moi ?

— Tu l'aimais bien à une époque…

Les yeux malicieux du vieil Aristide… Étienne ne s'attarde pas.

— Seriane sort tous les jours ou presque dans les montagnes. Elle n'a pas peur. Elle me dit qu'elle récolte des plantes, mais elle cherche sa fille, n'est-ce pas ?

— Tu ne la chercherais pas, toi, à sa place ?

Aristide se couvre le visage de sa large paume. Sa main plisse ses paupières tombantes.

— Je l'ai toujours aimée, cette gamine. Vous étiez beaux, tous les deux. Tu sais, je n'ai jamais eu d'enfant, mais j'imagine très bien ce qu'elle a dû ressentir… Sa fille était extraordinaire, comme elle. J'ai cherché le corps, moi aussi, des traces… On était nombreux à l'assister. Et puis, les semaines ont défilé et les gens ont laissé tomber. Il n'est resté que Seriane et moi. J'ai cru qu'elle allait devenir folle. Elle passait ses jours et ses nuits dans les montagnes.

Étienne entend son souffle ralentir, la main du vieil homme masque toujours son visage. Un instant, il croit qu'il va se rendormir.

— Maintenant, même le vieil Aristide l'a lâchée. J'ai abandonné un jour, je n'ai plus eu la force… Je me suis contenté de croire la version officielle : Neige avait fugué, alors, à quoi bon s'épuiser dans les montagnes ? Elle n'a rien dit, mais je sais qu'elle m'en a voulu. Je l'ai trahie.

Les deux hommes se taisent. Leurs regards se réfugient dans les flammes qui pourlèchent l'âtre de la cuisinière.

Étienne a abandonné Seriane lui aussi, il y a longtemps. Un été durant, ils se sont donnés l'un à l'autre avec tout l'élan et la tendresse des premiers tremblements du cœur. Puis il est parti : la fin des vacances. Il a passé l'été suivant loin de ses grands-parents.

Elle n'a jamais rien dit.

Lui non plus, le jour où il l'a revue, avec son œil gonflé et des ecchymoses sur les bras.

— Son père la battait. Romaric aussi. Putain, il les battait tous les deux !

Aristide hoche péniblement la tête.

— C'est aussi pour ça que ta famille, ton grand-père surtout, ne voyait pas votre rapprochement d'un bon œil. Il disait toujours : « Les chiens ne font pas des chats. » Il était un peu con, des fois… En tout cas, fais bien attention à ta fille !

— Comment ça ?

— Les jeunes filles, par ici, méfie-toi…

Étienne n'est pas sûr de comprendre.

— Qu'est-ce que tu veux dire ? Je croyais que c'était les hommes qu'on retrouvait en morceaux.

— Plusieurs jeunes femmes ont disparu, pas seulement la fille de Seriane.

— C'était il y a longtemps, non ? Le maire affirme qu'elles sont simplement parties.

— Le maire est un crétin.

Aristide réfléchit.

— C'est ton ami, Mathieu, qui devrait se méfier.

— Pourquoi ?

— Parce que sa gamine est presque une femme. Et même si ce n'est pas arrivé depuis quelques années, il y a encore des sales types qui traînent au pays…

Étienne fronce les sourcils.

— Alors tu ne penses pas que les filles ont fugué ?

— Six jeunes femmes qui disparaissent à quelques mois d'intervalle, ça fait beaucoup, non ?

— Alors quoi ? Des hommes les auraient enlevées ?

— Je l'ignore… Il y avait ces types qui traînaient, ceux de la fonderie, alliés à d'autres gars de la fédération de chasse… Mais, après tout, les filles en ont peut-être eu marre. Les filles s'évaporent et des hommes meurent.

Le regard d'Étienne s'estompe, traverse les murs, arpente les kilomètres jusqu'aux falaises.

— Je suis monté, l'autre jour, derrière chez moi. Sur les balcons du cirque, pas loin de là où vous alliez chercher le genépi, papi et toi. J'ai trouvé une veste. Dans la veste, il y avait un passeport italien et un morceau de minerai de fer. J'ai trouvé aussi les restes d'un corps.

— Moi aussi, j'ai trouvé des corps, et un, au moins, était italien. Il était encore en vie lorsqu'il a toqué à ma porte une nuit.

— Mathieu m'a raconté.

Aristide baisse la tête, l'air accablé tout à coup.

— J'ai eu le malheur de sonner la corne de brume, pour prévenir les secours. Je n'avais pas prévu que ce salopard de Willy débarquerait chez moi… L'Italien divaguait, il était gravement blessé, il avait perdu la raison. Il parlait de mines et de grottes, d'insectes, de mortes… Il est mort peu de temps après, notre cher maire ne l'a guère ménagé.

Il marque un temps.

— Je suis désolé pour toi, tu viens juste d'arriver et déjà… Tu ne devrais pas t'aventurer seul là-haut. Les hommes ne vont plus dans la montagne. Ce sont des femmes mûres qui mènent les troupeaux, sur les bas plateaux, vers la fonderie ou plus au sud encore. Loin des Trois Pics.

Étienne repense à sa terreur solitaire. Sans regarder Aristide, il murmure :

— J'ai cru voir quelqu'un sur la corniche. Une femme… morte. J'ai perdu connaissance. Elle m'a suivi… J'ai paniqué, c'est Seriane qui m'a sauvé, avec le klaxon de ma voiture. Je crois que c'était le mal des montagnes ou quelque chose comme ça. J'ai perdu l'habitude…

Aristide lui attrape alors le poignet. Sa main est étonnamment chaude, douce et calleuse, sa peau fripée par le temps. Une main raccourcie : sur le majeur, l'annulaire et l'auriculaire, les dernières phalanges manquent, dévorées par le gel.

— Tu n'as rien perdu, Étienne, tu es lucide. Les autres ont trop peur et ils se bourrent de saloperies : de cachets, de plantes, de drogues pour ne pas les voir, mais il y a quelque chose là-haut. C'est de la sorcellerie !

2

Sorcellerie. Le mot lui reste en tête alors qu'il avance le long de la route déserte. Deux fois déjà qu'il l'entend : dans la bouche du maire et dans celle d'Aristide. La ferme a disparu derrière les rondeurs d'une colline. Le vieil homme a fait ressurgir de lointains souvenirs. Ses grands-parents, Seriane, l'enfance… le passé a sauté une marche.

En longeant un petit bois, il a de nouveau le sentiment d'être observé. Il s'arrête brusquement. Des pins et des hêtres, des frênes malades en lisière et des bosquets denses obstruent la vue. Quelques corbeaux s'élancent. La cime des arbres frissonne, puis tout redevient calme. En arrière-plan, il distingue les contreforts des Trois Pics qui s'élèvent loin au-dessus de la route. Étienne reprend sa marche. Il ne se sent vraiment soulagé qu'après avoir dépassé la ferme de Gaston, lorsque les Trois Pics se trouvent masqués par les collines.

Il rentre chez lui, et continue son labeur, nettoie les abords du moulin en ruine.

La réminiscence des ecchymoses sur le corps de Seriane accapare ses pensées : ce n'était pas la seule fois qu'il avait vu de telles marques sur sa peau, mais il avait préféré éviter le sujet.

— Merde !

Ses pieds dérapent. Il laisse tomber le moellon devant lui et chute sur le dos. Ses poumons se rétractent. Il ne bouge plus. Le ciel est d'un bleu éclatant. Quelque part, un chevreuil aboie. Il reprend son souffle et se relève difficilement. La douleur irradie tout le haut de son corps.

— Étienne ! Étienne, ça va ?

Seriane accourt vers lui. Il ne parvient pas à bouger la tête : ses cervicales sont bloquées.

— C'est con, je sortais des engelures…

— Ne bouge pas. Tu as mal où ?

— Le dos et le cou, ça a bien craqué.

— Je vais regarder, tu te sens de marcher jusqu'à la maison ?

Il acquiesce et passe un bras autour de ses épaules.

Seriane l'installe dans un fauteuil, près du poêle. Toujours cette pièce chaude, les fenêtres vermoulues, les mots penchés sur les dos des livres et les bouquets odorants suspendus au-dessus du poêle.

Il rigole.

— Tu as vu, je trouve n'importe quel prétexte pour être avec toi.

— Tu n'as pas besoin de prétexte. Allez, montre-moi.

Elle soulève son pull et son tee-shirt. Ses mains tâtonnent entre ses omoplates. Elle appuie à peine, parcourt la peau par courtes pressions, le soulageant aussitôt. Presque des caresses…

— Rien de bien grave, mais tu es crispé de partout ! Tout le dos, les épaules, même ta nuque est dure comme la pierre.

— Je suis juste tombé.

— Tu respires bien ?

— Oui.

Alors elle puise dans ses pots, mélange des poudres et des feuilles, la chaleur, le vivifiant, l'apaisant. Elle applique la mixture. Ses mains pétrissent doucement son dos, façonnent la peau, les tendons, les muscles, creusent et aèrent sa chair.

— Je suis passé voir Aristide aujourd'hui.

Dans son dos, Seriane sourit.

— Ça a dû lui faire très plaisir.

— À moi aussi. Sa maison tombe un peu en ruine, il a vieilli quand même, il a rapetissé…

— Depuis quand tu ne l'avais pas revu ?

— Neuf ans, depuis la mort de mes parents.

Aristide était au cimetière. Il était venu à la maison, après la cérémonie.

— C'est bien que tu y sois allé. Il ne voit plus grand monde.

— Il n'a pas d'amis dans le village ?

— Il a toujours été sauvage. À part ton grand-père et quelques anciens… Sans compter Willy qui fait tout pour lui pourrir la vie.

Étienne revoit la couche de neige vierge sur la route. Les pressions dans son dos labourent le passé, laissent éclore des souvenirs anciens.

— J'aurais dû le faire plus tôt. C'était le meilleur ami de mon grand-père, il m'a appris à marcher en forêt, à reconnaître les arbres, à repérer les bêtes…

— Tu as de la chance.

— Comment ça ?

— Il est encore là.

Étienne gémit. Les caresses de Seriane lui font un bien fou.

— Tu as raison. Je m'en veux, je ne me suis pas du tout préoccupé de savoir comment il allait.

— Eh bien, tu y es allé aujourd'hui. Il n'a jamais attendu après personne, de toute manière. Et puis, c'est toujours comme ça : ceux qui partent oublient, ceux qui restent, non.

Étienne baisse la tête.

— Je me suis comporté salement avec toi. Je suis parti sans rien dire, je n'ai pas trouvé le courage de te parler… Je me suis caché derrière les histoires de famille et la distance…

Il cherche les mots justes.

— En discutant avec Aristide, je me suis souvenu des blessures que tu avais parfois. Les bleus, les marques rouges… Ton propre père… Et nous, on laissait faire… Moi, mon père, mon grand-père, les copains… Personne n'a rien dit !

— Je n'étais pas la plus à plaindre. J'ai juste eu droit à quelques « corrections ». Romaric… il voulait en faire un homme. Ça n'a pas duré longtemps. À la fin, il était tellement ivre qu'il ne pouvait même plus…

Seriane s'interrompt. Ses mains restent posées sur ses épaules.

— Romaric se laissait faire, il avait pitié, je crois… Puis un jour qu'il me criait dessus, Romaric l'a chopé par le col. Il l'a soulevé du sol… Il pesait cinquante kilos, à peine… Il flottait en l'air comme ça, devant le mur. Il avait l'air surpris… soulagé aussi. Il a enlacé Romaric et il a pleuré… Romaric ne s'en est pas remis : ces larmes, c'était trop pour lui. Même à l'enterrement, il n'est pas venu… Personne ne lui en a voulu. On était une quinzaine peut-être. J'ai dû m'y reprendre à trois fois pour la poignée de terre, je n'arrivais pas à ouvrir la main.

Les doigts de Seriane se recroquevillent. Dehors, quelques nuages jouent entre le soleil et la terre, des taches d'ombre traversent la vallée.

— Je ne savais pas… J'aurais dû faire quelque chose…

— Allons, Étienne… Toi, tu venais seulement pour les vacances, tes grands-parents te dorlotaient. On se retrouvait tous ensemble, toute la bande, tu nous causais de la ville, de ton école. Tu étais comme un courant d'air frais. Il y en avait bien d'autres, des petits secrets qui se cachaient sous tes yeux. Des enfants battus, ou pire encore…

Il murmure :

— Pour toi, je savais…

— Oui, mais t'étais qu'un gamin, tout ça nous dépassait. Un gosse pourri gâté, qui plus est…

Il entend le petit sourire dans sa voix. Il veut se retourner mais les mains de Seriane, posées à plat sur ses omoplates, le retiennent.

— Je suis désolé…

— Arrête ou je me fâche.

Les mains de Seriane reprennent vie, glissent de nouveau sur sa peau.

— Je rêvais de partir très loin d'ici. Oublier mon père, ma mère, mon frère, m'installer dans une grande ville… Mais j'étais pétrifiée par la honte ! Je me trouvais hideuse, j'imaginais que les passants se retourneraient sur moi avec des regards dégoûtés. T'oublier aussi, toi et ta compassion…

— Quelle compassion ?

— Tu débordais de compassion. Tu faisais des leçons à tout le monde sur à peu près tous les sujets…

Ils rient. Étienne, le premier, retrouve son sérieux.

— Tu as essayé de m'en parler une fois. On était dans notre cabane, au sommet des alpages. Tu étais accroupie, de dos, je regardais tes fesses.

Étienne se souvient des regards enjôleurs qu'ils se lançaient.

— Et puis j'ai vu la marque, dans le bas de ton dos. Tu t'es retournée et ton regard s'est comme bloqué. On n'osait plus s'adresser la parole. J'avais honte ! Je ne savais plus quoi faire. Tu as bafouillé quelques mots, je t'ai coupée, j'ai parlé de tes fesses, je me suis excusé… Ton père, te battre ! C'était trop dur à admettre, je n'étais pas assez courageux… et j'avais des sentiments forts pour toi.

Seriane se tait. Ses mains s'enfoncent dans les cheveux en bataille d'Étienne. Elle baisse la tête, pose son front contre sa nuque. Elle murmure :

— Je n'en voulais pas de ta compassion. De ta rage non plus. Je voulais rester avec mes deux mondes, bien séparés, et que jamais ils ne se rencontrent. C'est mon corps qui m'a trahie. Je savais que, tôt ou tard, ça arriverait. Il ne pouvait pas se couper en deux.

Ses lèvres sont tout contre lui. Il sent son souffle sur sa peau.

— Après, tu t'es quand même comporté comme un salaud ! Mais je t'aurais interdit de rester, de toute manière, je pensais ne pas te mériter...

— Moi aussi, tu m'intimidais. Tu m'as toujours intimidé !

— Ah oui ? Même quand on était nus ?

— Surtout quand on était nus !

Seriane se lève, s'installe devant lui. Elle presse ses mains autour de ses épaules pour venir soulager sa nuque. Aux effluves fuyants de terre rouge et de plantes se mêle le parfum de sa peau. Leurs yeux ne se quittent pas.

Étienne pose sa main droite sur sa hanche, écarte l'étoffe, effleure la peau. Seriane poursuit son massage, peut-être tremble-t-elle un peu. Au-dessus du feu, les bouquets d'herbes qui sèchent répandent leurs arômes. La main d'Étienne s'égare, atteint le sillon tiède entre les seins, s'y attarde. Leurs respirations s'accélèrent, une fine pellicule de frissons et de moiteur recouvre leur chair.

Longtemps ils se caressent face à face. Puis Seriane s'allonge et leurs corps s'emboîtent l'un dans l'autre.

Au-dessus des crépitements du feu, les bouquets de sorcières feulent.

Plus tard, Étienne se redresse. La douleur dans son dos est encore là, mais infiniment plus supportable. À peine ressent-il un léger élancement en enfilant son pull.

Il regarde par la fenêtre. Les champs de neige se crevassent, le vert regagne du terrain. Sur les collines, les branches grises se parsèment de minuscules bourgeons.

Seriane s'étire, se lève à son tour. Elle referme les pots. Les odeurs ensorcelantes se replient dans l'argile creuse. Puis elle vient près de lui. Ils se prennent la main. Tous deux se taisent, savourent la présence de l'autre.

Lorsque Étienne franchira la porte, le temps s'écoulera de nouveau, les montagnes et les forêts reprendront leur place. Et avec elles, les morts et les disparues.

3

Aristide arpente la longue travée de l'étable, flatte ses bêtes. Sa main noueuse plonge dans les poils épais. Les museaux frais se frottent contre lui, farfouillent dans les replis de son corps.

Chaque fois que les ombres l'oppressent, il se réfugie ici, où ses pensées s'apaisent.

— Mais oui, mais oui…

Il caresse les encolures, gratte entre les cornes revêches. La venue d'Étienne l'a déboussolé. Les traits du grand-père ont resurgi sur le visage du petit-fils. Il se sent l'âme grise.

Il observe les deux derniers chevreaux dans l'enclos : les petits de l'année. La paille odorante rappelle le fanage doré des fins d'été. Le bouc est à part. Son enclos déborde d'effluves puissants. Il va attendre quelques jours puis le laissera sortir.

Le retour du gamin est un signe.

Hors de l'étable, le matin est encore frais. Les maigres lambeaux de brume se dispersent au soleil. Les contreforts des Trois Pics luisent depuis plus d'une heure déjà et les pentes neigeuses oscillent entre les falaises soufflées et les forêts renaissantes. Au bout du champ, un sentier passe. Il mène là-haut, au cœur du massif.

Aristide se rappelle les premiers chantiers, l'ouverture des chemins à grands coups de pioches et de tronçonneuses, les odeurs d'essence, de terre et de poussière qui emplissaient l'air. Les tonnes de roche à charrier aussi, et les murets de soutènement à ériger. Aujourd'hui, les sentiers sont ravinés. Les ronces, les genévriers, les églantiers les obstruent, et les balises pourrissent sur des poteaux chancelants.

Il aura vécu un siècle, vu naître et mourir la randonnée et tous les sports de montagne dans son sillage. Ça n'avait jamais été son truc, de toute manière, cette énergie dépensée à suivre les traces des autres. Il préférait s'égarer.

Le pré humide de givre brille devant lui. Il endosse le léger sac posé à l'entrée de l'étable et quitte la ferme.

Le sentier est encore plus délabré qu'il ne l'avait imaginé. Presque indiscernable par moments, s'il ne connaissait pas parfaitement son tracé. Il marche péniblement. Sa respiration s'est racornie, ses articulations se grippent comme de vieux rouages. Il se calcifie jour après jour.

Deux heures durant, il grimpe le long de ravines sèches, enfourche les amples renflements des vallons qui affermissent le massif comme des jambes de force. Au milieu des éventails d'épines de pins et d'épicéas émergent des squelettes de feuillus.

Il s'arrête souvent : pour boire, reprendre son souffle, écouter le chant des roitelets et des fauvettes.

Surveiller les alentours aussi : ces histoires de corps et de sorcellerie ont fini par l'affecter.

Enfin, il arrive à l'intersection. Le sentier principal longe la base des pics jusqu'au monastère et, plus loin, jusqu'au col. Mais une mince sente de chevreuil attaque de front la montée entre les blocs de pierre noire qui mène au pic central. S'ensuit une nouvelle heure de marche, harassante, dangereuse. Ses pieds se posent sur des congères friables, les pierres roulent sous son poids. Il tâtonne avec ses bâtons. Plusieurs fois, il se retrouve à genoux. Tant bien que mal, il se relève. Un vieux cerf fourbu.

Enfin, il s'affaisse sur un roc aplani, à bout de forces. Sa poitrine est douloureuse et ses jambes tressaillent. Des corbeaux noirs dansent sur ses rétines.

Un peu plus loin, une corniche prend naissance. Et au-dessus, à peu de distance, s'élève le monastère. Ce n'est pas là qu'il se rend cependant : l'entrée de la galerie est juste devant lui. Une étroite ouverture, indiscernable, à la base de la paroi.

Devant la faille, il s'immobilise. Le ventre de la terre. Il n'a jamais aimé les tréfonds, lui, le forestier. Même lorsqu'il a affronté les terribles tourmentes des sommets, erré des jours durant dans la neige et le froid, perdu ses doigts, crevé de faim, il n'a jamais été superstitieux. Mais ici…

Il allume sa frontale.

La terre qui s'ouvre et se referme, les sons qui disparaissent. Le corridor s'élargit. Les murs suintent. Il pense machinalement à sa mère, à sa sœur, mortes depuis une éternité. La femme-montagne.

Après plusieurs minutes de montée en pente douce, le tunnel oblique vers la droite. Il doit alors se courber en plusieurs endroits, traverser des salles, dénicher l'orifice qui mène à la cavité suivante.

Et puis il aboutit à un mur lisse, au bout du boyau. Il se souvient, revient sur ses pas. Derrière un bloc de pierre, il découvre le passage. Il doit progresser à quatre pattes pour ressortir de l'autre côté.

L'antre se ressent avant de se laisser voir : le sentiment aveugle de l'abîme, une immense poche d'air immobile.

Aristide peine à respirer. L'air ici est trop ancien. Il a l'impression que les cellules premières de son corps se réactivent, répondent à un appel tribal. Des pensées parasites l'envahissent : la garrigue et le jardin ouvrier de son père, la maison délabrée et les livres neufs que sa mère rapportait, mais aussi des souvenirs d'hommes aux odeurs fauves, de peau de bêtes et de silex taillés.

Il se tient sur un court rebord de pierre : une chaire à six ou sept mètres du sol. Devant lui, un cercle immense, de colossales colonnes de calcaire, la roche polie par le ruissellement millénaire de l'eau. Un firmament cristallin couronne le plafond : des étoiles de quartz, d'olivine, de mica, l'univers entier niché au cœur des montagnes.

Vingt-cinq ans plus tôt, il a découvert ce lieu et n'en a parlé à personne. De temps à autre, il venait. Il n'a jamais trouvé le moyen d'atteindre le sol de la vaste salle. Un jour, il a aperçu en contrebas un petit assemblage de cailloux et de végétaux : bois poli de ruisseau, racines desséchées, graines… une sorte de petit tumulus. La trace d'une présence, quelque chose d'enfantin. Quelqu'un d'autre avait trouvé un passage.

Il est revenu plusieurs fois par an alors, a remarqué d'autres tumulus, a jeté lui aussi, du haut de sa chaire, des morceaux de pierre ou de bois pour signifier sa venue… Un jeu s'est mis en place, dans le secret de la terre, entre les deux explorateurs.

Puis, il y a vingt ans, vingt-cinq peut-être, celui ou celle qui venait a cessé ses incursions souterraines. Les traces se sont figées. Aristide est revenu quelques fois. Puis il s'est lassé…

Avec sa frontale, il éclaire le sol de la grotte. Bombé, celui-ci forme un vaste renflement jusqu'au centre de la salle. Le cénacle.

Là, il les aperçoit, au sommet.

Six sculptures déployées dans l'ombre, des corps de femmes, façonnés par des pierres tortueuses, des bois brisés par les tempêtes, des feuilles desséchées, et recouverts d'une peau d'argile et d'écorce. Mais aussi autre chose : des os humains, des lambeaux de chair séchée, croit-il discerner dans la pénombre. Il lui semble même distinguer leurs visages…

Aristide chancelle, trébuche. Six sépultures, un cimetière démentiel, apostatique !

L'air se raréfie, il tombe à genoux. La frontale glisse de son front, il éteint. Le noir caverneux s'étend. Suintement, égouttement. Il ne distingue plus rien, n'entend plus rien : seule la litanie souterraine de l'eau accapare ses sens.

Il a peur de rallumer, de voir de nouveau les idoles. Il n'est pas à sa place dans le ventre de la terre, parmi les arrondis féminins de la roche humide et les secrets de la matière qui enfante.

Soudain, il entend un soupir. Un son net, qui traverse la salle jusqu'à lui. Des respirations, cahotantes, qui une à une s'éveillent.

Aristide panique, recule précipitamment. Sa tête heurte la voûte de pierre. Il sent le souffle colérique des Six enfler vers lui. Il rampe hors de l'étroiture pour regagner le tunnel de sortie. Le front ensanglanté, il traverse en titubant les boyaux et les salles jusqu'à apercevoir la fente de lumière dans la roche. Le ciel réapparaît, l'air libre, le vent frais.

Quelqu'un est bien revenu dans la salle, mais sûrement pas pour ranimer de vieux jeux d'enfants.

4

— Alors, tu es d'accord ? Tu peux m'apprendre à coudre ?

Seriane est surprise, elle a pris la requête de Manon pour une lubie mais c'est la deuxième fois qu'elle lui demande.

Elle enfonce la grelinette dans la terre meuble et s'interrompt. Elle doit mettre un peu trop de temps à répondre car Manon ajoute :

— Ne te sens pas obligée. T'as plein de choses à faire… si un jour, t'as le temps…

C'est une journée magnifique. Le cirque scintille. Les cascades saisonnières s'écoulent des dalles brillantes, la fonte des alpages remplit les prairies de minuscules cours d'eau. Le chant des mésanges et des premières bergeronnettes égaye le chuchotement du printemps qui s'éveille.

Seriane reste agrippée au double manche de hêtre. Son potager fera deux cents mètres carrés, accolé à celui d'Étienne et de Manon. Elle a suffisamment de graines en réserve. Devant la porte de l'atelier, Étienne a installé son établi et fabrique les jardinières pour les semis.

— Qu'est-ce que tu voudrais apprendre ?

— Je ne sais pas. J'ai pas grand-chose, comme vêtements. Dans la voiture, j'ai dû prendre le minimum… Cyrielle, elle m'a filé des fringues, mais elles sont pas… enfin, je voudrais bien les rafistoler un peu…

Malgré son trouble, Seriane sourit.

— T'as déjà des idées ?

— Quelques-unes… Mais c'est peut-être nul ! C'est pour ça, si tu voulais me conseiller un peu… Mon père, il sait retaper les maisons, par contre les fringues…

Elles se dévisagent. L'absence de sa mère creuse un trou noir dans le regard de Manon. Seriane se demande si Manon devine son propre gouffre.

— D'accord. Je dois avoir du tissu, des fringues à raccommoder.

— Super, Merci !

Manon est soulagée : des mois à macérer dans les mêmes vêtements usés… Elle en a marre des vieilles affaires de Cyrielle. Elle aimerait bien se sentir un peu légère, porter sa propre peau.

— On va manger un morceau ?

Elles ont déjà retourné la moitié de la parcelle. Il fait si bon, si doux que la tentation de planter les premières graines est grande. Mais il faut encore pailler, grillager tout autour, et surtout attendre les dernières gelées.

Étienne cesse de scier en les voyant approcher. Il est en sueur, moucheté de copeaux. Il secoue son vieux tee-shirt.

— Tu ne fais plus de jardinières ?

— J'en ai fait une dizaine déjà. Je m'y remettrai tout à l'heure, mais j'avais envie de commencer le premier poulailler.

Les lambourdes vissées et emboîtées dessinent déjà l'armature : un long prisme triangulaire. Chaque poulailler sera mobile, il suffira de le soulever pour le déplacer de quelques mètres sur une nouvelle parcelle.

— Vous avez bien avancé, on dirait… Vous avez faim ?

— Ben oui, nous, on a transpiré !

Manon a soif aussi. Elle avale d'une traite un grand verre d'eau froide.

— J'ai fait des crêpes. Et une salade de poireaux.

— Cool ! T'es un bon père.

Seriane a du fromage et de la viande séchée. Et plein de confitures pour garnir les sucrées. Manon n'en revient pas.

— Papa, t'as vu tous ces parfums ?

— Plein de fruits que je ne connais pas, j'en suis sûr. Cet été, tu apprendras à en faire.

Le soleil est puissant, la terre humide laisse flotter des vapeurs invisibles. Ils mangent, discutent de tout et de rien, sourient beaucoup. Parfois l'éclat de leurs voix couvre le chant des oiseaux juchés sur la cime des arbres voisins.

— Papa, je vais faire une sieste. Ça ne t'embête pas ?

Manon a bossé dur ce matin. Étienne laisse sa fille fuir la chaleur qui coule du ciel comme du miel.

Elle part. Il se roule une cigarette.

Seriane s'étire longuement. Son dos craque, se cambre, ses cheveux balaient ses reins. Étienne glisse sa main dans l'enchevêtrement de mèches. Il se promène entre les omoplates, sent les frissons naissants, voit les falaises devant eux, la vire.

— Seriane ?

— Oui ?

— Manon ne t'embête pas ? Je veux dire, elle a perdu sa mère, alors c'est peut-être difficile parfois…

La peau sous ses doigts se fige.

— Manon me fait penser à ma fille, à Neige.

— Neige… elle te ressemblait ?

— Oui. Elle avait le nez retroussé et la peau très claire, elle aussi… Des petites taches de rousseur sur les pommettes, des cheveux mi-blonds, mi-roux… Ils étaient si longs ! Un jour, elle a tout coupé, à la garçonne… Elle adorait les oiseaux, elle en récupérait toujours je ne sais où, elle les soignait… Elle s'habillait… si tu avais vu ! Ma mère en devenait folle. Elle brodait ses trucs, inventait des coupes pas possibles, toujours des couleurs vives…

De petites bulles de souvenirs fragmentent l'air calme. Étienne retient délicatement ses mains. Des frôlements minuscules.

— Elle était très douce, très indépendante aussi. Elle adorait partir seule en montagne…

— Elle avait des amis ?

— Oui. Elle parlait énormément, tout le contraire de moi ! Toute petite, elle inventait des tas d'histoires pour ses copains. Je n'en revenais pas, quand son instit me racontait toutes ses aventures…

— Et son père ?

— Il était très gentil, mais d'humeur passagère.

Il n'était pas resté, la montagne l'oppressait : c'était un homme des plaines. Il venait les voir de temps en temps, il portait beaucoup d'attention à sa fille. Mais depuis la disparition, Seriane n'avait plus aucune nouvelle.

— Il était beau, mais il ne te ressemblait pas.

— …

— C'était un grand timide. Il n'avait pas confiance en lui.

— Moi si ?

— Toi ? Un gamin pourri gâté, et terriblement arrogant.

Elle rit.

Leurs visages se rapprochent et ils s'embrassent. Les trous noirs des galeries les scrutent de là-haut, comme des yeux percés dans la roche.

5

C'est le besoin de métal qui a décidé Étienne : des roulements, une grande lame de scie pour le moulin, des tiges en fer pour renforcer l'armature de sa nouvelle porte d'entrée et celle de l'atelier. Seule la fonderie est en mesure de lui fournir le nécessaire. Il a rendez-vous avec Mathieu ce matin.

— Tu es prête, Manon ?

— J'arrive…

La voix de sa fille porte le léger écho de la salle de bains. Étienne soupire : depuis quelques jours, il la voit échanger des regards complices avec le miroir, se coiffer à la dérobée, hésiter entre ses vêtements. Rien de très significatif, il ne sait pas s'il doit s'inquiéter ou en rire.

La voiture démarre difficilement. Les champs sont blanchis de givre épais.

— Tu vas à la fonderie ?

Manon frissonne dans son manteau vert. Quelques mèches mutines balaient son front. Sa peau hâlée, lisse, ses longs cils noirs et son regard sombre qui scintille comme un grand puits d'étoiles : il retrouve l'ombre de Marie.

— Oui, j'y vais avec Mathieu. J'ai des courses à faire.

— J'aimerais bien t'accompagner ! Il y a des soirées plusieurs fois par mois, tu sais. Cinéma, danse… les copains de l'école m'ont raconté. On peut y aller même si on ne vit pas là-bas.

— C'est une bonne idée, pourquoi pas. Après… je n'ai pas entendu que des bonnes choses sur les gens qui vivent là-bas… On fait comment ce soir ?

— Je finis à 15 heures, mais je dois préparer un exposé avec Tom.

— Sur quoi ?

— Il faut qu'on en parle ! J'aimerais sur la musique, mais lui, il préfère les cow-boys… Franchement, c'est chiant les cow-boys.

— Vous n'avez qu'à faire un exposé sur la country.

— Papa ?

— Oui ?

— Tu sais, les soirées à la fonderie, ça a vraiment l'air chouette !

Ils arrivent au village. Étienne dépose Manon devant l'école avant de rejoindre Mathieu.

Celui-ci est d'excellente humeur. Il lui sert une tasse de café.

— Alors, t'es toujours content ?

Mathieu a intégré l'équipe des pompiers de la fonderie depuis pratiquement un mois et les premières interventions se sont très bien passées.

— Carrément ! Y a un vrai esprit d'équipe, du matos de qualité, de la réactivité… J'ai l'impression de redécouvrir mon boulot !

— Vous avez eu des appels cette semaine ?

— Lundi, un ancien qui est tombé dans l'escalier. On a eu peur, mais il ne s'est rien cassé a priori. Et un feu de cheminée à l'entrée du village, la maison derrière les entrepôts communaux. Je suis monté sur le toit, ils m'ont assuré avec le treuil du camion. J'ai balancé un peu d'eau dans le conduit, on a récupéré le bouchon de suie en bas et terminé. Presque pas de dégâts.

— Tu t'amuses bien, dis donc ! C'était quand, ça ?

— Avant-hier. Hier, c'était calme. Mais on s'occupe : on teste toutes les bornes, on débroussaille les abords et on redonne un coup de peinture, si besoin…

Étienne jette un coup d'œil à Caro. Il devine dans son sourire tiraillé une vague amertume.

— … c'est de la maintenance : la peinture protège l'armature, ça évite de galérer pour dévisser la bouche.

— Bon, tu ne regrettes rien ?

Mathieu souffle bruyamment.

— Au niveau boulot, ça ne risque pas ! C'est une vraie équipe, soudée, des années que je n'ai pas aussi bien bossé ! Pour le reste, on verra, je ne suis pas encore assez familier du lieu.

La nuit a été froide. Les pousses naissantes sont recouvertes d'une couche de pollen argenté. La voiture dévisse un peu dans les virages.

— Les mécanos de la fonderie vont reclouter mes pneus la semaine prochaine. Ils font ça très bien, si tu as besoin, je peux te réserver un créneau.

Étienne secoue la tête. Ses pneus tiennent encore. Et il a prévu de changer les clous lui-même.

— Ils me paient même le carburant pour venir ! Pas que pour les astreintes. Et j'ai droit à des remises sur les produits en magasin… alors, n'hésite pas !

— Merci, c'est très gentil.

Mathieu change de sujet.

— Au fait, tu en es où, pour le moulin ?

— J'ai bien avancé depuis dimanche. J'ai déposé la charpente, repris la sablière, il faut encore que je consolide. Tu sais, une fois que j'aurai remis la roue à augets en service, je relancerai la meule et on pourra faire notre propre farine pour l'hiver.

Mathieu sourit.

— J'ai de très bons prix sur la farine à la fonderie.

Il ajoute vite :

— Mais on ira chercher des châtaignes et des glands ! Je connais plein de coins.

La voiture tournicote dans les derniers virages de la combe. En contrebas, ils distinguent les ravines de schiste et d'ardoise émiettées.

Étienne jette des coups d'œil à son ami. Depuis trois mois, c'est la première fois qu'il le sent si tranquille. Il n'a pas fumé depuis le réveil. Il a même fait un footing la veille au soir. « Je ne te raconte pas comme j'en ai bavé ! Mais il faut que je m'entretienne. »

*

Derrière un dernier virage, la fonderie apparaît.

Sur un court promontoire, accolé à la sortie des gorges, un grand édifice de brique à la toiture en dents de scie s'élève devant le lit du torrent. Le béton gris des hauts murs est percé d'immenses fenêtres voûtées. Tous les carreaux ont été restaurés, le mur d'enceinte redressé, les plaques de bac acier du toit à redans changées. En amont de l'usine, sur l'autre versant, la pente s'aiguise sur une centaine de mètres jusqu'à un haut barrage fermant la retenue d'eau. Trois énormes canalisations blanches en jaillissent, descendent à flanc de ravin et disparaissent dans un long rectangle à toit plat jouxtant la structure principale.

— Nous y voilà. Tu t'en souvenais ?

— Non. Enfin, pas dans cet état.

— Ils ont tout retapé, un travail de titans !

Les autres bâtisses aussi ont été restaurées : trois courts immeubles aux fenêtres bardées de mélèze et la maison carrée faisant office de magasin, enduite à la chaux. La cour a été nivelée, les allées engravillonnées. L'ancienne friche est méconnaissable.

Tracteurs, voitures et camionnettes s'alignent dans la grande cour, une colonne de fumée épaisse se dégage de l'énorme cheminée du fourneau. Sur l'autre versant du torrent, au-dessus du ravin, se dresse une imposante ferme. Des silhouettes s'activent.

Mathieu a suivi le regard de son ami.

— Ils peuvent fournir toutes sortes de viandes… J'ai des prix, si ça t'intéresse !

— Ils sont combien là-dedans ?

— Soixante-deux à y vivre, dont vingt-huit enfants. Mais plus d'une centaine à y bosser. Il y a beaucoup de jeunes des villages alentour qui ont rejoint la communauté. Ils ont des salles et des cuisines communes, font des activités ensemble. Les enfants ont école le matin, et les après-midi ils aident aux récoltes, à ranger le bois, construire des petits objets ou réparer des circuits électriques… Ils apprennent énormément ! Pour le collège et le lycée, il y a même une navette.

Après un bref silence, il ajoute rapidement :

— Mais il y en a aussi beaucoup qui vivent encore chez eux.

L'entrée du site est déneigée : la terre fume autour des barrières en bois. Mathieu se range sur le côté pour laisser passer un Unimog. Il roule au pas. Le garde le salue par la fenêtre de la casemate et lui fait signe de passer. Mathieu se gare devant le magasin. Deux autres gars en treillis, qui fument à l'arrière de la loge, les dévisagent. Étienne s'agace.

— Ils ont quoi, ces deux-là ? Qu'est-ce qui serait arrivé si j'étais venu seul ? Fouille au corps ?

— Mais non… ils t'auraient simplement demandé ce que tu venais faire là. C'est un peu normal, non ?

Mathieu leur adresse un signe de la main, les autres répondent et se détournent.

— Allez, viens, je te fais visiter la caserne.

Un entrepôt consolidé abrite les trois engins rutilants : un camion incendie, un autre pour le secours aux personnes, une Jeep pour les urgences.

— On peut aussi réquisitionner d'autres véhicules si besoin. Et tous ceux qui vivent là sont formés aux premiers secours et aux rudiments de la lutte incendie. On fait des exercices tous les mois, on a des réservistes à la pelle !

Deux pompiers de garde sont en train de s'entraîner dans un coin.

— Salut Mathieu !

— Salut les gars. Je vous présente Étienne.

Ils discutent un moment puis Mathieu et Étienne ressortent.

— Attends, je vais voir si on peut jeter un coup d'œil à l'usine. Ils m'ont fait visiter, c'est bluffant !

Ils traversent la cour. Au-dessus d'eux, les lourds panaches de vapeur crachés par la cheminée se fondent dans la brume montante des prés. Mathieu entrouvre une porte, une forte chaleur les saisit aussitôt. Le bruit est assourdissant. Des quatre coins de l'immense usine, d'invisibles machines s'activent, turbinent follement, et leurs grondements de fauves mécaniques se percutent dans le vaste hall.

Derrière les portes métalliques, assez hautes pour laisser entrer des semi-remorques, les grandes verrières laissent entrevoir des palettes de bois, de pièces de métal, des récipients en argile aussi, des parpaings, des sacs de ciment… Toute une panoplie de matériaux de construction.

Mathieu se dirige vers une petite pièce. Deux femmes ruisselantes boivent de grandes lampées de café.

— Salut Madeleine ! Tu sais si on peut entrer ? Je suis avec un ami, je voulais lui montrer l'intérieur…

La femme respire rapidement, son débardeur est trempé. Elle enserre sa tasse fumante entre ses mains et sourit.

— Ça va Mathieu ? Je ne t'ai pas vu hier… Tu m'avais dit que tu passais, non ?

Gêné, Mathieu ricane.

— J'ai fini trop tard. Tu as eu chaud non ?

— La journée va être très dure… le four va tourner jusqu'à ce soir.

— Je te présente Étienne, un vieil ami.

— Enchanté. Allez, je vous accompagne. T'es quand même mon pompier préféré !

Elle lance un clin d'œil amusé à Mathieu qui rougit.

Ils se faufilent entre des palettes jusqu'à une longue porte coulissante en bois. La scierie : une scie battante tranche des planches de mélèze dans une large grume et d'autres scies à ruban, montées sur des chariots, les taillent ensuite en chevrons, tasseaux ou baguettes lisses. Les lames plongent dans le bois sec. Les copeaux volent, la poussière étincelle, des nuages de sciure brillent à travers les rayons des vitraux.

Madeleine gueule pour leur parler.

— C'est dur aujourd'hui, avec le marteau d'affinage !

— Hein ?

— Le boucan : c'est le marteau, pour l'affinage de la fonte !

Dans un coin, les amas de sciure sont stockés dans de grands bacs avant d'être mis en sac.

— On recycle tout : les copeaux servent d'allume-feu et la sciure de paillage.

Madeleine voit à ce moment une de ses collègues lutter pour relever d'énormes tranches de bois. Elle court aussitôt à la rescousse : toutes les deux calent les planches contre un mur. Les bras, la gorge, les épaules nues de Madeleine sont moites, couverts de sciure.

— Madeleine est la chef d'atelier, c'est elle qui chapeaute le petit monde de la scierie…

Mathieu a pris un ton détaché mais ses yeux remuent dans tous les sens pour éviter de trop croiser ceux de Madeleine.

Romaric arrive alors. Il a l'air content de les voir. La poignée de main est franche.

— À l'accueil, ils m'ont dit que vous étiez là…

Il se tourne vers Étienne.

— Tu veux voir le haut-fourneau ?

Mathieu reste en retrait, tandis qu'il ouvre une lourde porte en fer. Dans l'atelier, la chaleur est insoutenable. Des poutrelles d'acier découpent le haut plafond à mi-hauteur et viennent fortifier la cheminée de brique. Le creuset du haut-fourneau s'ouvre devant eux : un soleil rouge leur brûle les rétines. Les quatre personnes autour sont vêtues de combinaisons et de casques de protection. Elles enfournent des outils massifs dans le cœur de lave, remuent, malaxent, étirent la pâte de métal. Un second four, plus petit, a été dressé à quelques mètres.

— Qu'est-ce que c'est ? braille Étienne, en désignant sur chaque côté des deux fours les énormes éventails qui s'affaissent et se regonflent en sifflant.

— Les soufflets hydrauliques. Ils permettent d'augmenter la température de la cuve !

Une grande roue à auge asperge le sol d'eau, entraînant dans sa rotation les bascules des soufflets.

L'équipe qui s'active leur jette à peine un regard. Ils versent la fonte liquide dans des moules tandis que d'autres, perchés sur de hautes coursives, font basculer des blocs de roche dans le puits noir. Une rigole conduit une partie de la fonte vers le second feu. Une pâte rougeoyante en est extraite, qui est alors menée vers un autel surmonté d'un énorme marteau hydraulique. C'est lui qui, toutes les quatre secondes, s'abat dans un fracas démentiel, faisant trembler les poutrelles d'acier et les murs de l'usine.

— Voici Thor, notre marteau à fer ! Il transforme la fonte en fer.

Un grand type barbu, le visage rond et écarlate comme un fruit trop mûr, se campe devant eux, mains sur les hanches.

— Qu'est-ce que tu viens foutre ici, Romaric ?

— Je voulais montrer votre boulot, détends-toi.

— J'aime pas les visites surprises. On n'est pas au zoo. La prochaine fois, préviens-moi. Le patron ici, c'est moi et personne d'autre !

Le type rejoint ses ouvriers.

Romaric hausse les épaules et guide Étienne vers la réserve attenante. L'air redevient respirable. Des dizaines de barres de fer y sont entreposées, prêtes à être travaillées. Étienne passe sa commande. Il a de la chance de venir juste après un arrivage, lui lance le type : ils ont de plus en plus de difficultés à s'approvisionner en minerai.

— De l'autre côté, il y a l'atelier de poterie et le tissage. On file la laine, on fabrique des jarres… tu veux voir ?

Étienne décline : il a hâte de retrouver l'air frais du dehors. À peine sorti, le vent sèche la sueur sur son visage. Il remarque l'Unimog garé à la sortie. De la poussière de minerai noircit le fond de la benne.

— Où trouvez-vous les roches que vous fondez ?

— Oh, ça ne manque pas par ici. Manganèse, ferrite… Il suffit d'une bonne teneur en fer. On a une équipe spécialisée dans l'extraction au monastère.

Quelques pierres sont tombées du camion lors du transfert. Sans réfléchir, Étienne en ramasse une. Rugueuse, lourde, noire et brillante : exactement comme celle qu'il a trouvée dans la poche intérieure de la doudoune.

— Ça ne va pas ? lui demande Romaric.

— Si, si, c'est juste que… D'où viennent-elles, toutes ces pierres ?

Des réserves, de nouveaux filons, Romaric n'a pas l'air d'en savoir beaucoup plus.

— L'autre abruti, le chef d'atelier du fourneau, c'est lui qui s'occupe de ces questions. Il travaille directement avec les mineurs du monastère. Moi, je ne les vois jamais.

Comme Mathieu est encore à l'intérieur, Romaric accompagne Étienne à la boutique. Nourriture, piles, pièces de métal, cuivre, vêtements… tout se négocie. Étienne n'a rien à troquer, il achète ses clous. Un clin d'œil de Romaric fait sensiblement baisser la facture.

En sortant, il se roule une clope.

— Merci pour le prix.

— De rien. En bossant ici, on a des avantages. On peut en faire profiter les copains, à condition de ne pas abuser…

— Et c'est quoi ta fonction exactement ?

— Je suis responsable de la sécurité. On fait gaffe, la nuit surtout. Ça nous a pris tellement de temps de tout reconstruire !

— Ce sont tes hommes alors, à l'accueil.

— C'est mon équipe, oui. Certains sont plus faciles que d'autres…

En disant cela, il fixe les deux hommes qui les observent, à l'arrière de l'entrée. Au-dessus d'eux, les fumerolles brûlantes filent vers le nord. Les Trois Pics, dégagés, percent le ciel de plus en plus clair.

— Ma sœur va bien ?

— Oui.

— Tu la trouves comment ?

— Comment ça ?

Romaric sourit gauchement.

— Je ne sais pas… comme tu ne l'avais pas revue depuis longtemps, je me demandais si tu la trouvais changée.

— Oui. Après ce qui est arrivé à ta nièce… Mais on a tous changé, non ?

— Sûrement… En tout cas, elle a l'air contente que tu sois revenu.

Les derniers nuages de cigarette se diluent dans l'air frais. De la pointe de sa botte, Romaric creuse un trou dans les graviers.

— Tu as trouvé un corps, il paraît ?

— Les nouvelles vont vite…

— Ce n'est pas vraiment le genre d'info qui passe inaperçue… Tout le monde sait aussi comment tu t'y es pris. Putain, aller sur la falaise, seul, dans ces conditions… t'es un grand malade !

— J'ai plus l'habitude… Le temps était bon quand je suis parti.

— N'empêche… y a pas grand monde qui oserait faire ce que tu as fait.

Il perçoit une once d'admiration dans la voix de Romaric.

— Écoute, j'aimerais que tu viennes avec moi, quand ça t'arrange.

— Où ça ?

— Au monastère. La route est coupée. On reçoit toujours des livraisons de minerai par le câble, mais de moins en moins. Et ça fait un moment qu'on n'a pas vraiment de nouvelles…

— Et les gars du haut-fourneau ? Tu m'as dit qu'ils étaient en contact avec eux.

— J'en sais trop rien. Ils restent très évasifs et, de toute façon, j'ai des doutes. Tu pourrais prendre ton matos ? Si l'entrée du monastère est fermée…

— Qu'est-ce que tu espères trouver ?

— Certaines réponses. Tu parlais de ma nièce. Seriane ne croit pas qu'elle soit partie de son plein gré.

— Et toi ?

— Depuis le temps, elle aurait contacté sa mère.

— Quel rapport avec le monastère ?

— On raconte beaucoup de choses sur ceux qui se sont retranchés là-haut. J'aimerais avoir une petite conversation avec le Romain.

— J'ai besoin d'y réfléchir. Ça ne s'est pas très bien terminé pour moi la dernière fois…

— Je comprends. On en reparle quand tu veux.

Mathieu revient. Romaric doit y aller.

6

La remontée des gorges est silencieuse. Les premiers nuages s'arriment aux trois aiguilles qui crochètent l'horizon. Quelque part à leurs pieds se trouve le monastère.

— Tu sais où ils extraient le minerai ? demande Étienne.

— Pas précisément. Il y a les mines sous les trois pics… Mais peut-être qu'ils exploitent en carrière.

Étienne se souvient des grands panneaux de roche noire rongés par les pelles et les explosifs. Mais aussi des galeries. Son père lui avait donné une carte géologique du secteur. Ils avaient fait quelques balades pour dénicher les entrées condamnées par des barres de fer. Le massif est un vrai gruyère.

— Comment ils passent l'hiver là-haut ?

L'édifice avait été construit des siècles plus tôt, sur la route du col, pour sécuriser la traversée des pèlerins et des commerçants. Le climat était déjà rude mais désormais, les tempêtes sont quotidiennes.

— Ça doit être très dur. Je crois qu'ils ne sont pas très nombreux. À vrai dire, on n'a aucun contact avec eux depuis que la route s'est effondrée.

Au sommet d'un pré voisin, des chevreuils lèvent la tête et les regardent passer à quelques mètres sans broncher. Mathieu ralentit.

— On voit la différence depuis que les chasseurs n'osent plus sortir ! Il y a de plus en plus de bêtes… Il y en a même dans le village, parfois.

Ils sortent du goulet. Dans les grandes prairies d'alpage, les premières fleurs éclosent à foison. Étienne sort le morceau de minerai de sa poche.

— Qu'est-ce que c'est ?

— Une pierre que j'ai trouvée dans la doudoune.

— Sur la vire ?

Étienne opine. Mathieu fronce les sourcils.

— Pourquoi ce type se baladait avec du minerai de fer dans les poches ?

— C'est bien ce que je me demande. La seule chose que je sais, c'est que le minerai ne s'extrait pas tout seul…

— Tu penses qu'il venait du monastère ?

— J'en sais rien. Un Italien traverse le col, tombe sur le monastère et finit dans les mines… Reste à comprendre pourquoi il s'est barré en plein hiver.

— Peut-être qu'on ne lui a pas laissé le choix…

— Romaric m'a demandé de l'accompagner. Il veut voir le Romain.

— Fais gaffe, Étienne. Tu te souviens de ce qui s'est passé à ta dernière sortie ?

Les deux hommes se taisent, songeurs. Deux autres chevreuils émergent en lisière d'une ligne de grands érables. Leurs têtes pivotent pour suivre la voiture.

— Tu en penses quoi, de Romaric ?

— Il est sympa, il a l'air clean. Rien à voir avec certains anciens de son équipe ou du haut-fourneau.

Le village apparaît au détour d'une courte butte. Les dernières congères fondent à vue d'œil, crocus et pensées égayent les pâtures voisines. L'herbe verdit et se redresse, la vie décongèle.

Mathieu dépose Étienne près de sa Panda et repart aussitôt.

*

Lorsque Cyrielle rentre en fin de journée, avec son père, Manon et Tom jouent à l'étage. Caro les accueille dans la cuisine. Mathieu engloutit trois pancakes froids, et va se laver dans la foulée.

Cyrielle a déjà goûté. Loïc, un garçon qui vit à la fonderie, lui a donné ce qu'il fallait.

— Tu en prends juste deux. Confiture de framboise ? insiste Caro.

— Non, maman.

— Il faut que tu manges. Tu as vu comme tu es mince ? Tu ne dois pas perdre de poids !

Cyrielle lève les yeux au ciel.

— Mais je n'en perds pas, maman. J'ai juste plus faim !

— Un seul.

Cyrielle s'attable en soupirant. Elle porte un pull serré, qui moule tout le haut de son corps. Caro regarde ses hanches étroites, ses formes rebondies. Elle fait couler une nouvelle louche de pâte sur la crêpière en fonte.

— Ta journée de cours s'est bien passée ? Raconte un peu.

— Tout s'est très bien passé.

— Et ce Loïc, c'est qui exactement ?

— Un copain.

— Un *copain* ?

— Arrête, maman, t'es lourde !

Mais Caro continue de lui tourner autour. Elle tapote nerveusement la spatule en bois sur sa main libre entre deux retournements de pancake.

— Il est dans ta classe ?

— Non, il est au lycée.

— Ah ? Je ne savais pas que tu connaissais des garçons du lycée…

— C'est depuis que papa bosse à la fonderie.

Toujours la fonderie… Caro n'avait pas mesuré les dommages collatéraux. Sirotant son verre, Cyrielle examine sa mère du coin de l'œil.

— Maman, Rose organise une fête vendredi pour son anniv. Elle m'a invitée. Ça ne finira pas tard.

Caro secoue catégoriquement la tête.

— Je suis désolée, Cyrielle, mais vendredi, ce n'est pas possible : ton père travaille.

— Et alors ?

— Et alors, on n'a qu'une voiture…

Caro, d'un geste ample, retourne la crêpe.

— Loïc a proposé de m'emmener. Sa mère va le déposer après les cours.

— On en a déjà parlé. Je ne veux pas que tu montes dans la voiture de gens qu'on ne connaît pas.

— Mais papa la connaît très bien ! Ils fument leurs clopes ensemble pendant leurs pauses…

Cyrielle, farouche, ne quitte pas sa mère du regard. Elle ne voit pas les doigts qui se sont crispés sur le manche de la poêle.

— Moi, je ne la connais pas.

— Je peux y aller à pied : c'est pas loin du tout, moins d'un kilomètre.

Le pancake est cuit. Caro le dépose dans une assiette devant Cyrielle. Une odeur de farine chaude les enveloppe.

— Je ne veux pas que tu y ailles à pied. C'est trop risqué.

— Trop risqué ? Et puis quoi ? Manon, elle venait à l'école à pied le matin !

— Plus maintenant, justement. De toute manière, Manon, elle voit ça avec son père. Toi, avec moi !

— Tu crois quoi, maman, que je vais rester prisonnière toute ma vie ? Pour une fois qu'il y a une fête dans le village !

D'un geste rageur, elle envoie valser la crêpe hors de l'assiette.

— Garde-le, ton pancake, tu me gaves !

— Cyrielle !

7

Aristide se réveille en sursaut. Il s'assied sur le rebord du lit, se masse les tempes et enfile ses chaussons usés. Il avance prudemment jusqu'à l'escalier et empoigne fermement la rambarde : il connaît trop d'anciens qui ont fini au bas des marches.

Il relance le feu dans la cuisinière à l'aide d'une brassée de petit bois et va aux toilettes. Tout est silencieux. La fraîcheur de la nuit s'infiltre sous la porte et dans les minces interstices du mastic des fenêtres. La lune, découpée par les volets, teinte les pièces du rez-de-chaussée d'un halo blafard.

Il met les feuilles de menthe poivrée et les branches de thym à infuser quand une ombre passe. Il se retourne. Un nuage ? Intrigué, Aristide s'approche de la fenêtre. Il lance un coup d'œil vers le hall et la porte d'entrée. Les verrous sont restés ouverts : il ne ferme plus depuis longtemps. Dans un coin de fenêtre, il aperçoit la lune. Ronde et blanche, aux trois quarts pleine. Une odeur étrange s'immisce dans la maison : terre, pierre, une odeur de renfermé, une odeur de grotte.

De nouveau, une vague d'obscurité traverse la pièce. Aristide sent ses derniers cheveux se hérisser, sa peau se couvrir de rondeurs : il n'a pas quitté la lune des yeux, il est certain qu'aucun nuage n'est venu la masquer !

Quelque chose ou quelqu'un rôde devant sa maison.

Il ne bouge pas, attend son retour. Comme rien ne se produit, il s'approche de l'entrée. Le grincement des lames du plancher le fait tressaillir. La porte est à deux mètres à peine lorsque l'ombre repasse devant la fenêtre de la cuisine. Aristide s'immobilise, regarde de l'autre côté, vers le salon, mais la lumière ne s'y ternit pas.

La bête ou quoi que ce soit se tient là, juste devant lui, derrière la porte !

Les mains du vieil homme tremblent follement. Son corps chancelle. Il repense aux six sculptures qu'il a découvertes, à la panique qui lui a fait perdre la raison. Il avance de deux pas, enclenche la molette du verrou et recule précipitamment.

Nulle ombre ne vient occulter la clarté lunaire. Peu à peu, l'oppression diminue. Les muscles contractés d'Aristide se relâchent et la migraine l'assaille. Il se traîne jusqu'à la cuisine, prend sa tisane et s'affale sur le fauteuil du salon. Il a beau s'emmitoufler dans deux épaisses couvertures, il grelotte sans répit.

Il rouvre les yeux vers 9 heures. La lumière jaune inonde sa maison. La chaleur rampe à l'intérieur. Une barre lui découpe le crâne : les plantes n'ont pas produit leur effet, ou le manque de sommeil les a contrecarrées. Il se sent bête, tout à coup, de s'être ainsi angoissé : chevreuils, biches, les bêtes qui s'aventurent près des maisons la nuit ne manquent pas. Il se lève. Ses membres craquent les uns après les autres. Il ouvre la porte d'entrée sans hésiter. Une boule de lumière se rue dans la pièce, un parfum d'herbe et de fleurs l'enveloppe.

Au-dessus des prés verts, le soleil flotte et les insectes savourent les premières fleurs. Il se souvient d'une nuit, passée dans une cabane de berger, au pied du pic central. Il avait mal dormi et, le lendemain, il avait trouvé des dizaines d'empreintes de sabots dans la terre molle.

Il regarde le sol près des fenêtres : aucune trace. Rien de significatif en tout cas.

Puis il se rend à l'écurie, pour nourrir les bêtes.

Elles le saluent en bêlant ou en brayant. L'odeur est forte, plus qu'à l'accoutumée. L'odeur de bouc, de peur aussi. Intrigué, il flatte négligemment les encolures, s'approche des derniers enclos. Il aperçoit alors, contre le mur du fond, une mare de sang, des petits bouts de chair et des touffes de poils blancs éparpillés sur la terre battue. Devant les vieux licols et les tapis de selle rapiécés, la carcasse du bouc a été dressée : les pattes, le jarret, la peau et la chair en lambeaux, amassés, retenus par l'intestin de la bête et par sa colonne vertébrale torsadée qui laisse apparaître çà et là des os brillants. Au sommet, le crâne du bouc. Et encore au-dessus, érigé tel un obélisque flageolant, le phallus de l'animal.

Aristide se retourne et vomit.

Il ressort en pleurant, titubant. Devant l'enclos du bouc, il aperçoit des rainures fraîches dans le madrier : les dizaines, les centaines de coups de corne martelés toute la nuit pour fuir ont écorché le bois jusqu'au cœur.

C'est un voisin qui récupère le vieil homme, hagard. Il a franchi en chaussons le long kilomètre qui sépare sa ferme isolée de la première maison. Gaston fait retentir sa corne de brume, deux coups courts, un long, un dernier court. Le son puissant s'engouffre dans le vallon. Par acquit de conscience, il envoie son fils au village. Mais l'appel a été entendu. Vingt minutes plus tard, la camionnette des pompiers de la fonderie se gare devant la maison. Aristide est fiévreux, épuisé. Ses propos sont dénués de sens. Il gesticule comme un dément, clame des mots terribles. Ses yeux roulent d'un côté et de l'autre. Mathieu fronce les sourcils. Une crise de panique, doublée d'un violent accès de fièvre ? Il l'entrave avec l'aide de ses jeunes collègues et le force à boire un concentré de plantes apaisantes et un sédatif. Le voisin a déjà tenté le digestif.

Aristide finit par s'avachir sur la civière. Seuls ses yeux déments continuent à scruter les ombres.

— Qu'est-ce qu'on fait ?

Margot et Dan se tournent vers Mathieu. Tout frais, tout roses, avec la même panique dans le regard. Ils se sont déjà frottés à quelques incendies, ont secouru des anciens, tâté des jambes tordues ou replacé des épaules démises. Mais une crise pareille, c'est une première. Gaston a plus de sang-froid.

— C'est pas son genre, à Aristide, de péter une durite comme ça…

— Il t'a dit quelque chose en arrivant ?

— Pas vraiment. Il a parlé de son bouc et de la… enfin de l'organe de son bouc.

— Quoi ?

— De son membre, quoi !

Il fait un geste en même temps.

— J'en sais pas plus. Tu vois bien comment il est, il déraille…

Aristide s'est assoupi. Les deux jeunes reprennent un peu de couleurs, ne disent pas non au verre de prune que Gaston leur sert.

— Bon, on va l'emmener.

Ils le chargent en douceur dans l'estafette.

— À la fonderie ? demande Margot.

Mathieu hésite.

— Non. On va chez Seriane.

— La sœur de Romaric ?

— Oui.

— Mais… on a le droit ? La règle, c'est pas de ramener les blessés à la caserne ?

Toujours très pointilleux, Dan : dès qu'il se sent dépassé, il se raccroche à la procédure.

— Non, la règle, c'est d'écouter son chef d'agrès ! Il a besoin d'un traitement, on n'a pas ce qu'il faut, Seriane est la mieux placée. Il faut faire gaffe à son cœur… Je prends le volant.

Margot ne se fait pas prier. La prune brûle encore son gosier et ses mains tremblent.

La camionnette s'éloigne dans la pente. Gaston la regarde disparaître derrière un bout de colline. Il n'a pas voulu le montrer mais il est secoué lui aussi. Son regard glisse vers les hauts arbres à l'arrière de sa maison, et vers la piste qui se poursuit jusqu'à la ferme du vieil Aristide.

Il rentre dans sa maison, ressort avec la carabine.

— Tu fais quoi, p'pa ? demande son fils.

— Rien. Je vais passer chez Aristide.

— Je viens avec toi.

— Non, tu rentres. Donne-moi la corne de brume.

Le gamin fronce les sourcils.

— Qu'est-ce qui se passe ?

— J'en sais rien. Retourne à l'intérieur et ferme à clef.

— Mais…

— Discute pas !

Et il part en direction de la ferme.

*

— Passe l'aiguille dans l'autre trou d'abord. Sinon ta boucle va être à l'envers.

— Ah oui.

— Voilà, tu continues comme ça…

Manon adresse un grand sourire à Seriane : elle est si heureuse ! Elle se replonge dans son ouvrage avec toute l'énergie et la concentration possibles.

Elles sont installées sur le banc devant la maison. Le soleil coule sur les pierres, chauffe leurs pieds nus. Une infusion de menthe et de sarriette fraîches fume doucement à leurs côtés. Des nuages grignotent les sommets voisins.

Seriane remet ses lunettes de soleil : déjà que ses yeux la piquent avec cette lumière blanche, voir Manon coudre près d'elle exhume le souvenir des heures passées près de Neige.

Manon ne se doute de rien. Elle relève la tête, radieuse.

— Merde !

Étienne, devant le moulin, rompt la douceur du matin avec ses flopées d'injures. Manon se sent obligée de l'excuser.

— Il fait ça quand il n'arrive pas à faire un truc, en bricolage…

Seriane rit : déjà gamin, il ne supportait pas l'échec.

— T'inquiète pas, va ! Demande-lui s'il a besoin d'aide.

— Mouais.

Manon devine comment ça va se passer mais elle y va. Seriane la regarde s'éloigner. Le vent frais tourbillonne dans ses cheveux fins, ses mains habiles, délicates, tressent la laine avec douceur. Tant de similitudes…

— NON ! NON ! Non ! J'ai besoin de rien !

— OK…

Manon revient en haussant les épaules. Seriane lui sourit.

— Il a toujours eu un sale caractère, ton père… C'est un enfant unique. Du genre mauvais perdant.

— Ça, c'est sûr…

Manon la regarde, un peu inquiète.

— C'est parce qu'il est fils unique ?

— Chez lui, ça a donné ça. Mais rassure-toi, c'est pas automatique !

La gamine a l'air tellement soulagée que Seriane ne peut s'empêcher d'éclater de rire. Pourtant Manon, elle, ne sourit pas.

Seriane la dévisage, intriguée.

— Qu'est-ce qui ne va pas, Manon ?

— Rien. C'est juste… je voulais pas être fille unique. Mes parents voulaient, enfin, ils parlaient d'un autre enfant, quoi… Tu ne dis rien, hein ? Mes parents croyaient que je dormais, mais parfois j'écoutais.

Une longue chape de nuages s'amoncelle haut, très haut, dans le ciel, un voile que seul Seriane perçoit.

— Ne t'inquiète pas, je ne dirai rien. Je ne dirai jamais rien de tes secrets…

— Merci.

Tout à coup, elle sanglote. Seriane la serre contre elle, laisse courir ses doigts dans ses cheveux. Un bruit de moteur s'élève alors. Manon s'essuie les yeux d'un revers de manche en voyant la camionnette rouge des secours débouler dans la cour.

*

— Qu'est-ce qui s'est passé ? Il est tombé ? Il n'a pas d'hématome ? Vous avez vérifié son cœur ?

Étienne harcèle Mathieu de questions. Son ami le prend par les épaules, pour le calmer.

— Ça va, Étienne. Il est sous le choc. Il a eu une grosse poussée de fièvre mais il dort maintenant. On lui a donné un sédatif.

— Qu'est-ce que vous lui avez donné exactement ?

Seriane pose la main sur son bras.

— C'est moi qui les fournis. Rien de dangereux. Mathieu a tout fait comme il fallait, c'est son boulot.

— Oui, c'est mon boulot, Étienne.

Enfin Étienne laisse passer les pompiers qui portent la civière. Aristide disparaît derrière la porte de Seriane. Mathieu se tourne vers elle, gêné :

— Tu es certaine que ça ne t'embête pas ? J'ai pensé que tu pourrais plus facilement t'occuper de lui ici. Mais, à la caserne, il y a des lits exprès pour.

— Tu as bien fait. Il sera mieux près de nous. Il supporterait mal l'agitation de la fonderie… On va s'occuper de lui.

— S'il y a le moindre problème…

— Je sais faire un massage cardiaque et j'ai une corne de brume.

— Vous n'avez pas de défibrillateur.

— Mais j'ai de la digitale…

Il la regarde les yeux ronds. Elle sourit.

— Ne t'inquiète pas, Mathieu. Qu'est-ce que tu voudrais faire avec un défibrillateur, de toute façon ? Il a cent ans…

Mathieu abdique. Ils installent confortablement le vieil homme dans le salon, près du poêle. Seriane s'active, brasse des extraits de consoude pour la fièvre. Mathieu, une dernière fois, ausculte le vieil homme. Le cœur bat, faiblement mais paisiblement. Même la fièvre est retombée.

— Bon. Tu nous appelles dès que tu as besoin !

— Bien sûr. Au revoir, Mathieu.

— Salut, Seriane. Allez, on y va.

Les trois pompiers redescendent l'escalier et retrouvent le soleil. Étienne les raccompagne jusqu'à leur camionnette.

— Tu sais ce qui est arrivé ?

— Non. C'est son voisin, Gaston, qui l'a recueilli. Aristide a débarqué chez lui à 8 heures du mat, il était déjà en crise… Il lui a parlé de son bouc…

Mathieu lui rapporte exactement les propos de Gaston. Étienne fronce les sourcils.

— Vous êtes allés voir chez lui ?

— Non. C'était pas le plus urgent ! Mais on va le faire. Allez, Étienne, il va s'en remettre…

Les deux amis se saluent. Au moment où Mathieu monte dans la fourgonnette, ils entendent le son d'une corne.

— Merde. Quoi encore !

Tous se regardent : les coups assourdis s'enchaînent, courts, longs, courts. Sans aucun sens, ils cavalent de vallon en vallon. On pourrait penser à un enfant, mais personne n'y croit.

Margot et Dan se tournent, affolés, vers Mathieu.

— C'est pas un message, on peut pas savoir d'où ça vient !

Mathieu met le contact, le moteur ronfle.

— On va chez Gaston !

Étienne lui gueule de faire gaffe. La camionnette recule en trombe, fait demi-tour et disparaît derrière la maison alors qu'il retourne auprès d'Aristide.

Seriane lui fait signe de ne pas faire de bruit. Elle ferme d'un cran l'aération du poêle.

— Il dort.

— Et la fièvre ?

— Elle remonte un peu. Il faut le laisser se reposer.

— Tu as une idée de ce qu'il a ?

— Mathieu parlait d'une crise de panique, ou d'angoisse…

Aucun d'eux n'y croit. Aristide est un dur à cuire, et il a toujours été trop attaché au réel pour, tout à coup, redouter le noir.

— Tu as entendu ? Les coups de corne ? lui demande Étienne.

— Quels coups ?

Seriane était trop occupée à installer Aristide. Étienne lui raconte.

— Des coups désordonnés, Mathieu avait l'air inquiet. Ils sont partis en trombe.

Puis Étienne rapporte à Seriane les propos de Gaston, les derniers mots d'Aristide. Aussitôt, il la voit pâlir.

— Qu'est-ce qu'il y a ?

— Je… je ne sais pas, cette histoire… ça m'inquiète.

Étienne hésite puis demande :

— Est-ce que ça t'ennuie de rester seule avec Aristide ?

— Non, pourquoi ?

— Il a dû se passer quelque chose chez lui. Je vais aller voir.

Aussitôt, elle l'attrape par le poignet.

— Non ! Ne pars pas !

— Quoi ? Pourquoi ?

Elle le fixe si intensément, avec des yeux effrayés, qu'un long frisson le parcourt.

— Tu dois rester ici. Ça n'était jamais arrivé auparavant : des attaques, dans les maisons…

La bise secoue les rouleaux à mouches. Les fragments d'herbe verte vacillent au travers. Troublé, Étienne attend la suite.

— Tu te souviens, la corniche, là-haut ? L'impression que tu as ressentie, le visage de femme que tu as cru voir ?

Les trombes, la myriade d'éclats sanglants et les yeux morts qui le fixaient ! Comment aurait-il pu oublier ?

— Ce n'était pas qu'un mirage, Étienne.

— Qu'est-ce que tu veux dire ?

Seriane referme la porte. Le rideau à mouches s'immobilise : des stalagmites velues.

— Il y a quelque chose dehors.

— Quoi, Seriane ? Qu'est-ce que ça veut dire ?

Elle ne répond pas. Ses grands yeux clairs tergiversent. Par la fenêtre, le soleil immuable arrose les forêts et les sommets, sème des ombres dans chaque recoin. Comme elle se détourne, à son tour il la saisit par le poignet.

— C'était rien qu'une hallucination, j'ai eu le mal des montagnes, j'ai plus l'habitude…

— Elles s'en prennent aux hommes qui descendent, à ceux du monastère. Mais à présent… même ici, vous n'êtes plus à l'abri… Laisse Mathieu et son équipe s'occuper de la maison d'Aristide : ils sont nombreux, ils ne risquent rien… Toi, par contre, tu ne dois plus sortir seul !

— Seriane, de qui parles-tu ?

Il serre sa main plus fort, sent ses os. Elle grimace :

— Lâche-moi, Étienne, s'il te plaît.

— Pourquoi est-ce que je serais en danger ?

— Parce que tu es un homme !

— Qui sont-elles ?

— Lâche-moi !

Seriane s'arrache furieusement à l'étreinte d'Étienne. Sa chevelure rousse s'enflamme, ses yeux le taillent en pièces. Hébété, il regarde le poignet de Seriane, la marque rougie que ses doigts ont laissée sur sa main pendante.

— Merde, merde… je suis désolé, Seriane, je n'ai pas voulu…

— Je sais.

Elle s'est calmée d'un coup. À l'étage, Aristide gémit, de plus en plus fort. Seriane gagne l'escalier.

— Je t'en conjure, fais-moi confiance. Ne te déplace plus à pied, emmène Manon en voiture. Et ne va plus te promener dans les montagnes.

8

Gaston a senti la fumée avant de voir le panache s'élever de derrière la butte de terre. L'odeur de l'incendie.

— Putain… mais qu'est-ce que…

Il s'est cramponné à sa carabine, a machinalement vérifié que la cartouche était bien enclenchée. Arrivé au sommet de la butte, la piste serpentait vers l'entrée de la ferme. Le portail était ouvert. Le feu avait déjà rongé une partie de l'étable. Quelques bêtes erraient çà et là, des chèvres, des poules. Gaston entendait leurs braillements de terreur par-dessus le ronflement des flammes.

Il commençait à descendre lorsqu'une partie de la toiture s'est effondrée. En quelques minutes, le foin s'est embrasé et l'étable s'est muée en un brasier ardent. Les colonnes de feu s'élevaient à la verticale, se déhanchaient à chaque souffle de vent. Arrivé au portail, le reste de la charpente a cédé dans un grand vacarme.

Il s'est alors tourné vers la ferme. Une fumée épaisse s'échappait par la cheminée et la fenêtre. La maison aussi brûlait.

C'est à ce moment précis que Gaston a compris que ce n'était pas un accident, que le vieil ermite n'avait pas pété les plombs et mis le feu à son étable après avoir libéré les bêtes. Quelqu'un venait d'incendier la maison ! Et ce quelqu'un l'observait…

Sa peau s'est hérissée, sous son béret, ses cheveux se sont dressés comme si un coup de tonnerre avait frôlé sa tête. Il a levé les yeux vers la fenêtre, à l'étage. Une forme humaine semblait tapie là, qui ne le quittait pas des yeux. Gaston s'est légèrement décalé, les reflets de la vitre se sont dissipés. Une silhouette se tenait derrière la fenêtre, avec de longs cheveux. Puis la porte d'entrée s'est mise à couiner. Son doigt s'est raffermi sur la gâchette. Il a juste crié :

— Y a quelqu'un ? Faut… Faut pas rester là !

Un coup de vent puissant a ouvert la porte.

La silhouette est apparue dans l'entrebâillement : on aurait dit un amas sanguinolent, le crâne du bouc, au sommet. Le phallus de la bête s'extirpait du tas de chair, de peau, d'os en bouillie, et pointait dans sa direction. Une fenêtre à l'arrière a volé en éclats, une boule de feu en a jailli, la lumière est devenue trop vive.

Gaston a tiré. Puis il s'est retourné. Il a couru comme jamais pour gravir la butte. Le vent s'est mis à souffler follement, des volutes de brume ont ensemencé le ciel proche. Gaston a voulu réarmer, tirer de nouveau, mais les fumerolles avalaient tout, engloutissaient ses forces, le pétrifiaient.

Il a tâtonné, trébuché, son crâne a heurté la terre. Il ne voyait plus rien mais il sentait toujours une présence, qui l'observait. Il a franchi les derniers mètres jusqu'au sommet en hurlant. Déjà, le brouillard l'ensevelissait. Son crâne le brûlait, du sang commençait à brouiller sa vue. Puis il a entendu les chuintements, tout autour de lui. Elles se tenaient là, l'entouraient. De sa main gauche, il a porté la corne de brume à ses lèvres. Il a soufflé de toutes ses forces restantes, un coup, deux coups, trois, quatre, cinq, frénétiquement.

Un brame hystérique, désespéré, qui saisit de stupeur tous ceux qui, dans les hameaux ou au village, entendirent sa longue plainte hurlante.

*

9 heures du matin : le camion et le fourgon de la caserne rutilent sur la butte, sous un soleil à peine voilé. Le Dodge du maire, la Jeep de Romaric et de ses gars sont stationnés un peu plus bas, près de la ferme de Gaston. Des années que la piste menant à la ferme d'Aristide n'a pas connu une telle fréquentation.

Une équipe de secouristes s'occupe de la femme de Gaston et de son fils : ce sont eux qui ont retrouvé le corps.

Du côté de la ferme, les colonnes de fumée continuent de noircir l'air clair du matin. Mais les camions n'ont pas pu passer : au sommet de la piste qui sépare les deux maisons, les hommes forment un demi-cercle silencieux. Ils restent là, écœurés, incapables de décrocher leurs regards des morceaux du corps de Gaston qui parsèment la terre battue et les lambeaux d'asphalte. Surtout, il y a la tête, enfoncée dans une sorte de cairn de pierres et de branchages. Et plus loin une main, restée vissée à la corne de brume. L'alliance à l'index miroite par intermittence.

Mathieu se décide, souffle et se tourne vers Dan.

— Passe-moi le sac.

Il enfile ses gants en latex, déroule l'épais plastique. Sur la pointe des pieds, telle une ballerine, il évite comme il peut les petits éclats de chair et d'os.

À l'aide d'un sac plastique, il attrape la corne de brume. La main du mort suit. L'alliance est un peu ébréchée sur un bord. Il enfourne le tout dans le sac. Il ramasse les autres morceaux à proximité.

— Un autre sac, vite !

Dan n'ose pas avancer, balbutie. Il a du vomi sur la veste et il pue un peu. Mathieu s'agace.

— Margot, le sac !

La jeune femme le prend et le lui tend, en gardant la tête haute, le menton vers le ciel. Deux autres pompiers plus expérimentés viennent aider Mathieu et entament le démontage du tumulus pour récupérer la tête.

— Oh putain !

— Quoi ?

L'un des pompiers extirpe le pénis au milieu du monticule. Mathieu ferme un instant les yeux.

— Descendez les sacs, discrètement. Faut pas que la femme et le fils…

Il n'a pas besoin d'en dire plus. Les quatre pompiers s'engagent dans la pente, tête basse.

Popeye renifle bruyamment en les regardant descendre.

— Ça recommence.

Il se tourne vers ceux qui restent : Romaric, Mathieu, le maire.

— Quoi ? demande Mathieu. D'habitude, ce sont des inconnus, dans les montagnes. Là, c'est quelqu'un du village…

— Des gars du village, c'est déjà arrivé.

Le maire n'est pas d'accord.

— Un gars d'ici ? Non. Et encore moins chez lui.

Popeye hausse le ton.

— Les premiers morts, c'étaient pas des inconnus ! C'était des gars à nous. Je les connaissais bien.

— Ce n'est pas pareil, c'était des étrangers !

Il désigne le sac posé devant Mathieu.

— Pas comme *lui*.

Popeye regarde le maire avec mépris. Il lui défoncerait volontiers le crâne.

— Qu'est-ce que ça change ? Et gros Bert ou le fils Pascal, ils habitaient pas loin, non ? C'est par eux que ça a commencé, l'hiver, il y a cinq ans, tu te souviens bien non ? Les battues ! Alors tu peux raconter toutes les conneries que tu veux sur les filles qui fuguent et les morts qui ne comptent pas, ça ne change pas la vérité !

Le vent tourne et l'odeur de cendre et de bois brûlé leur emplit les narines. Popeye continue.

— Vous avez cru que vous passeriez à travers, qu'en laissant les gars crever à petit feu là-haut, ça se tasserait ! Mais c'est fini maintenant, l'heure des comptes a sonné, pour tout le monde !

Willy fulmine. Ses veines gonflent, ses énormes paluches se ferment.

— Tous ces morts, c'est à cause de vous ! C'est le Romain et tes copains qui ont merdé !

— Ce ne sont pas mes *copains*. Quant à toutes ces saloperies… il n'y avait pas que des gars de la fonderie !

Sans un mot, Popeye se détourne et s'éloigne en crachant un long jet dégueulasse.

Willy ne décolère pas.

— Qu'est-ce qu'il cherche ? À terrifier tout le monde ? On a un accord, il doit s'y tenir lui aussi, tout le monde doit s'y tenir !

— Faut pas lui en vouloir, répond Romaric, il en a vu, des corps…

— On en a tous vu.

— Certains plus que d'autres.

Mathieu se tourne vers l'un, vers l'autre. Il ne comprend pas. Willy maugrée :

— Je vais réunir une assemblée de village. Je préfère annoncer moi-même la nouvelle. Romaric, tu vas pouvoir tenir tes hommes ?

— Ce ne sont pas *mes* hommes. Mais oui, ils se tiendront. Et de votre côté ?

— Quoi, de notre côté ?

— Les caïds des fermes qui jouent à la Gestapo, ça peut en inspirer plus d'un. On a déjà connu ça, faudrait pas que ça recommence…

Il montre les Trois Pics, dégoulinants de neige et de glace de printemps. Et l'ancien monastère invisible à leur pied. Le maire s'empourpre.

— Mes gars savent se tenir. À la fédération, on est discipliné !

Puis il regagne sa voiture. Romaric reste avec Mathieu, songeur. *Toutes ces saloperies… Il n'y avait pas que des gars de la fonderie.*

— T'en veux une ?

Romaric se tourne vers Mathieu, accepte.

— Tu peux me la rouler ?

Les deux hommes fixent les frontières du ciel : les cimes et les arêtes qui les entourent. Le vent se lève déjà. Les vaguelettes du matin balaient doucement les herbes, promettent un après-midi tourmenté.

La fumée du tabac se mélange aux relents calcinés de la ferme.

— Dire que j'avais presque arrêté…

— Déjà les nuages, à l'ouest.

— Ouais, répond Mathieu.

De gros cumulus s'entassent en bordure de la grande vallée. Une écume blanche qui mousse sur les falaises.

— Je ne crois pas que ce sera de la neige. Il fait trop chaud… Tu as besoin d'accéder à la ferme avec les camions ?

Mathieu secoue la tête de droite à gauche.

— Tout a déjà cramé. J'avais jamais vu ça : une baraque en pierre de taille qui crame aussi vite…

— Y a rien à sauver ?

— Non. On a récupéré les bêtes qui s'étaient dispersées, mais pour le reste… Autant attendre la pluie.

Romaric inspire une grande bouffée, recrache, les panaches blancs filent aussitôt derrière eux, se fondent dans l'air.

— Où est Aristide ?

— Je l'ai déposé chez ta sœur. Il avait besoin de soins, de préparations.

— Putain, mais c'est pas la procédure !

— Je sais, j'ai fait au mieux… Je ne voyais pas quel bien ça pouvait lui faire d'aller à la fonderie, alors que chez Seriane… il y a Étienne aussi. Ils le connaissent.

— Et tu décides ça tout seul ?

Mathieu se campe face à lui.

— C'était moi le responsable d'agrès : j'ai fait au mieux !

— Tu ne t'es pas demandé si le vieux n'avait pas pété une durite ?

— Non. Et vu l'état de Gaston, si quelqu'un a « pété une durite », comme tu dis, ce n'est pas Aristide. Il était chez ta sœur quand le carnage a eu lieu.

Romaric tire une dernière bouffée, écrase sa clope au sol.

— Excuse-moi, je suis trop tendu. Celui qui a tué Gaston a d'abord mis le feu à la ferme… c'est sûrement Aristide qui était visé. J'ai pas envie que ma sœur ait des emmerdes.

— Pourquoi Aristide ?

— J'en sais rien. Un règlement de comptes, peut-être… Il a toujours été virulent à l'encontre de Willy, du Romain et de la fédération de chasse. Mais Gaston…

— Il s'est peut-être trouvé là au mauvais moment, suppose Mathieu.

— Et tout cas, plus personne n'est à l'abri. Aristide est en état de parler ?

— Je ne pense pas. Il délirait vraiment.

— J'espère qu'il va vite se remettre et qu'il aura des choses à nous raconter.

La voiture du maire démarre. Popeye revient vers eux, grogne :

— Faut faire quelque chose, sinon c'est le gros Willy qui va prendre l'initiative ! Il fera appel à ses chiens de chasse et ce sera bon pour personne…

— T'as une idée, toi, de qui a pu faire ça ?

— Ce ne sont pas les salopards qui manquent dans le coin… Tout ce que je sais, c'est que ce sont encore deux hommes qui ont été visés.

9

Étienne ne s'endort pas. Il contemple la pluie. Elle frappe les carreaux, s'abat sur les toits. Des gouttes énormes explosent sur le métal des cheneaux. Il se faufile dans la chambre de Manon. Sa fille dort paisiblement. Son souffle léger caresse la pièce.

1 heure du matin. Par le fenestron de la salle de bains, il guette une lueur chez Seriane, mais tout est éteint. Aristide doit dormir. Toute la journée, il a alterné des sommes agités et des réveils désorientés. Il balbutiait, des phrases sans queue ni tête.

Parlait de morts, de tumulus et de son bouc.

Étienne avait veillé le vieil homme aux côtés de Seriane. Dans l'après-midi, elle s'était endormie contre lui, dans le fauteuil tiède du salon.

Dehors, c'était le déluge : des torrents de vent et de pluie, de flocons humides. Une mousse blanche imprégnait le sol et fondait aussitôt. Il était resté à fixer la vitre : les nuages épais ensevelissaient la terre sous une couette sombre. La lumière avait fondu. La journée entière s'était déroulée dans la pénombre et les sifflements du vent.

Ce soir, ses engelures se sont ranimées. Ses pieds, ses phalanges, la peau de son visage le démangent. Il avait oublié à quel point il n'était rien.

Il finit sa tisane et retourne se coucher. Il pense, pour s'endormir, au potager qu'il devra bientôt ensemencer. Seriane lui donnera des graines. Elle en a en quantité. Le reste, il l'acquerra chez d'autres. Pour les fruitiers, les changements de temps et les tempêtes risquent d'abîmer les récoltes. Il faudra des variétés robustes.

Lorsqu'il se réveille, la pluie a cessé. Il n'y a aucun bruit. Il essaie d'abord de se rendormir, mais n'y parvient pas. Il change de position, en vain. Il se lève alors, traverse à tâtons le long couloir jusqu'aux toilettes. Il s'assied sur la cuvette.

L'obscurité est complète. Le silence total.

Il se redresse et tend la main pour chercher la porte. Il ne rencontre rien. Il se crispe : une nuit, il se l'est prise en pleine face. Il s'immobilise, écarte les bras pour trouver un appui, mais ses mains balaient le vide. Intrigué, il recule. Son équilibre dans le noir est précaire. Il tâtonne vers la cuvette, rien non plus.

Sa tête tourne, l'effroi le saisit. Il a l'impression qu'il va vomir, que les murs et les pièces valsent autour de lui. Il fait un pas de côté, lève le bras, un autre pas, tend l'autre bras, le couloir est large mais pas à ce point ! Il panique, piétine dans une direction, dans une autre. En vain. À part le carrelage froid sous ses pas, il est entouré de vide !

C'est alors qu'il remarque que les fragrances de bois de sa maison se sont estompées. À leur place, se répandent des relents poussiéreux, de terre et de roche humide : les émanations d'une grotte.

Que lui arrive-t-il, bon Dieu !

Fébrile, il tente d'avancer en agitant follement les bras, il trébuche puis se recroqueville tandis qu'à ses pieds, le sol devient glacial, se fissure, se creuse. La sensation le submerge : il est au fond d'un gouffre immense et quelque chose se tient près de lui, dans les ténèbres. Une présence carnassière, qui exhale une puissante odeur de charogne. Elle est tout près, il entend son souffle.

Il geint, tente de se taire. Si des sons lui échappent, ils vont la guider vers lui ! Étienne s'accroupit, presse ses deux mains contre sa bouche. Un murmure s'en échappe. Il sent un souffle froid parcourir sa nuque : elle le renifle.

Ses doigts écrasent ses lèvres, sa gorge. Il veut tant se taire. Sa respiration devient sifflante. Un doigt, puis un second, des mains gelées, décharnées, se posent sur sa peau. Sa voix n'est plus qu'un râle à présent. Désespéré, il tente de s'étouffer une dernière fois, lorsque la lumière jaillit tout à coup.

Une clarté sèche chasse les ombres.

Manon se tient sur le pas de la porte, une torche entre les mains. Mal réveillée, les yeux bouffis, elle le regarde, horrifiée.

10

Depuis la découverte du corps de Gaston, l'atmosphère s'est alourdie. Les gens ne sortent plus. Leurs regards trébuchent sur les forêts attenantes et le sommet des collines proches. La silhouette des renards au crépuscule et l'ombre des chevreuils à l'aube attisent la crainte.

Gaston n'est pas seulement mort : il a été écharpé ! Quel monstre peut agir ainsi ?

Les anciens se cloîtrent et les parents s'affolent : plus de jeux après l'école, plus de trajets en solitaire. Étienne emmène Manon en voiture chaque matin et la ramène le soir. Pour Cyrielle aussi, les règles sont strictes : oubliées, les promenades avec Loïc le long des gorges ou sur le plateau surplombant l'usine. Des patrouilles sillonnent les abords de la fonderie. Les grillages se sont refermés.

— J'en peux plus ! C'est la prison, leur truc !

Manon aide Cyrielle à suspendre le linge aux longues cordes tendues dans le grenier.

— J'en ai trop, trop marre. Ils ont tout le temps la trouille ! Ils nous traitent comme si on avait trois ans. Ma mère, elle a même pas été foutue de me dire ce qui est arrivé au type là, Gaston ! Mon père a essayé mais elle lui a lancé son regard qui tue. Et il s'en est tenu à « mort dans d'étranges circonstances ». *Mort dans d'étranges circonstances* ! Non, mais t'y crois, toi ? Tout le monde est au courant au collège ! Mes potes de la fonderie savent très bien ce qui est arrivé.

Manon se tait. Elle se sent un peu idiote, elle n'est au courant de rien. Elle prend une pince à linge, accroche une chaussette grise, en pioche une autre quand Cyrielle lui demande :

— Et ton père, il est pas trop chiant ?

— Ben… non, ça dépend. Il veut plus que j'aille à l'école à pied.

— Franchement, il a une drôle de tête ces derniers jours. D'habitude il est cool, mais là, il a l'air complètement azimuté.

— Il me parle pas trop… il est inquiet, je crois.

— Ça tourne vraiment pas rond en ce moment !

Manon plonge dans la bassine et s'enfouit derrière un pull épais. Son père, elle l'a retrouvé trois nuits plus tôt, quasiment à poil, accroupi dans le couloir devant les toilettes. Non, ça ne tourne pas rond.

Le linge étendu, elles redescendent.

— Vous avez terminé ? leur crie Caro depuis la cuisine.

— Oui, on a fini.

— Merci, les filles ! Vous voulez bien vous occuper des poules maintenant ?

— Mais on a déjà étendu le linge !

— Écoute, Cyrielle, moi je suis en train de stériliser les pots, j'en ai au moins pour une heure et l'enclos est dégueulasse !

Le ton monte, Manon s'écarte. Les coups de gueule de Cyrielle et de sa mère l'usent. Elle a mal dormi ces dernières nuits : au moindre bruit, elle se réveille, terrifiée à l'idée de retrouver son père prostré par terre.

Cyrielle l'entraîne en râlant.

— On y va… Quelle vieille peau quand même !

Quelques mètres carrés de boue, en bordure de maison, abritent le poulailler et ses pensionnaires.

— Font chier ces poules !

Cyrielle glisse ses longues jambes dans la paire de bottes et entre dans l'enclos. Manon l'observe : depuis quelques semaines, Cyrielle se maquille davantage, tient tête à ses parents. Manon aimerait bien avoir des jambes aussi belles, une jolie bouche bien colorée. Et avoir le loisir d'envoyer promener sa mère…

— Viens, on va récupérer les œufs et nettoyer le dortoir.

L'affaire est rondement menée : en dix minutes, l'abri est présentable. Elles versent un peu de sciure sur le sol pour absorber la boue et recouvrent de paille. Puis elles se déchaussent et se lavent les mains au savon noir.

— Qu'est-ce que ça pue quand même…

Cyrielle frotte longtemps. Elle doit récurer ses grands ongles brillants avec la lime du coupe-ongles. Avant, elle aimait bien les poules. Elle ne se plaignait jamais de leurs odeurs. Mais elle avait les ongles moins longs.

Manon inspecte ses propres mains, étirées, faméliques, rongées : des mains de sorcière.

Le ciel commence à tourner. Bientôt, le soleil passera derrière l'écrin de falaises. Cyrielle, tout à coup, saisit Manon par le bras.

— Viens, on sort !

— Quoi ?

— On se casse ! On monte au petit bois, juste au-dessus de la maison.

Ses yeux pétillent, des petites bulles de joie.

— T'es folle ! Ta mère va nous tuer…

— Mais non, elle *stérilise,* madame *sté-ri-li-se* ! Elle va pas sortir de la cuisine maintenant, c'est sûr. Et puis quoi ? Tu crois qu'ils se faisaient chier comme ça à notre âge ? Ils ont eu droit à tout, eux : ils pouvaient aller voir leurs potes, bivouaquer, partir en vacances à la mer, boire des bières et sortir en boîte. Allez, on reste pas longtemps ! Et puis, je veux te montrer quelque chose.

Cyrielle est si enthousiaste, toute cette ardeur l'éclabousse… Manon sourit à son tour. Elles rechaussent les bottes à poules et gravissent en riant la petite colline. Arrivées au sommet, Cyrielle traverse le petit bois, bascule sur l'autre versant et continue dans la lande en direction du bois suivant.

— On s'arrête pas là ? demande Manon, inquiète.

— On est trop près. Allez, viens !

Courir dans l'herbe, libres, fuir les pièces étriquées, le goudron crevassé par le gel, ce village moribond qui les aimante comme un astéroïde ennuyeux. Enfin respirer : deux pionnières découvrant le Nouveau Monde.

Elles atteignent les premiers arbres. Deux grosses pierres leur offrent une assise sèche. Les branches basses des pins les protègent. Si Caro ou quelqu'un d'autre rapplique, elles auront le temps de le voir venir.

Il y a davantage de vent sur le court promontoire et l'ombre longue des pins les prive de la chaleur du soleil. Elles serrent contre elles leurs manteaux. Cyrielle examine ses bottes en se tordant le nez.

— J'ai intérêt à bien me laver les pieds sinon j'oserai jamais m'asseoir à côté de Loïc dans le bus demain. T'imagines : Cendrillon qui schlingue la chiure de poule.

Manon éclate de rire.

— C'est clair ! Il se met toujours à côté de toi ?

— Souvent. Des fois, il va avec ses potes quand même. Sinon il se ferait trop charrier…

— Pourquoi ?

Cyrielle la regarde d'un air entendu.

— À ton avis… Ils disent qu'il veut me pécho.

— Te quoi ?

— Faire des trucs avec moi. Il m'aime bien, quoi…

— Et toi alors ?

— Je sais pas… je crois que je l'aime bien aussi.

Manon contemple les grands yeux brillants de son amie. Elle aimerait bien le voir, ce Loïc, à force d'entendre parler de lui. Cyrielle se tourne brusquement vers elle :

— Tu me jures de garder un secret ?

— …

— Tu me le jures ?

— Euh, oui, je te le jure.

Cyrielle sort une petite boîte d'allumettes de sa poche.

— Regarde.

Au début, Manon pense à un bourgeon de pin.

— Qu'est-ce que c'est ? demande-t-elle.

— Sens !

L'odeur est forte. La sève qui recouvre la plante colle aux doigts. Cyrielle chuchote :

— C'est de l'herbe. Ça se fume. Tu dis rien, hein ? Si ma mère l'apprend, je suis morte !

— Comment t'a eu ça ?

— C'est ta voisine qui la fait pousser…

— Seriane ?

— T'en as beaucoup d'autres, des voisines ? Bien sûr que c'est Seriane. C'est Loïc qui me l'a donnée, il la tient d'un copain qui l'a piquée à son frère. Sa mère a des rhumatismes et elle en prend pour se soulager.

— Mais qu'est-ce que Seriane a à voir là-dedans ?

— T'es naïve, toi !

Cyrielle ricane mais s'interrompt aussitôt qu'elle voit que Manon se braque.

— Excuse-moi, j'oublie des fois que tu viens de débarquer. Tu sais, on raconte plein de choses sur Seriane. Elle cultive des plantes, en ramasse, elle fait des potions, c'est une sorte d'alchimiste. Moi, je l'aime bien, mais ce n'est pas le cas de tout le monde. Beaucoup disent qu'elle est maudite, qu'elle attire le mal sur tout le village. Que tout est de sa faute…

— Qu'est-ce qui serait de sa faute ?

— Les morts, les disparitions, tout ce merdier… Ils l'appellent pas l'alchimiste mais plutôt la sorcière.

Manon regarde Cyrielle droit dans les yeux. Elle est outrée.

— Et tu penses ça, toi aussi ?

— Mais non, je t'ai dit : je l'aime bien, moi ! Et puis, je crois pas qu'une femme toute seule, même une comme Seriane…

— Et Loïc ?

— Loïc, il pense pas comme les autres. Il dit, comme sa mère, que ceux qui racontent ça, ils en savent rien, que les gens ont toujours besoin de trouver des coupables et que c'est rarement les bons.

— Il est bien, ce Loïc.

— Oui. Il est bien. Sa mère aussi, elle est trop cool.

Les deux filles se taisent. Manon aimerait bien parfois en avoir un, de Loïc. Une mère aussi. Cyrielle referme la petite boîte et la fourre dans sa poche. Elles restent quelques secondes à contempler le ciel à travers les branches d'arbre. Manon murmure :

— C'est vraiment des cons…

Cyrielle acquiesce.

— Des gros cons. Bon, on y va ? Sinon je vais encore me faire engueuler.

Et elles redescendent en courant à la maison.

11

Par la fenêtre de sa chambre, Étienne attend le soleil levant qui, dans quelques heures, viendra tailler des créneaux pourpres dans le ciel. Il est 5 heures du matin, et il ne se rendormira pas. Somnambulisme ? Intoxication ? Il ne sait pas ce qui lui est arrivé trois nuits plus tôt mais la crainte abrège ses nuits bien avant l'aurore. Et, le soir, les regards plissés de Manon lui rappellent la gravité de sa crise.

Il pourrait se lever, lire un livre, boire un café. Mais il n'en fait rien.

Depuis trois nuits, il ne quitte plus sa chambre. Il urine dans un pot près du lit, allume sa torche au moindre bruissement, laisse les rideaux ouverts pour se rasséréner aux rayons de la lune. Il redoute moins désormais ce qui rôde au-dehors que ce qui rampe en lui. C'est seulement lorsque le soleil blondit le flanc de la colline qu'il se lève.

Ses pensées le ramènent souvent à Marie. Les dernières semaines de leur vie ensemble étaient passées à toute allure. Malgré l'épuisement et ses douleurs croissantes, ils jouaient à la vie ordinaire. Il avait l'impression de vivre dans un autre monde, dans un corps inconnu. Ils avaient à peine eu le temps de se dire au revoir.

À 7 heures, il prépare son café et se passe un coup d'eau fraîche sur le visage. Son cœur tambourine. La caféine ne remplace pas le repos. Il relance le feu de la cuisinière et sort. Le gel a blanchi les herbes. Le bout de ses phalanges et les gerçures de son visage fourmillent. Il se sent picoré de l'intérieur par une armée microscopique. À côté de la porte, le thermomètre indique un degré.

Seriane est déjà debout. Les auréoles jaunes des bougies de la cuisine n'ont pas encore été submergées par le feu du ciel.

— Alors, tu as dormi ?

Il hoche la tête.

— Couci-couça. Et toi ?

Elle hausse les épaules, lui sourit. Son baiser vaut tous les sommeils perdus. Elle lui sert une tasse.

— Aristide va mieux ?

— Il a gémi dans son sommeil, mais ne s'est réveillé qu'une seule fois.

Le vieil homme n'a aucune plaie apparente mais reste terrassé par la fièvre.

Ils boivent en silence. Par la fenêtre, le soleil entre maintenant à flots. Étienne se glisse derrière elle, l'enlace. Elle blottit sa tête dans son cou. Il la respire à pleines bouffées.

À 7 h 30, Étienne rentre chez lui, se ressert une tasse de café et va réveiller Manon. Elle rechigne alors qu'il ouvre les rideaux et lui ébouriffe les cheveux.

— Ça va, ma fille ? Bien dormi ?

Ils prennent le petit déjeuner dans la cuisine. Le soleil perce, les prés et le flanc de la colline fument.

— Qui est l'instit, ce matin ?

— Caro.

— Et tu sais sur quoi vous allez travailler ?

— On doit faire des sciences, et de l'histoire. Caro nous apprend les Romains. On en est à l'arrivée d'Auguste au pouvoir. Tu sais qui est le premier empereur ?

— Jules César ?

— Ben non ! Ça, c'est dans *Astérix*. C'est Octave, son fils adoptif, qui est devenu Auguste, le premier empereur.

— Ah… Et en sciences, vous faites quoi ?

— De la biologie, on apprend surtout des trucs sur l'élevage, les chèvres, les vaches, la gestation, la fabrication du lait…

— C'est bien, ça.

Manon remarque dans les yeux de son père un sourire caché.

— T'as déjà dit bonjour à Seriane, toi…

Il la dévisage avec des yeux si ronds qu'elle éclate de rire.

— T'en fais pas, papa, je l'aime beaucoup Seriane.

Très sérieuse, elle ajoute :

— Mais elle ne remplacera jamais ma maman.

Puis elle débarrasse et se rend à la salle de bains.

— Allez, c'est l'heure.

Manon prend son sac et remonte l'allée entre les deux maisons jusqu'au parking. Étienne ferme la porte à clef, fait le tour des fenêtres. Il ouvre la voiture.

— Attends-moi, je reviens.

— Qu'est-ce qu'il y a ?

— J'ai oublié un truc.

Elle le regarde s'éloigner. Elle sait qu'il n'a rien oublié : il va vérifier une seconde fois que toutes les ouvertures sont verrouillées.

— Bonjour, Manon.

La jeune fille sursaute. Elle n'a pas entendu Seriane approcher.

— Excuse-moi, je ne voulais pas te faire peur… Tu as bien dormi ?

— Mouais. Je serais bien restée, pour coudre ou t'aider au jardin. C'est dur ce matin.

— Dès que tu rentres, on continuera ton pull.

Elles entendent la porte d'entrée grincer tandis qu'Étienne la referme une seconde fois. Manon soupire.

— Tu es inquiète pour ton père ?

Elle hoche la tête.

— J'ai… j'ai peur de le retrouver encore comme ça…

Son père à demi nu, vautré sur le parquet du couloir comme un énorme fœtus, ses gros yeux paniqués dévorant la lumière.

Elle chuchote :

— On aurait dit, je sais pas… il avait l'air complètement fou !

Étienne les rejoint et Manon détourne la tête. Seriane la serre brièvement contre elle.

— En route !

Ils atteignent le fond du vallon, franchissent le pont de pierre et descendent sur l'autre versant jusqu'à l'épingle à cheveux.

Cent mètres plus loin, enfoncée entre les arbres le long d'une vieille piste forestière, Étienne aperçoit une voiture garée.

— Tiens, t'as vu ? Il y a une voiture.

— Ah ouais.

— Tu en avais déjà vu ?

— Quoi, des voitures ?

— Non, des voitures garées ici…

— Euh, non, j'crois pas. Tu me laisses à l'entrée du village ?

Étienne atteint les premières maisons, se gare sur le bas-côté. Manon bondit. Elle tient à ces quelques mètres solitaires : les derniers qui lui restent désormais.

— À ce soir !

Une bulle de brume sort de sa bouche puis s'effiloche entre les façades.

De hautes fumerolles tournicotent au-dessus des toits, dans le ciel encore vierge de vent : les odeurs du bois consumé, les vapeurs d'eau tiède, le souffle brûlant des cafetières sur les poêles. Étienne aimerait soudain enraciner sa maison ici, parmi toutes les autres : se mêler aux émanations matinales d'un grand terrier.

Il décide de se rendre à la mairie, il veut savoir où sont gardées les bêtes d'Aristide.

Une vieille dame discute avec la secrétaire. Sa voix résonne comme un froissement de feuilles sèches. Elles ont le même visage sombre. En partant, la dame croise le regard d'Étienne, s'écarte brusquement et fait le signe de croix. Dans son sillage persiste un remugle de laine mouillée.

— Qu'est-ce qu'elle a ? demande Étienne, ébahi.

— Les gens ont peur, explique la secrétaire.

— De moi ?

— C'est arrivé près de chez vous…

Une seconde, il a envie d'éclater de rire, mais la secrétaire est sérieuse. Les cheminées fument, la fonte réchauffe les pierres et les cafés parfument les pièces, mais l'odeur de la mort de Gaston rôde partout au-dehors.

— Je me demandais : les bêtes d'Aristide, quelqu'un les a récupérées ?

La secrétaire acquiesce.

— Oui.

— Qui ça ?

— Je l'ignore, c'est le maire qui s'en est directement chargé.

— Ah. Vous pourrez lui demander ? J'irai les chercher dans quelques jours dès qu'Aristide ira mieux.

Elle hoche la tête, il la salue. Sur le pas de la porte, elle lui lance :

— Il va y avoir une réunion publique sous peu. Et on va mettre en place des contrôles sur les routes. Ne vous étonnez pas…

Sur le chemin du retour, il se souvient de la voiture garée dans les bois et s'arrête à l'entrée de la piste. La voiture n'est plus là. Il descend, marche un peu. Au fond de l'étroite combe, l'eau ruisselle sous les plaques de neige persistante : des protubérances blanches, des tumeurs sur la mousse. La végétation est rabougrie, écrasée, les branches brisées par les bourrasques. Quelques tiges de crocus s'extirpent de la terre froide. Derrière le petit bois dominé par une courte prairie commence l'arête qui domine le vallon et son hameau.

Il ne voit personne, juste quelques traces de pas dans la boue.

Plutôt que de rentrer, Étienne décide de se rendre à la maison d'Aristide. Il y songe depuis plusieurs jours, mais les avertissements de Seriane l'ont retenu jusque-là.

En arrivant au hameau de Gaston, il aperçoit deux voitures au sommet de la butte. Quatre hommes s'en extirpent à son approche. S'il reconnaît un équipage de la fonderie, les deux autres lui sont inconnus. Bottes noires, treillis, fusil et cartouchière, il a dû les croiser à l'assemblée du village.

— Bonjour.

— Bonjour.

— Je vais par là.

— Non. La route est fermée.

— J'aimerais passer.

Les deux types ne bougent pas. Ils lorgnent Étienne en tordant leur groin poreux, sculpté par la vinasse.

— Vous êtes qui ?

— Étienne Sornin. Et vous ?

— Nous, on est les voisins vigilants. Sornin, ça ne me dit rien.

— Rien de bon, en tout cas, ajoute son acolyte.

— Je suis le voisin des Lesecq. Aristide est soigné dans la maison à côté de la mienne. Je viens voir s'il n'y a pas des affaires à lui à récupérer.

— Ça risque pas.

Les autres s'approchent. Étienne reconnaît le blond à la tête bovine. C'est lui qui précise :

— Reste rien, tout a brûlé…

— Je peux voir ?

Un des premiers types intervient sèchement.

— On ne laisse passer personne !

— Qui a décidé ça ?

— Nous. On empêche les petits malins de passer. Surtout ceux qui fréquentent l'autre tarée… Allez, dégage maintenant.

Le ton est brusquement monté. Le type prend son fusil en main. Le bovin fronce les sourcils. La portière du 4x4 s'ouvre alors et Popeye en sort.

— Doucement, les gars. Il peut regarder si ça lui chante.

Le timbre est martial, les voisins vigilants maugréent. Il faut que Popeye insiste.

— Je le connais, je m'en charge ! Il va simplement jeter un coup d'œil du haut de la butte.

Finalement, ils haussent les épaules et s'éloignent. Étienne gravit les derniers mètres. De l'autre côté, les landes givrées fondent doucement, révèlent un océan verdoyant. Une grosse flaque noire crève la plaine : les restes du brasier.

Seuls quelques pans de mur sont encore debout. Le reste a été entièrement consumé. Étienne n'en revient pas.

— C'est dingue ! Comment ça a pu autant brûler ?

Popeye écarte les mains : il n'en revient pas non plus.

— Il y a des débris dispersés partout dans la prairie autour. Comme si le vent s'était déchaîné et avait attisé les flammes…

Étienne fait encore un pas. Le type l'arrête.

— Vaut mieux pas : tu vas avoir affaire à Dupont et Dupond.

Étienne se retourne, dévisage les deux cerbères qui le dissèquent du regard.

— C'est quoi, cette connerie de voisins vigilants ?

— Un coup du gros Willy. Il ne sait plus quoi inventer. Ses amis de la fédération se sont empressés d'accepter…

Dans toutes les campagnes, les fédérations de chasse avaient joué un rôle prépondérant pendant l'effondrement : à mesure que les effectifs de gendarmerie se raréfiaient, les milices pullulaient, avec la bénédiction des préfectures.

— Tu n'as pas l'air de beaucoup les apprécier.

— J'ai jamais apprécié les types qui se mettent en troupeau.

— Qu'est-ce que tu fais avec eux, alors ?

— Je ne suis pas *avec* eux. Je suis au même endroit qu'eux, ce qui n'est pas la même chose.

Étienne le fixe. Effectivement, ce n'est pas la même chose.

— Tu es allé voir ?

— Il n'y a rien à récupérer, je t'assure. Romaric m'a déjà demandé de vérifier.

Il sort un paquet de clopes et en tend une à Étienne qui accepte.

— Je m'appelle Étienne, au fait. Mais j'imagine que tu le sais déjà…

— Moi, tout le monde m'appelle Popeye.

Étienne grimace, toussote. L'autre soupire :

— J'aurais dû te prévenir : c'est du brun, sans filtre.

— Je ne t'avais jamais vu avant. Tu n'es pas d'ici ?

— Pas vraiment, non. Je suis arrivé il y a quelques années, avec le Romain…

— Et tu n'es pas resté auprès de lui ?

— Non.

Près des voitures, les chasseurs trépignent, secouent leurs gros nez.

— Bon, tu devrais y aller. Les revenants ne sont pas en odeur de sainteté, ta voisine non plus…

Comme Étienne hésite, il ajoute :

— Leur cherche pas des noises, ce n'est pas le moment.

— OK. Merci pour la clope.

12

De retour chez lui, il se rend à l'atelier. Les planches attendent d'être taillées et assemblées afin de remplacer les vieux compartiments de la roue à augets. Il s'occupe pendant une grosse heure, découpe, scie, perfore, visse.

Vers 10 heures, il abandonne. Les gestes lui échappent. Il marche un peu. Le ciel limpide de l'aube s'est déjà coiffé d'une fine chevelure blanche, les nuages naissants se densifient en altitude. La toiture du moulin est comme neuve : il a taillé des pannes et des chevrons dans d'anciennes lambourdes et fixé de nouvelles ardoises.

Par hasard, son regard s'accroche au premier renflement de la ligne de crête. Une forme indistincte reflue. A-t-il halluciné ou quelqu'un a basculé sur l'autre versant ?

Il reste immobile un long moment, scrutant la pente. Il pense aux voisins miliciens, à leurs regards hargneux.

Étienne rejoint Seriane chez elle. Elle est en train de ciseler des herbes fraîches. Aristide dort encore. Il pose la main sur le front trop chaud du vieil homme alité.

— Des nouvelles des médicaments ?

— Ils doivent arriver aujourd'hui ou demain. Romaric me les apportera. Mais… il est très âgé.

Étienne chasse la dernière phrase de Seriane.

— Il est solide. Il tiendra bon.

Étienne suit Seriane à la cave, pour réparer une vieille brouette. Il commence par dénuder la chambre à air.

— Je suis passé voir la maison d'Aristide.

— Tout seul ?

— Il y avait peut-être des choses à sauver.

Elle le fixe. La lueur jaune de la lampe à huile balaie son visage.

— Et alors ?

— Alors tout a été entièrement consumé.

— Mathieu te l'avait dit, que tout a brûlé…

— J'ai préféré voir par moi-même. Mathieu dit aussi qu'il n'a jamais vu un tel brasier.

La flamme grésille faiblement, tremblote. Un mince filet de vent s'immisce par le soupirail. Étienne arrache la chambre à air de la roue. La jante libre se met à tournicoter sur l'essieu, dans un grincement strident.

— Tu ne dois pas faire ça, Étienne… Partir seul.

— Je n'étais pas seul. La route était bloquée : des hommes de la fonderie et des *voisins vigilants*. La milice du maire.

Puis il ajoute :

— Tout le monde a peur au village. Et certains pensent que c'est de ta faute.

— Tu dois rester ici, avec Manon.

— Ah oui ? Rester enfermé toute ma vie et vivre en reclus ? Ma fille aussi ? Je serais revenu pour ça ?

— Tu ne comprends pas, tu dois me faire confiance. Il ne faut pas aller dehors, quelque chose est à l'œuvre…

— J'ai bien compris ! Mais dans le village aussi, quelque chose est à l'œuvre : il y a des gars armés partout maintenant, ils contrôlent, ils patrouillent. Je crois qu'ils nous surveillent, toi surtout. Ce sont peut-être eux qui vont venir nous trouver !

Seriane ferme les yeux.

— Après l'effondrement, ils ont organisé des battues, ils traquaient les étrangers qui franchissaient le col. Ils paradaient avec leurs fusils, leurs chiens, leurs regards dégueulasses… Certains dans le village aidaient les gens de passage. Ça ne plaisait pas à tout le monde. Beaucoup craignaient pour leurs terres, rêvaient d'en découdre… Alors des hommes de la fonderie se sont rabibochés avec d'autres de la fédération de chasse, ils ont bloqué les routes, ont tabassé des pauvres types, chassé des jeunes qui squattaient.

— Et au village, tout le monde a laissé faire ?

— Ils ne s'attaquaient pas à n'importe qui… Ils restaient relativement discrets. Puis ils ont commencé…

Seriane se tait soudain.

— Commencé quoi ?

Elle chuchote :

— Avec des filles qui passaient le col. Au début, ils laissaient traîner leurs yeux, se contentaient de blagues graveleuses. Puis, ils ont commencé à les toucher. C'était le prix à payer pour traverser le village, quand les gens n'avaient pas d'argent. En échange, ils les emmenaient en ville. Quand l'hiver est arrivé et que plus personne n'a cherché à franchir le col, ils se sont mis à reluquer les filles du village. Ils y avaient pris goût, ils se croyaient tout permis…

— Ils ont violé des filles d'ici ?

Seriane n'écoute plus. Elle débite, froidement, des mots écailleux qui tombent comme des poissons morts.

— Des filles ont commencé à disparaître. Ils disaient qu'elles quittaient le village, de leur plein gré… Jusqu'au premier mort. Un des leurs. Ils l'ont retrouvé en morceaux, déchiqueté. Ils ont organisé une battue, et un deuxième a disparu, puis encore un. Alors seulement, ils ont compris.

— Quoi ?

— Que ce n'était plus eux, les chasseurs.

Étienne s'est relevé, s'approche, la serre doucement contre lui. Amorphe, elle le laisse faire. Il murmure :

— Et après ?

— Le Romain les a emmenés, presque tous. Ceux de la fonderie en tout cas. Ils se sont retranchés dans l'ancien monastère.

— Et les autres ?

— Des gens du coin, plus discrets, ils ont su se faire oublier apparemment.

— C'est le Romain qui dirigeait tout ça ?

— Je ne sais pas. Il a toujours dit qu'il ne savait pas pour les filles.

Seriane se dresse, pétrifiée, emmurée dans ses souvenirs cruels. Étienne effleure sa peau froide, ses cheveux, du bout des doigts.

— Seriane, les gens, ils parlent de toi… de sorcellerie…

La voix de Seriane a faibli. Des coulées de vent passent par le soupirail et s'enroulent autour d'elle.

— Ils ont dit que Neige était partie comme d'autres filles, qu'elles avaient fugué… Ça les rassurait tous, de croire à ce mensonge. À force de chercher, en vain, j'ai même fini par y croire moi aussi, par me dire que j'étais folle, que je ne connaissais pas ma propre fille… Et puis un jour, je l'ai trouvée.

— Quoi ?

— Un jour d'orage, je m'étais abritée. Par hasard, je les ai retrouvées. Toutes les six.

Sa voix est méconnaissable : un feulement glacial au fond d'un gouffre. Instinctivement, Étienne recule. Les yeux de Seriane ont changé. Il ne distingue plus ses pupilles.

— Ces hommes répugnants, ils aimaient les femmes jeunes, très jeunes. Certains avaient pris l'habitude, dans les bordels de Guyane ou dans le secret bien gardé des saloperies de famille… Des gamines… Et eux, avec leurs yeux gorgés de sperme qu'il fallait crever !

— Seriane !

Elle se tient, flamboyante, devant lui. Elle avale toute la lumière de la lampe. Cerclé d'anneaux de poussière, le halo jaune s'est réduit : un fin soleil noyé dans l'obscurité trop vaste. Il a l'impression que la terre s'étend sous ses chaussures, que la cave s'élargit. Les lignes et les verticales se dilatent.

— Je rêvais de leur mort, jour et nuit, une agonie lente et cruelle.

Il perçoit d'autres présences autour d'eux. Un froid intense ravive ses engelures, sa peau tendue se fissure. Paniqué, il replonge dans son cauchemar. Il peine à respirer.

— Seriane ! SERIANE !

Mais elle ne l'entend pas. Elle évoque les violeurs et les assassins, les jeunes filles disparues et les silences coupables.

Dans la cave, les murs lisses ont disparu, le sol s'est enfoncé, l'air s'est figé. Les mots résonnent contre des parois inconnues. Étienne halète. Sa tête fourmille, ses yeux s'embrument. Il se souvient du visage de la femme, de ses orbites noires lorsque, suspendu à la falaise, il avait perdu connaissance. Confus, il appelle :

— MANON, MANON !

L'image claire de sa fille s'interpose. Un vent frais balaie les poussières mortes et la lampe à huile brille de nouveau. Seriane est là, devant Étienne, ils ne se quittent pas des yeux.

— Elles sont là, Étienne. Elles sont revenues… J'ai cru que c'était fini, mais elles en veulent davantage, elles se vengent, tu comprends ?

— Mais elles sont mortes, Seriane, depuis six ans.

— Par ma faute, quelque chose en elles a survécu, qui dévore les hommes…

Étienne sue, de grosses perles froides. Il passe sa main sur le visage de Seriane, tâte sa peau pour vérifier sa présence. Une longue plainte déchirante achève de rétablir l'espace. Agenouillés face à face, sur le sol meuble de la cave, ils entendent, à l'étage, Aristide geindre de douleur.

13

Dès que Cyrielle entre, Manon perçoit son trouble. Elle s'attable l'air de rien près de Manon et Tom.

— Alors, la journée ?

Elle répond sobrement à sa mère. Dès que celle-ci a le dos tourné, ses yeux harponnent ceux de Manon.

Les enfants finissent le goûter, nettoient la table, se précipitent à l'étage. Tom veut jouer, mais Cyrielle lui arrache Manon.

— C'est bon, lâche-la, tu l'as eue toute la journée !

— On était en classe…

— Elle a pas que ça à faire, Manon. Lâche-nous la grappe, je te dis, on revient.

Manon aimerait qu'on lui demande son avis. Elle refrène un pincement au cœur quand Tom rend les armes et se cloître dans sa chambre : elle aurait bien aimé jouer avec lui.

— Viens, lui intime Cyrielle, frétillante de joie. Tu connais la dernière ? Il va y avoir une assemblée de village, après-demain, tout l'après-midi et sûrement jusqu'en début de soirée !

— Ah. Et alors ?

— Et alors, Loïc a eu l'accord de sa mère. Il va venir.

— Ici ?

— Non, t'es folle ! Chez Thibaut. Mais on s'est donné rencard dans les bois, juste au-dessus.

— T'es dingue ! Ta mère, elle va jamais vouloir…

— Ma mère, elle en saura rien !

Manon regrette déjà que Cyrielle se soit confiée à elle. Elle n'aime pas manigancer dans le dos de Caro. Elle préfère ménager les mères, même celles des autres…

— Comment tu vas faire ?

— Comment on va faire, tu veux dire. Tu te rappelles ce que je t'ai montré l'autre jour ? Loïc apporte du tabac à rouler. Je vais essayer.

— T'es sûre ?

Cyrielle la regarde avec dédain.

— Bien sûr. Tout le monde le fait au lycée.

Pas au collège, pense Manon, mais Cyrielle a l'air tellement ravie qu'elle n'a pas le cœur de jouer les rabat-joie. Et puis, traîner dans le petit bois juste au-dessus du village, ce n'est pas bien méchant.

— Tu viens avec moi alors ?

— Je… je ne sais pas… je suis pas de votre âge… Tu veux pas rester avec Loïc ?

— Il y aura Thibaut.

— Mais, je ne veux pas fumer, en plus…

— T'es pas obligée ! Allez, s'il te plaît, sinon Thib va traîner dans nos pattes et je pourrai pas dire un mot à Loïc.

À contrecœur, Manon cède. Autant jouer les fugueuses à deux cents mètres de la maison ne lui déplaît pas, autant servir de demoiselle de compagnie à un lycéen… la perspective lui donne mal au ventre.

— Et Tom ? demande-t-elle, en ultime recours.

Cyrielle soupire.

— Il nous attendra ici, il fera le guet. Par contre, tu lui dis rien pour l'herbe, hein ? Et rien non plus sur Loïc et Thib, on part juste toutes les deux derrière la colline. J'ai pas envie qu'il flippe, déjà qu'il ne sait pas mentir…

*

Lorsque Étienne vient chercher Manon, la nuit tombante a noirci les ruelles, les vents modèlent et déchirent les nuages charbonneux qui étouffent le ciel. Mathieu est déjà là. Étienne ôte sa vareuse dans l'entrée. Caro le salue à peine. Elle et Mathieu se lancent des regards mauvais.

— Bière ?

Mathieu lui décapsule une bouteille.

— Un brasseur du coin, elle est pas mauvaise ! Tu me files une roulée ?

Depuis qu'il bosse à la fonderie, Mathieu ne fume plus d'herbe, mais il a souvent envie d'une clope. Étienne lui tend son paquet. Caro balance une casserole dans l'évier et monte l'escalier.

— C'est ça. Vous me sifflerez pour la vaisselle !

Étienne va questionner Mathieu mais celui-ci ne lui en laisse pas le temps.

— Rien de grave. Avec mon nouveau poste, on croyait que je serai un peu plus présent. Pour le moment, c'est plutôt le contraire.

Caro en a sa claque de ces heures et de ces scènes qui se répètent comme des boucles de temps faisandées.

Les deux amis enfilent leur manteau et sortent. Tout de suite, le vent leur claque le visage. Ils rabattent leur capuche et se blottissent dans un renfoncement de fenêtre. Des trains de brume géants passent en sifflant au-dessus de leur tête.

— Quel temps de merde.

— C'est clair… Tu as bien avancé ?

Étienne ne répond pas, tire longuement sur sa clope. Il fixe les toits devant lui, le clocher de l'église.

— Non. Je dors très mal. Je n'arrive plus à me concentrer.

— Merde…

Mathieu examine son ami : les traits tirés, la main tremblante. À la fonderie aussi, tout le monde est épuisé, tendu. Un nuage électrique stagne au-dessus de la vallée.

— Et Aristide, comment va-t-il ?

— Bof, pas d'amélioration. Il va mieux quelques heures, puis la fièvre remonte. Je suis allé voir sa maison. Enfin, je n'ai pas pu, je me suis fait arrêter avant.

Mathieu n'a pas l'air surpris.

— Tu n'es pas le seul : toutes les routes pour quitter la vallée sont bloquées.

— Les voisins vigilants. Popeye a dû insister pour qu'ils m'autorisent à regarder du haut de la butte.

Mathieu renifle.

— Ce salopard de Willy et ses potes de la fédé… Ils sont aux manettes. Et depuis que le Romain et ses gros bras ne sont plus là, notre cher maire se sent pousser des ailes.

— Enfin, à la fonderie vous êtes aussi dans le coup, non ?

La voix de Mathieu descend.

— On a eu une réunion avant-hier. C'est pas tout rose. Il reste des nostalgiques de la première heure, ceux qui gèrent le haut-fourneau, par exemple. C'est très étrange : ce n'est plus une communauté unie, il y a deux camps désormais. Enfin, les voisins vigilants, ce sont des gars du coin. On y retrouve pas mal de membres de la fédération de chasse, même si tous les chasseurs ne les soutiennent pas. Ils noyautent tout : le conseil municipal, ceux des autres bleds autour, et même la fonderie. Ils crient sur tous les toits que tout est la faute de Seriane et qu'on devient un « repaire de gauchistes ». C'est leur credo. Y a de vrais connards dans le lot ! Alors on a tous décidé de participer, pour garder un œil sur ce qui se passe.

— Et Romaric ? Popeye ?

— Ils sont avec nous. Romaric défendra sa sœur jusqu'au bout. Et Popeye, c'est un proche du Romain, mais il s'est brouillé avec ses anciens camarades…

— C'est la guerre des clans, alors.

— Y a de ça.

Étienne sort sa blague à tabac. L'air est humide, les feuilles moites s'accrochent à ses doigts. Il tire une longue bouffée, puis se lance.

— Seriane a retrouvé le corps de sa fille. Et des autres aussi, d'ailleurs.

— Quoi ?

— Elles ne sont jamais parties d'ici. Elles ont été violées.

— Putain ! C'est… c'est elle qui t'a dit ça ?

— Oui.

— Bordel de merde… Et ce que racontent Willy et les autres ?

— Ça arrange sûrement tout le monde de croire qu'elles ont fugué. Surtout ceux qui les ont violées…

Mathieu ne bouge plus. La cendre tombe du bout de sa clope alors que les minces filets de fumée rejoignent le flot de brume.

— Il faut ramener les corps, il faut que tout le monde sache… Pourquoi elle n'a rien dit ?

— Je ne sais pas… Les cadavres, les types déchiquetés, ça a commencé quand exactement ?

— Il y a cinq ans, en novembre.

— Et les disparitions de filles ?

— Je dirais la même année, quelques mois plus tôt, peut-être l'année précédente. Mais, au début, on a tous cru à des fugues, surtout que le climat était malsain dans le coin à cette période…

— Et Neige ?

— C'était une fille du pays, elle était si proche de sa mère que beaucoup n'ont pas cru à la fugue. Au début, du moins. On a organisé des battues, mais personne n'a jamais rien trouvé… Et puis, Seriane a commencé à disparaître régulièrement : elle partait de chez elle et on ne la voyait plus pendant des jours et des jours. Elle ne parlait à personne. Les gens ont commencé à raconter qu'elle avait perdu la boule, que c'était pour cette raison que sa fille s'était barrée. Ensuite, les premiers morts sont arrivés avec l'hiver…

Les deux hommes restent silencieux, choqués. Si Seriane a vraiment retrouvé les corps des six disparues, qui les a violées et assassinées ? Et qui massacre, depuis, des inconnus dans la montagne ?

— Seriane me fait peur parfois, murmure Étienne.

— Avec la disparition de sa fille, elle a tellement souffert… Je ne vois pas comment elle pourrait rester saine d'esprit. Je commence à croire que tout vient de là-haut : le Romain et ses hommes, ils sont partis juste après les disparitions et les premiers cadavres, la même année. C'était en plein hiver, en décembre, je m'en souviens…

Une histoire atroce se tisse sous les pelotes de brouillard qui défilent : les hommes du monastère, séquestrant les inconnus qui passent le col pour violer les filles et asservir les hommes, dans les mines. Peut-être même supprimaient-ils sauvagement ceux qui s'enfuyaient avant qu'ils n'atteignent le village.

Étienne fronce les sourcils.

— Tu as vu l'état des corps, tu crois vraiment que des hommes peuvent faire une chose pareille ?

— Ils vivent entre eux depuis cinq ans. Des toxicos, perdus dans les montagnes, des violeurs et des assassins ! Étienne, il faut aller voir. Il faut en parler à Romaric, à Popeye, mais on doit d'abord récupérer les corps des filles !

— Je ne sais pas si… elle a tellement souffert…

— Il faudra des preuves, pour convaincre les autres.

La tension est latente. Les deux hommes pensent à leurs enfants : ils savent que la situation risque de dégénérer très vite.

— J'ai autre chose à te dire : il va y avoir une assemblée, après-demain. Il ne faut pas que Seriane vienne.

— Pourquoi ?

— Avec Romaric et Popeye, on a peur que ça tourne mal… On pense aussi que tu devrais rester chez toi.

Étienne se tait, écrase son mégot contre le mur. Une traînée noire entame le moucheté du granit.

— Pourquoi moi ?

— Il y a des rumeurs… Certains pensent qu'elle t'a envoûté. Ou ensorcelé.

Étienne n'en revient pas.

— Bande de crétins dégénérés…

Mathieu donne une tape sur l'épaule d'Étienne.

— De vrais cons, Étienne, ce sont de vrais cons ! Le Moyen Âge, je t'ai dit, et encore, ce ne sont que les prémices…

Ils regagnent la porte d'entrée. Étienne garde pour lui l'angoisse grandissante, accablante, qui prend forme en lui : le mystère des cadavres déchiquetés est lié à Seriane. Qui sait à quels extrêmes la perte de sa fille l'a menée ?

14

La nuit promet d'être belle, car voici qu'au fond du ciel apparaît la lune rousse. Étienne fredonne à mi-voix, sur le seuil de sa maison, en regardant la lune gonflée inonder le ciel. Les nuages s'effilochent, s'aplanissent. L'après-midi et le début de soirée ont pourtant été calamiteux : des trombes de neige sont tombées. Il a cru que la toiture neuve du moulin allait céder. Jusqu'à l'apparition, au crépuscule, de cette lune énorme. Elle a surgi de derrière les Trois Pics, la peau rousse et ronde.

Manon a éteint il y a peu. Au moment où il s'est penché pour l'embrasser, elle a paru sur le point de lui dire quelque chose, avant de se raviser. Il a du mal à la comprendre parfois. Sous l'enveloppe enfantine, les humeurs adolescentes s'affirment. Il se sent dépassé.

Pendant le repas, ils ont parlé de leur installation, longuement. Manon lui a demandé ce qu'il comptait faire, si les morts se multipliaient.

Rentrer ? Tout abandonner ? Étienne ne l'a jamais envisagé, jusqu'au cauchemar de l'autre nuit… En ville, l'horizon se bornait aux façades des immeubles voisins, aux ardoises sales et aux grands Kapla de verre. Ici, les lignes de vision sont plus profondes, plus hautes. Plus cruelles aussi : à quoi bon contempler chaque jour les montagnes si s'y aventurer est devenu un piège mortel ?

Il rentre, range la cuisine.

Seriane le rejoint quelques minutes plus tard. Elle lui donne des nouvelles d'Aristide.

— Tu veux que je te relaie cette nuit ? Tu peux dormir ici, avec Manon.

Elle l'a déjà veillé toute la journée alors qu'Étienne se chargeait de retourner la terre, creuser les sillons, répartir le fumier et le compost dans le potager.

— Non, c'est gentil.

Ils se tiennent face à face, se dissolvent dans les yeux de l'autre, font l'amour. Ils reparlent de l'assemblée du lendemain. Seriane n'ira pas, Étienne non plus. Il a pris sa décision ce matin, lorsqu'en accompagnant Manon à l'école, il a aperçu deux silhouettes sur l'arête. Il se sent surveillé. Des hommes furètent sur les collines alentour. Seriane confirme ses doutes.

— Je les ai vus. Ils viennent chaque jour ou presque.

Puis, avant qu'elle reparte, il lui serre doucement la main.

— Seriane, leurs corps, où sont-ils ?

Il a parlé si doucement… Elle le dévisage, étonnée.

— J'ai exploré les mines, les galeries désaffectées. Puis je me suis souvenue d'un réseau de grottes. J'avais découvert l'entrée, plus jeune : une faille, dans des rochers. J'ai fouillé les boyaux jusqu'à la salle. Elles étaient là.

— Elles… Tu as trouvé leurs squelettes ? Tu es certaine que c'étaient elles ?

Il bafouille. Comment dire ce genre de choses ? Réclamer des détails sordides comme ceux-là ?

Seriane le fixe étrangement. Sans colère, un peu déçue.

— Tu ne comprends pas : elle est toujours là. Elles sont toujours là, toutes les six, elles ne sont jamais parties… Quand je les ai retrouvées, elles n'existaient plus vraiment. Après ce qu'ils leur ont fait subir… elles ont erré là, au fond, dans le noir absolu, fondues les unes dans les autres…

— Mais, elles étaient vivantes ?

— Vivantes ?

Il voit son regard osciller.

— Je ne sais pas… Ni vivantes, ni mortes… Je suis restée des jours et des semaines, sans lumière, sans manger. J'ai pétri leurs chairs pourrissantes et je les ai ramenées, elles ou autre chose… J'ai donné un corps à leur vengeance.

Sa voix enfle. Étienne ne comprend rien. Il se tourne, inquiet, vers l'escalier. Les yeux de Seriane ont coulé. La souffrance qui émane d'elle est immense. Ce n'est pas la violence folle qu'il a ressentie dans la cave, mais une affliction qui confine à la folie… Il chuchote, redoute que Manon, à l'étage, les entende.

— Je suis désolé, je ne veux pas insister, mais c'est le seul moyen pour que les autres te croient. Il faut que tu nous mènes jusqu'aux corps, Seriane.

— Nous ? Les autres ?

— Ton frère et Mathieu, ils te croient. Mais ce ne sera pas suffisant pour convaincre…

Seriane ouvre la porte, descend les marches. Un instant, il craint qu'elle ne parte droit devant elle, dans la nuit, mais elle se retourne, son calme retrouvé.

— Je te montrerai. À demain, Étienne.

Il la serre contre lui. Elle reste impassible. Il attend de la voir rentrer chez elle avant de refermer sa porte.

À l'étage, le poêle a faibli. Il ajoute une bûche, s'assied au plus près de la fonte. Sa peau cuit doucement. *Je les ai ramenées… elles ou autre chose, j'ai donné un corps à leur vengeance.* Bouleversé, Étienne songe à Seriane, sa douleur infinie. Il imagine le visage lumineux de sa fille, tout l'amour qui devait les lier. Ces corps existent-ils vraiment ? Si Seriane s'est convaincue que Neige a été enlevée et violée, elle doit haïr le village et tous ses habitants…

Il repense à la demande de Romaric, à son projet de se rendre au monastère. Certaines réponses se trouvaient là-haut, dans ce repaire de violeurs et d'assassins.

*

Tourmentée, Manon ne dort pas. Elle a voulu révéler à son père les intentions de Cyrielle mais s'est ravisée : elle ne veut pas trahir la confiance de son amie. Alors elle rumine dans son lit. Elle songe à Caro qu'il va falloir berner, à Tom qu'elles vont laisser derrière elles.

À un moment, il lui semble entendre la voix de Seriane.

Bien sûr, elle pense aussi à cette conversation, avec son père. C'est la première fois qu'ils évoquent ensemble un éventuel retour. Elle a senti cependant que ce n'était pas pour tout de suite.

De toute manière, le veut-elle vraiment ?

Manon voit bien que quelque chose se trame. Jamais son père ne s'est montré si paisible et si doux.

Sans cesse, il guette Seriane, tournicote autour d'elle, jette des coups d'œil à son corps, à sa maison si elle est absente. Et lorsqu'il lui parle, lorsqu'il la regarde… Jamais non plus une autre femme ne s'était autant intéressée à elle. Parfois, elle l'imagine en mère, mais elle se sent vite honteuse de nourrir un tel espoir…

Manon se retourne, gigote. Quelque chose dans son bas-ventre la tiraille. Elle n'a jamais ressenti cette douleur lancinante, obsédante. Elle n'a pas osé en parler. Elle se trouve ridicule, avec ses petites inquiétudes et ses humeurs fragiles.

Le temps passe. Une heure ou deux, davantage peut-être. À travers les rideaux entrebâillés, elle voit les bancs de nuages défiler devant la lune. Quelques ombres fugaces qui enflent. Jusqu'à ce que l'obscurité ravine le ciel, les sommets, les pentes. Bientôt, c'est le noir complet. Un noir opaque, plus sombre encore qu'au cœur de la tourmente de la fin de journée. Un gouffre posé entre ciel et terre.

Elle s'assoupit, se redresse brusquement. La tête lui tourne, le ventre lui pèse. L'angoisse du lendemain ? Elle songe à Loïc et son ami, Thibaut. L'air dans sa chambre s'est humidifié, comme si des draps mouillés y avaient été étendus. D'ailleurs, elle est trempée. De la sueur recouvre son corps. Elle passe sa main dans ses cheveux, des gouttelettes parsèment son front et la base de ses cheveux. Que lui arrive-t-il ? Plus bas, découvre-t-elle, elle est encore plus humide : un liquide chaud s'échappe d'entre ses cuisses ! Elle veut y mettre la main mais quelque chose la retient. Elle a l'impression d'être observée. C'est impossible, le noir est total, mais elle devine une présence, tapie dans l'ombre, qui la dévore de son regard. Des yeux luisent, la reluquent. Elle passe sa main dans son entrejambe. Une tache visqueuse. Manon se sent de plus en plus mal. Elle entend des raclements, des gémissements. Des femmes approchent, qui l'encerclent. Six, prend-elle conscience, elles sont six ! Une secousse terrible ébranle les fenêtres de sa chambre, Manon agrippe ses draps en désespoir de cause, son ventre la broie de douleur alors qu'elle entend, dans un murmure : *Rentre chez toi !*

*

Le feu est mourant. Les nuages ont conquis le ciel et les étoiles ont reculé, ensevelies comme des braises sous la cendre. Avant même qu'il ne bouge, le froid s'immisce : une sensation de déjà-vu.

Étienne déglutit péniblement. Ses pieds se recroquevillent dans les chaussons épais tandis qu'il tend fébrilement son bras vers le poêle : toucher quelque chose de tangible ! De nouveau, l'espace se dilate. Il en est curieusement spectateur : un tourment passe près de lui sans chercher à l'atteindre. Un courant gelé, un monstre des profondeurs, à la recherche d'une proie.

Il laisse sa main contre la fonte tiède. Les tisons rouges tracent d'infimes repères dans les ténèbres.

Il entend Manon gémir ! Il se dresse. Dès qu'il détourne les yeux de l'âtre, le noir profond s'instaure. Il n'ose pas ôter sa main de la fonte.

Sa fille, à présent, pousse des sanglots sourds. Il détache ses doigts. Aussitôt, il a l'impression que la pièce se dérobe, que l'univers entier s'engouffre entre les murs. Un espace vide, une gigantesque plateforme.

Il pourrait reculer, mais il redoute que sa main ne rencontre que du vide, comme l'autre nuit. Autant croire que le poêle est toujours là !

Un pas, puis un autre. Il approche de la porte invisible.

Soudain, le sol se déforme, devient plus mou, humide. La surface se fait granuleuse, moite. Un pas de plus et une odeur de pierre et de renfermé l'enveloppe. Il doit trouver la porte ! Il tend le bras, heurte le bois lisse. Il sent sous ses pieds un tapis friable, des matières spongieuses ou, au contraire, des cylindres craquants. De puissants effluves de putréfaction l'assaillent : il marche dans une grotte, sur des morceaux de chair et d'os.

La panique le tétanise, puis Manon hurle, implore.

Il ouvre la porte brusquement, arrache ses pieds du monticule. Il patauge, manque de peu de tomber. Dans la pénombre, il devine la commode, et dans le tiroir, la lampe torche…

À bout de forces, il extirpe la torche, la lumière jaillit !

La chambre est parfaitement normale. Le parquet et l'enduit ocre sur les murs sont intacts. Il voit les posters que Manon a accrochés, la vieille commode de la grand-mère, le coffre à jouets… et sa fille, prostrée dans le grand lit, les yeux écartelés.

— Papa…, souffle-t-elle.

Il se précipite. Elle se blottit dans ses bras en pleurant.

— Tout va bien, ma chérie, tout va bien…

— Qu'est-ce qui m'arrive, papa ? Qu'est-ce qui m'arrive ?

— C'est rien qu'un cauchemar, Manon.

Le cœur de sa fille cogne à tout rompre. Sa peau est brûlante, ses yeux fiévreux. Son pouls retentit dans tout son corps comme un tambour de guerre.

— Maman ! Maman…

— Respire, je suis là… c'est fini, c'est fini.

Il aperçoit alors, sur le drap beige, l'auréole rouge du premier sang.

15

Manon se dandine un peu. Au petit matin, son père est allé voir Seriane. Il ne se sentait pas à la hauteur. Seriane a tout de suite compris, elle est venue, l'a prise dans ses bras, l'a rassurée aussi. Quelques mots à peine, ceux qu'il fallait. Elle lui a donné le nécessaire et lui a expliqué comment faire. Rouge, confuse, Manon s'est enfermée dans les toilettes. Puis elle est ressortie.

— C'est arrivé à Neige à peu près au même âge que toi. Elle ne s'y attendait pas du tout, moi non plus d'ailleurs. C'était un soir, au coucher. Je me souviens, elle avait eu mal au ventre toute la journée.

Manon picore à peine. Elle se tortille sur sa chaise, ce truc moite la démange. Seriane la regarde avec une infinie tendresse.

— Tu vas t'y habituer…

La jeune fille rougit encore. Elle aimerait laisser filer les mots qui ne viennent pas.

— C'est dégeu…, finit-elle par dire.

Seriane sourit.

— C'est rien que ton sang, Manon. Une petite marée qui revient tous les mois, ton temps à toi qui passe…

Manon soupire, détourne le regard. Elle savait bien que ça arriverait un jour ou l'autre. Mais ce jour encore plus que les autres, elle se sent seule. Seriane comble délicatement l'absence.

Étienne, reconnaissant, regarde Seriane offrir ses bras et sa voix rassurante à sa fille.

— Tu devrais rester à la maison aujourd'hui, Manon. Tu es trop fatiguée. On pourrait faire un jeu ?

Il revoit sa fille sanglotant dans ses bras, pense à l'horrible cauchemar qu'elle lui a raconté. Ainsi les filles disparues sont venues la hanter elle aussi. L'angoisse se propage, les contamine l'un après l'autre. Il se demande si tous, dans le village, subissent les mêmes songes.

— J'ai envie de voir les copains, ça va me changer les idées.

Elle tait la promesse faite à Cyrielle et ajoute bravement :

— Et puis, Seriane m'a tout expliqué, elle m'a dit comment faire. Je dois vivre avec.

Elle engloutit son bol de lait avant de prendre son manteau et son sac.

*

Mathieu arpente à grands pas la cour de la fonderie. 13 heures passées : il redoute le prochain appel. La corne de brume porte son nom mieux que jamais : depuis l'aube, la vallée étouffe sous un brouillard à tailler au couteau. Son chant lugubre a déjà retenti trois fois depuis l'aube. De fausses alertes : des personnes isolées, dans les hameaux, qui ont cru apercevoir quelque chose dans les fourrés ou se sont senties mal.

Mathieu pousse la porte de l'atelier. Il adresse un signe de tête à Madeleine et sort son étui à cigarettes.

— Tu ne voulais pas arrêter ?

Il hausse les épaules.

— Ça attendra un peu.

C'était avant d'enfourner le corps de Gaston dans un sac plastique.

Madeleine lui prodigue un grand sourire. Elle se tient près de lui, trop ou pas assez. Il lui tend une cigarette.

— Tu as du feu ?

Elle enroule ses mains autour des siennes pour protéger la flamme.

— Alors, ces sorties ?

— Rien. Enfin, pas de blessés en tout cas… Des vieux qui dorment mal : ils angoissent, entendent des bruits…

— Qu'est-ce qu'ils disent ?

— Pas grand-chose, ils sont surtout emmerdés de nous avoir dérangés. Ils ne savent plus où se mettre.

— Ils sont au courant pour Gaston : quelqu'un du village, tué, et même pas dans la montagne…

Mathieu hoche la tête. Voir les anciens bredouiller, camoufler leur peur du noir, comme des gamins, l'a affecté.

Au-dessus d'eux, l'épaisse mousseline de nuages se contorsionne, masque le sommet de la cheminée du haut-fourneau. Madeleine se presse un petit peu contre lui, leurs peaux se frôlent. Un temps de cauchemar.

— Mathieu ?

— Oui ?

— Tu dors bien, toi ?

Il la dévisage. La peau sous ses yeux est légèrement bombée, plus qu'à l'ordinaire. Et le contour des iris, brillants, est constellé de vermicelles de sang. Il déglutit, elle sourit tristement. Dans une autre vie, il aurait pu passer ces nuits trop longues contre elle. Il répond négligemment.

— Ça dépend des nuits. Mais ça va, oui. Il faut garder son sang-froid.

Le sien bouillonne. Alors il s'écarte pour se dégriser au vent.

— Ne t'inquiète pas, il ne peut rien t'arriver ici, vous êtes nombreux ! Bon, je vais me préparer, ça va être l'heure.

Madeleine n'insiste pas. Elle se tient droite, un peu crispée peut-être.

— Allez, boude pas ! J'aimerais bien te border moi aussi…

La sonnerie de l'usine retentit. Une partie des membres de la fonderie va partir à l'assemblée du village. Le départ est prévu dans une demi-heure. En atteignant l'entrée de la caserne, Mathieu observe les gardes devant l'entrée, sur le toit de l'usine ou le long des barbelés. Madeleine reprend son allant. Ses muscles saillants aiguisés par la scie et la cognée se raffermissent alors que Mathieu sent encore, autour de lui, son effluve de sève boisée.

*

Cyrielle lance des coups d'œil agacés à son frère. Depuis midi, il n'est pas dans son assiette. Il bafouille et déglutit trop souvent. Heureusement, leur mère, anxieuse avec la réunion qui approche, ne remarque rien. Sous ses yeux, les cernes ressemblent à des boucles de peau triste.

Pour la troisième fois, elle propose de l'eau à Manon qui décline poliment.

Cyrielle a entendu ses parents s'engueuler dans la nuit. Son père rentre de plus en plus tard, passe sa vie à la fonderie. Les murs n'ont pas étouffé leurs voix furieuses.

14 heures. Les enfants montent jouer. Cyrielle attrape son frère dès que la porte se referme.

— Qu'est-ce que t'as, t'es lourd ! T'as la langue qui pend par les yeux… Heureusement que maman est perchée, sinon elle aurait vite compris !

— J'ai pas envie, je le sens pas…

— Pourquoi ? On va pas en parler dix fois, on l'a déjà fait. T'inquiète pas !

— Mais c'est dangereux !

— C'est d'avoir tout le temps peur qui est dangereux ! Allez, tu me dois bien ça : j'ai rien dit pour le sac de graines.

Quelques jours plus tôt, Tom a percé un sac pour les poules. Du grain gâché, épandu dans la boue. Cyrielle l'a aidé à tout recouvrir de sciure et de paille.

Manon ne dit rien. Des réminiscences de sa nuit lui reviennent en flash : les six femmes, qui l'observent. Et puis, ce truc coincé entre ses jambes la démange, elle aimerait l'arracher, disparaître, rentrer chez elle. Ou bien rester avec Tom, à se blottir parmi les Lego et les histoires de chevaliers. Mais elle a promis. De toute façon, Cyrielle n'a pas prévu de lui laisser le choix…

Caro les rappelle, leur transmet ses dernières consignes, puis quitte la maison. Cyrielle jubile en la voyant s'éclipser derrière la maison voisine.

— Allez, on y va !

— Vous allez où ? demande Tom.

— Tu rigoles ? Je te l'ai dit cent fois : derrière la colline, dans le petit bois.

— Vous n'allez pas plus loin, hein ?

— Ben non, puisqu'on va dans le petit bois…

Cyrielle et Manon chaussent leurs bottes. Elles prennent aussi leur manteau, le temps s'est couvert. Manon s'inquiète.

— Tu crois pas qu'on devrait annuler ? T'as vu les nuages ?

— Tu ne vas pas t'y mettre ! Au pire, c'est rien que de la pluie. Et on sera à l'abri…

Elles sortent par l'arrière. Tom les regarde s'éloigner la mort dans l'âme.

16

Les voitures s'empilent sur les bas-côtés, grimant le village en araignée aux pattes de métal. Des cohortes de visages pâles, de mines sinistres, s'enfoncent vers l'église, comme à l'appel d'une messe des temps anciens. Ils sont nombreux à avoir fait le déplacement : presque tous les habitants. Même des gens d'autres villages alentour sont venus. Sur la place de l'église, des hommes armés gravitent autour du maire. Ils ont bloqué chaque entrée du bourg avec une voiture et des gardes. Rares sont ceux qui s'offusquent : depuis quelques jours, l'eau a un goût de terre et les nuits sont peuplées de songes sordides. Les fusils rassurent.

Les voitures de la fonderie arrivent. Romaric mène son 4x4 juste devant le pick-up garé en travers. D'un signe, il leur demande de s'écarter. Les véhicules déposent devant l'église une trentaine d'hommes et de femmes.

Sur la place, l'ambiance est électrique, les regards patibulaires : d'un côté l'équipe de la fonderie, de l'autre les hommes du maire.

Mathieu retrouve Caro sur le parvis.

— Ça va, lui demande-t-il ?

Elle ne répond pas, jette un coup d'œil vers Madeleine. Qu'est-ce qui l'inquiète le plus ? Cette femme trop belle ou bien la masse d'apprentis miliciens qui toisent d'un œil inquisiteur chaque nouvel arrivant ? Leurs regards coulants s'attardent sur chaque rondeur.

— Je n'aime pas ce qui est en train de se passer. Ça va dégénérer…

— Mais non, il faut rester calme. Tout le monde a peur, c'est normal.

— Et eux, qui va les calmer ?

Elle montre la vingtaine de gros bras armés aux yeux gras.

— Sans compter ceux qui gardent les entrées du village. Ça en fait, au final, des bestiaux prêts à en découdre !

— T'inquiète pas, Romaric est là, avec les gardes de la fonderie.

— C'est censé me rassurer ?

Elle était là, au bal des pompiers quatre ans plus tôt, lorsqu'un abruti avait fait un commentaire graveleux sur Seriane. Le gars n'avait pas vu que Romaric était à portée d'oreille. Il avait juste senti les os de son nez éclater. Romaric lui avait défoncé la gueule sans même prendre la peine de s'annoncer. Il avait fallu le retenir pour éviter qu'il le tue.

— C'était après la disparation de sa nièce. Depuis qu'il a rejoint la fonderie, il a changé…

— Sûrement. Toi aussi, tu as changé.

Vu le ton de Caro, ce n'est pas un compliment. Ils se taisent un moment. Mathieu demande :

— Et les enfants, ça va ?

— Bof. J'ai trouvé Tom bizarre…

Puis ils entrent car le maire vient lancer la messe.

Les chaises et les bancs ont été disposés dans la nef : le chœur de l'église est trop étroit pour les accueillir tous. L'atmosphère est glaciale. Les hautes voûtes sont à peine tiédies par les poêles en surchauffe. Une goutte de chaleur dans un océan gelé. Les meilleures places sont laissées aux anciens et aux rares femmes enceintes.

Caro s'assied loin de ceux de la fonderie. Mathieu la suit, il jette distraitement un coup d'œil à Madeleine. Leurs regards se croisent un court instant.

— Tu n'es pas obligée de rester auprès de moi. Tu peux les rejoindre si tu préfères.

Mathieu se détourne vite vers le maire qui s'installe au pupitre.

— Nous allons commencer…

La tête carrée aux bajoues bien remplies de Willy s'extirpe de son énorme cou de taureau.

— Je n'irai pas par quatre chemins. Tout le monde est au courant de la découverte du corps de Gaston. En premier lieu, j'ai une pensée très émue pour sa femme et son fils. Tous les conseillers municipaux, tous les habitants de notre village se joignent à moi pour leur témoigner notre soutien dans cette terrible épreuve. Nous sommes à vos côtés.

Cent cinquante paires d'yeux se tournent vers l'adolescent joufflu, en ranger, futal et veste kaki, qui se pelotonne au milieu des chasseurs. Gaston était un des leurs, un membre de la fédération.

— La maison d'Aristide, l'ancien garde forestier, a été incendiée. Il n'en reste rien. Gaston a été sauvagement assassiné. Je vous demande de vous montrer extrêmement prudents. J'ai pris l'attache des autorités.

— Autant pisser dans un violon ! lâche un type.

— J'ai pris des mesures, en attendant. Des patrouilles surveillent les abords du village et des hameaux. J'ai réactivé le dispositif des voisins vigilants et sollicité la fédération de chasse, qui veut bien nous prêter main-forte.

Le clan de la fédération se tient sage, idem du côté de la fonderie : deux blocs de silence immobiles parmi la vaste assemblée bourdonnante.

Puis une question couvre le brouhaha.

— Qui a pu faire une chose pareille ? Avez-vous des pistes ?

Le souvenir des corps émiettés est latent. La tension palpable.

— Où sont les types du monastère ? Depuis que ça a commencé, ils ont disparu !

— Ce sont sûrement des étrangers, des migrants. Ils passent les cols, s'agressent entre eux…

— Ils sont capables de tout, même se bouffer entre eux !

— Le gars qui est revenu, Sornin, où est-il ?

Puis enfin :

— Et la fille Lesecq ? À force de vadrouiller nuit et jour dans la montagne, elle doit bien avoir appris quelque chose !

— C'est une sorcière !

Quelques angelots sur les rosaces à demi effacées frémissent. *Sorcière*. Le mot est lâché et repris par le chœur apeuré qui désigne l'hérétique sous la voûte séculaire. Romaric cherche celui qui a parlé, celui qui a désigné : trouver la gueule accusatrice dans une mer de bouches terrifiées.

*

Cyrielle marche vite. Elle entraîne Manon dans son sillage. Elles atteignent le petit bois, celui dans lequel elles s'étaient cachées quelques jours plus tôt. Mais Cyrielle se hâte de le traverser.

— Tu as dit à Tom qu'on avait rendez-vous ici !

— T'as vu les nuages ? Il y a un abri de berger au-dessus, on les retrouve là-bas pour être au sec.

Ce n'est pas la même chose. Manon se retourne. Le bois s'est refermé, les maisons du village ont disparu derrière les lignes de branches et les colonnes de troncs.

— Allez, viens ! Tu vas pas faire ta relou ?

Elles atteignent le dos rond de la butte puis poursuivent jusqu'au ressaut suivant. Les arbres s'espacent, les premières maisons réapparaissent. Les filles se maintiennent derrière la crête pour rester cachées. Elles voient bientôt la petite cabane de pierre sèche.

Les garçons sont déjà là. Ils lèvent leurs bras vers elles.

Cyrielle présente Loïc et Thibaut à Manon. Loïc a l'air gentil, doux, il est beau aussi. Quand il lui fait la bise, Manon devient cramoisie. Heureusement qu'elle était déjà rouge après l'effort…

Rapidement, Loïc sort le nécessaire : une cigarette racornie, deux feuilles auréolées d'humidité et l'herbe. Il commence à fumer, en tenant la longue cigarette avec trois doigts, l'air d'avoir fait ça toute sa vie. Il passe le joint à Cyrielle.

— Tire doucement au début, avale pas trop la fumée…

Elle crapote à petites bouffées, ce qui la fait ressembler à une petite vieille asthmatique. Manon et Thibaut se regardent, pouffent.

— Allez, à vous deux !

— Non merci.

Thibaut n'a pas envie, Manon non plus.

— Allez quoi, ça va pas vous tuer !

— Laisse tomber, dit Cyrielle d'une voix soudain très pâteuse, ils sont pas prêts.

Loïc et elle s'installent sur des pierres, un peu à l'écart. Manon n'en revient pas.

— Ils font trop les malins…, lui glisse Thibaut à l'oreille.

Il a des brindilles dans les cheveux, des boutons d'acné sur chaque centimètre carré de sa peau et il dégage une forte odeur de bête et de paille. Il n'a pas dû se laver ces derniers jours mais Manon se fout de ce genre de chose. Il a l'air sympa. Elle rigole sous cape en voyant Cyrielle et Loïc minauder à coups de clins d'œil ravageurs et de sourires millimétriquement travaillés.

— Tu viens d'où ?

Thibaut le sait déjà, mais elle joue le jeu. Il a beau être plus âgé, il a l'air de pas mal patauger avec les filles.

— Wouah ! Ça a dû être quelque chose, ce voyage ! Je sais pas si j'aurais aimé être à ta place…

Manon lui adresse un petit sourire entendu. Elle lui raconte deux, trois trucs. Il se détend en causant.

— Et toi, tu as toujours vécu ici ?

— Ben oui.

— Ça n'a pas l'air de t'enchanter…

— Non ! Reprendre la ferme avec mon frère, c'est ce qui pourrait m'arriver de pire…

— Tu veux faire quoi ?

— Devenir pêcheur.

— Pourquoi ?

— Pour voir la mer. Et puis, j'aime pas la viande. C'est con, c'est rien que des abrutis de chasseurs dans ma famille…

Il lui raconte les beuveries de retour de chasse, mimant les uns et les autres. Son oncle surtout, le maire, il ne le supporte pas.

— Mon père encore, ça va, c'est pas un cinglé de la gâchette. Mais il est malade, et il peut plus faire grand-chose. Alors l'autre a décidé de nous former. Il se pavane tout le temps, avec sa tronche de bouledogue et sa démarche de sanglier… Il veut que je lui ressemble, plutôt crever.

Manon rigole. Ils s'apprivoisent facilement.

De temps à autre, ils lancent un coup d'œil vers Loïc et Cyrielle qui batifolent de l'autre côté de l'abri. Deux papillons qui n'existent plus que pour eux-mêmes. Ni Thibaut ni Manon n'ont envie de tenir la chandelle.

Thibaut se tourne vers Manon.

— Viens, on peut voir le village de là-haut.

Ils gravissent quelques mètres, laissent la cabane dans leur dos, histoire d'échapper aux bruits de bouche et aux gloussements.

Seules les maisons du bas sont visibles. Le clocher dépasse de la cuvette avec sa croix en fer forgé. Un marécage de brume engloutit le reste du bourg.

— Je me demande comment ça va se passer…

— Tu es inquiet ? s'étonne Manon.

— Dans ma famille, ils ont tous sorti les fusils… Mon frère est ravi.

— Qu'est-ce qu'ils veulent en faire ?

— Ils ont envie de castagne. Ils osent plus chasser dans les bois, alors leurs fusils ne servent plus à rien. Ils sont en manque.

— Et ton frère, il est à l'église avec les autres ?

— Non, il n'a que dix-sept ans, ils ne veulent pas de mineurs. Il était dégoûté, mais mon oncle a promis de le laisser prendre part aux patrouilles avec ses potes. Ils vont pouvoir se défouler. Au moins, je ne l'aurai pas sur le dos…

— Et toi, t'as pas envie de te défouler ?

— Ben si, mais pas en tirant sur tout ce qui bouge.

— Il veut peut-être juste aider ?

Thibaut hausse les épaules sans la regarder.

— Tu ne connais pas mon frère…

Manon le dévisage : ses yeux sont clairs et nets, étonnamment gris, son visage est un peu de traviole, son nez trop fin, ses mains larges. Il sent bon l'écurie, un mélange de douceur et de crasse.

Elle voudrait le réconforter mais quelque chose attire son attention : à moins de cent mètres, quatre silhouettes approchent.

Thibaut les a vues lui aussi, il commence à paniquer.

— Merde, merde…

— Qu'est-ce qu'il y a ? Tu les connais ?

Thibaut l'entraîne, redescend en hâte vers l'abri. Cyrielle et Loïc se sont installés dans la cahute. Ils se bécotent dans l'obscurité, se parfument à la fumée de cannabis.

— Loïc, Loïc !

— Quoi… qu'est-ce qu'il y a ?

— Faut qu'on bouge : mon frangin est là, mon cousin aussi, avec leurs potes.

— Et alors, on s'en fout, non ?

— Ils vont nous faire chier, c'est sûr…

*

Le maire achève son récit. Dans la nef, les émanations stagnantes de kérosène obstruent les narines. L'atmosphère près des poêles est étouffante mais elle devient glaciale dès qu'on s'en écarte de quelques mètres. Une banquise puante ou une place au Sahara : nul entre-deux.

Finalement, un vieux se lève. Un gars respecté. Il n'a pas l'air bien frais mais sa voix porte encore.

— Moi, il y a autre chose qui me préoccupe : je voudrais bien savoir pourquoi certaines personnes s'octroient le droit de nous empêcher de circuler comme on le veut. Depuis quelques jours, on a des cow-boys, parfois même pas du village, qui viennent se dandiner devant nos maisons avec leurs pick-up et leurs pétoires. Qui a décidé ça ? Moi, personne ne m'a demandé mon avis… et vous ?

Il se tourne ostensiblement vers ses voisins. Une voix clame : « Faut bien se protéger, non ? Tu veux faire comment, grand-père ? » Un autre maugrée : « Le jour où tu vas te faire choper, on verra qui se dandinera… », déclenchant une volée de rires gras.

— Je ne me sens pas plus protégé avec vous dans les rues ! Ça change quoi ? À quoi elles ont servi, vos pétoires, il y a six ans ? Avec vos battues, vos barrages filtrants, à part tabasser des jeunes qui squattaient et emmerder ceux qui pensaient pas comme vous, vous n'avez rien fait ! Vous vous êtes fait zigouiller l'un après l'autre, c'est tout ! Et vous remettez le couvert…

Cette fois, c'est l'esclandre. Sur le banc de la fédération, on voit rouge. L'aïeul va trop loin : les mettre en cause, eux qui protègent et rassurent ! Le maire fracasse presque le pupitre en tambourinant dessus.

— Qu'est-ce que ça peut bien vous foutre qu'on patrouille dans les rues ? On agit pour votre sécurité, pour la sécurité de tous !

Applaudissements nourris sur les bancs des porteurs de pétoires. Dans le reste de la nef, la claque est moins nourrie.

— De la liberté, voilà ce que ça nous enlève !

Willy s'esclaffe, ses gros yeux crachent le mépris.

— De quelle liberté tu nous parles ? Plus personne ne sort, tu ne t'en es pas rendu compte ? On va rester cloîtrés chez nous indéfiniment ? Les montagnes, les forêts nous sont déjà interdites, et maintenant, Gaston se fait déchiqueter comme un animal, devant chez lui ! On ne doit pas se laisser faire, il faut en finir, une fois pour toutes ! Restons unis, traquons cette… ce malade, ne lui laissons aucun répit et exterminons-le !

C'est l'ovation dans le carré des partisans. Chauffés à blanc, ils brandissent leurs fusils vers le ciel, pointant les angelots fades. Parmi les autres habitants, nombreux sont ceux qui se laisseraient bien tenter.

— Je vous propose de renforcer les patrouilles et d'organiser de grandes battues ! Venez grossir les rangs des voisins vigilants ! Tous les hommes en âge de porter un fusil pourront participer. Ceux qui ne savent pas tenir une arme surveilleront à la jumelle ou porteront les cornes de brume. On laissera quelques hommes auprès des femmes et des gosses au village. Mais il faut qu'on débusque ce taré !

— Personne ne vous a mandaté pour ça !

— Ah non ? Je suis le maire, je te rappelle, officier de police et représentant de l'État !

— Ça ne te donne pas le droit d'organiser tes gugusses en milice. Et les femmes, il y a six ans, certains étaient plutôt là pour les tripoter que pour les protéger…

— Moi maire, les dérives de la fonderie ne se reproduiront pas ! Avec les voisins vigilants, on y veillera. Et toi, qu'est-ce que tu proposes au lieu de dauber sur ceux qui agissent ?

— Il a bien le droit de parler !

C'est Madeleine qui a haussé le ton. Sa voix claire couvre le brouhaha. Une voix de femme qui se mêle des affaires des hommes : l'octave de trop.

— Vous ne tenez plus vos femmes, à la fonderie ?

— Je vais t'apprendre quelque chose : depuis tout à l'heure vous faites la causette entre bonshommes, mais on sait aussi bien que vous tenir un fusil !

« Et tenir ta langue ? » « Ou tenir autre chose même ! » Les quolibets fusent mais Madeleine ne se démonte pas.

— Pour faire les mariols dans des bagnoles et jouer aux petits soldats, on devrait s'en sortir ! Et nous au moins, on sera pas ronds à 11 heures du mat et on ne tripotera pas les filles du voisinage !

« Muselière », « salope de gauchiste », « anarchiste » ! Les jurons remplacent les petits noms. D'autres femmes se sont levées, agacées par l'éruption de testostérone : elles aussi peuvent se battre ! Elles ont leur mot à dire ! Elles s'approchent de Madeleine, se campent autour d'elle. Certains hommes n'en reviennent pas : de l'autre côté de la travée centrale, les femmes font bloc face au maire et à ses sbires.

Du côté de la fonderie, les gars du haut-fourneau trépignent. Eux aussi veulent en découdre ; et puis, ces questions de fusil et de traque, c'est bien une affaire de bonshommes ! Romaric se tient à l'écart.

Finalement, Willy temporise et fait rasseoir tout le monde.

— Nous avons décidé d'organiser des battues. Toutes les bonnes volontés sont les bienvenues ! Ne commençons pas à nous engueuler entre nous. Plus que jamais, nous devons rester unis dans le village, protéger les plus faibles.

Du côté de la fédération, les gars murmurent : Gaston n'avait rien d'un faible. C'était un solide gaillard, qui ne lésinait ni sur le goulot ni sur les cartouches. Il n'était pas le dernier pour déterrer quelques blaireaux de trop.

Un chasseur, un colosse, se lève et apostrophe les membres de la fonderie :

— Et vous, qu'est-ce que vous voulez ? Vous allez faire quoi, en rester aux patrouilles ou aller au charbon avec nous ?

Aussitôt la tension remonte. Les hommes tergiversent, les regards tournent en rond.

— Bien dit, Jeanjean !

— Alors quoi ? Louis, Philippe, Popeye… vous ne pouvez rien décider par vous-mêmes, c'est ça ?

Qui doit prendre la parole au nom des autres ? Plusieurs membres de l'équipe de Romaric se tournent vers lui, insistants. Ils ont des armes, ils peuvent s'en servir. Il finit par intervenir.

— C'est le Romain qui décidera.

— Et il est où, le Romain ? Pourquoi n'est-il pas là ?

De nouveaux échanges de regards. Le maire enfonce le clou :

— Personne ne l'a vu depuis des années, il ne descend plus de son perchoir. Alors quoi ? Vous continuez à le suivre comme si c'était le messie, mais dehors la vie continue, la mort aussi : on crève et il ne fait rien ! Ni lui ni ceux qui sont avec lui. Si ça se trouve, ils sont déjà tous canés là-haut !

— Pas possible ! On reçoit toujours du minerai…

— Dans ce cas, qu'ils nous rejoignent !

— Ils ne peuvent pas descendre. La route est coupée.

— Ils ont bien des jambes, non ?

— Tu sais comme moi ce qui arrive à ceux qui tentent de traverser les montagnes, surtout là-bas !

— Peut-être, mais maintenant, c'est plus seulement eux qui sont menacés. Tout le monde est dans le même bain !

Popeye se renfrogne.

— Il vaut mieux pas qu'ils reviennent…

— Pourquoi donc ?

— Ce n'est pas pour rien qu'ils sont partis.

Dans la salle, un silence morbide s'instaure. Le souvenir des filles disparues reste amer : tous ou presque les connaissaient. Et nombreux sont ceux qui se remémorent les exactions commises par les premières milices : les fouilles au corps, les humiliations et les passages à tabac.

Willy ricane :

— Quoi ? À cause de deux ou trois gamines qui ont fugué ?

— Pas trois, six ! Et elles ont pas fugué, elles ont disparu ! reprend une voix furieuse.

Plusieurs femmes se sont avancées, les yeux noirs.

— On n'est même pas sûrs du nombre, tente de se justifier le maire.

— Si : il y en avait six. T'as besoin qu'on te rappelle leurs noms ?

— Allons, allons, mesdames, calmez-vous. Ça touche à votre instinct de mère, c'est compréhensible, mais c'est à nous de régler ça, désormais.

— Ça touche tout le monde ! Le jour où ce sera ton gosse qui disparaîtra, tu diras pas la même chose…

Romaric déchiquette le maire du regard. Ils se fixent tous les deux : deux nuages noirs s'évitant de justesse.

— Vous n'allez rien régler du tout en reproduisant le même cirque qu'il y a six ans. Je vais aller le voir.

— Qui ça ?

— Le Romain.

Un chasseur de la fédération s'étonne.

— Je croyais qu'il ne pouvait pas descendre. Mais toi, tu peux monter ?

— Il a une dérogation, comme sa sœur…

La phrase reste suspendue au milieu de la travée. Une nébuleuse de craintes et de jalousies : Seriane qui sillonne librement les chemins désertés, Seriane qui récolte ses plantes dans les forêts, les pierriers et les alpages, Seriane que la mort contourne. Alors que Gaston crève sur la route, presque devant chez lui, et finit sur le bitume en petits morceaux.

Un jus mesquin, poisseux, recouvre le fût des colonnes.

— Faut pas lui faire confiance !

— Qu'est-ce qu'il manigance avec sa frangine ?

— On n'a rien à attendre d'eux, ou du Romain ! C'est nous qui devons régler le problème !

— À qui faut pas faire confiance ? s'énerve Romaric.

— À toi, et à la sorcière ! Si ça se trouve, elle se contente pas de Sornin, elle couche avec toi aussi…

Cette fois, Romaric s'élance dans la travée, assomme un premier type d'un revers de coude. Quelques hommes le retiennent, d'autres se ruent à sa rencontre. Mathieu veut éloigner Caro, mais elle s'avance et rejoint les femmes assemblées autour de Madeleine. Les uns s'en mêlent, les autres s'écartent, la rage tournoie dans la nef, enivre les âmes. Les coups commencent à porter, les armes à pointer. La paix des pierres se fissure.

La porte d'entrée s'ouvre brusquement.

Un vent tempétueux projette les battants contre les murs. L'assemblée se fige : Tom, tout petit, secoué par le vent, se tient sous le chambranle. Et derrière l'enfant, une corne de brume sonne à tout rompre.

17

Une tornade poussiéreuse soulève la terre craquelée devant l'abri et projette une nuée de paillettes grises. Manon se couvre les yeux. Le frère de Thibaut, son cousin et ses potes les entourent.

— Qu'est-ce que tu fous là, tocard ?

Ils se marrent, ouvrent leurs grosses bouches pleines de dents jaunies avant l'heure. Seul le cousin a les crocs lustrés. Des dents bien blanches, ça rassure, c'est ce que Willy, son père, lui a toujours dit. Dans son dos, le canon de sa carabine en bandoulière tressaute.

— Tu réponds quand j'te cause ! Tu fous quoi ici, et elle, c'est qui ?

Le frère pointe Manon du doigt, qui se tient derrière Thibaut.

— C'est une fille de l'école…

— Sans blague, j'ai cru que c'était une chèvre…

Les potes s'esclaffent de plus belle. Le cousin s'avance. Il a le même visage carré et le même cou de taureau que son père.

— Il est pas net, ce merdeux, il les prend à la maternelle : elle a même pas encore de nichons, ta p'tite copine !

— C'est pas ma petite copine !

Les rires sont gras, le regard du frère mauvais. Thibaut devait rester à la ferme, nettoyer les enclos. Au lieu de ça, il s'est cassé en douce et il le retrouve à conter fleurette avec une gamine prépubère sur les hauteurs du village ! Sans même un fusil pour se défendre ! Il voit bien que son cousin et ses copains hallucinent, ils sont presque gênés pour lui : qu'est-ce qui tourne pas rond chez ce gamin, bon Dieu ?

— Alors, qu'est-ce que tu fous ici ?

— Rien.

— Rien ?

Sans prévenir, il lui assène une gifle. Thibaut valdingue sur le côté, le cousin le repousse du pied et il s'étale par terre, sonné.

— Te fous pas de moi, d'accord ? Si je te demande ce que tu fais, tu réponds !

— Ça va pas ? T'es malade, c'est ton frère !

— Qu'est-ce qu'elle a, la gouinasse, là ? T'es la p'tite nouvelle, c'est ça ? La petite Sornin ? Tu veux que je te montre ce qu'on fait aux enfants pas sages par ici ?

Le frère se tourne vers ses potes.

— Attrapez-le !

Puis le cousin adresse un sourire mielleux à Manon :

— Le coup du poteau, tu connais pas ?

Ils rigolent tellement que Thibaut leur échappe presque. Il se débat comme un beau diable, tente de s'arracher à leur prise.

— Il a la niaque, le p'tit, cette fois !

— Il ne veut pas se laisser faire devant la petite : pour une fois qu'il pouvait pécho !

Ils rient de plus belle. Le frère lui balance une nouvelle taloche derrière le crâne.

— T'es vraiment con. Tu sais pas que Gaston a été retrouvé en miettes ? T'as rien de mieux à faire que de gambader dans la montagne avec une demi-portion ?

C'est à ce moment-là que Loïc sort de l'abri. Les quatre garçons sursautent en le voyant paraître. Loïc pose un regard crispé sur Manon, Thibaut, son grand frère et le fils du maire.

— Putain, vous êtes encore nombreux là-dedans ? Allez, tout le monde dehors !

Cyrielle s'extirpe à son tour. Les lourdauds se mettent aussitôt à siffler et à la reluquer.

— Ah, c'est mieux, t'en as, toi, des nichons !

— Une sacrée paire, même !

— Et un joli p'tit cul !

Cyrielle commence à gueuler mais Loïc lui saisit le poignet. Il reste très calme. Un peu blafard peut-être. Sauf au niveau des yeux, que ses vaisseaux dilatés teintent de rouge.

Willy junior ressort de l'abri en plissant les narines.

— Putain, c'est des camés en plus ! C'est plus un abri de berger, c'est un coffee shop.

Il marche sur Thibaut.

— Tu devrais avoir honte, racaille, tu déshonores ta famille !

Le frère s'emporte de plus belle.

— Sale morveux, tu deviens un putain de baba cool ! T'as pensé à notre oncle ? À notre père ? T'as pas honte de traîner avec des sales camés ?

De nouveau, une grande baffe s'abat sur la joue potelée. Thibaut a les larmes aux yeux, tente en vain de riposter.

— Y en a encore ou c'est fini ?

Le cousin répond.

— Non, c'est vide.

— Cassez-vous, les camés. Vous pouvez emmener la mioche.

Le cousin maugrée, déçu : il ne décroche pas ses gros yeux des seins de Cyrielle. Mais il se recentre sur Thibaut et la correction à donner. Le frangin vient justement de dénicher une jolie branche de mélèze, d'un bon diamètre et assez haute pour faire l'affaire.

— Amenez-le par là.

Il cale la branche à la verticale entre des pierres noircies, un reste de feu de camp.

— NON !!! NOOOONNN !

Thibaut se met à brailler, gigoter, mais les autres l'empoignent fermement et le traînent jusqu'au poteau que son frère soutient.

— Viens, souffle Loïc à Cyrielle.

— Quoi ?

— Il faut que tu partes, emmène vite Manon…

Cyrielle se rapproche de Manon. Elle lui prend la main, les larmes aux yeux, la tire en arrière, essaie de l'entraîner. Les autres écartent les jambes de Thibaut qui hurle à présent, et, toujours hilares, le projettent en avant. Son entrejambe vient s'écraser contre la grosse branche de bois. Premier cri.

— Un, deux, trois, allez !

Un deuxième balancement, deuxième cri, un peu plus fort, plus aigu aussi.

— Putain ! Mais c'est ton frère ! hurle Cyrielle.

Le frangin se retourne, agacé.

— Quoi, ça ne te plaît pas ?

— Non, ça ne me plaît pas.

Le cousin braille :

— Allez-y, les gars, une troisième fois ! Dédicace pour la petite cochonne : elle aime ça, on dirait !

Thibaut supplie. Ils le projettent en se bidonnant contre le bois sec. Cette fois, les cris se muent en gémissements rauques, suffocants. Ils y sont allés un peu fort : une vague inquiétude crispe leurs visages. Même le frère a l'air soucieux tout à coup. Seul le cousin sourit toujours. Ils reposent Thibaut au sol. Il bouge à peine, le souffle coupé, respire par petits sursauts, se tord de douleur.

— Oh ! Ça va, arrête ton cinoche, c'est bon…

— Connards, vous êtes des connards !

Loïc tâche de retenir Cyrielle, mais celle-ci se précipite sur eux et commence à marteler de coups le premier gaillard qui lui tombe sous la main. Un trapu, un peu gras, qui hésite un instant avant de lui flanquer une petite claque. Les choses s'accélèrent alors : Loïc s'en mêle, son poing s'écrase sur la lèvre du gros. Pieds et poings fusent et Loïc finit rapidement au sol, roué de coups, tandis que Cyrielle est immobilisée par le costaud.

Il la tient par-derrière, tout contre lui. Une de ses mains ligote fermement les siennes, l'autre enserre ses épaules. Son avant-bras presse ses seins. On voit qu'il rougit un peu, elle sent son souffle rauque s'appesantir dans son cou.

— Lâche-moi !

— Quoi ?

— Lâche-moi !

— Et pourquoi tu voudrais qu'on te lâche, hein ? Tu te sens pas bien contre mon copain ?

Le grand cousin se tient face à elle désormais. Son œil jaune la reluque de haut en bas. La voix de Cyrielle se hisse de quelques notes.

— Lâchez-moi maintenant…

Elle chevrote, supplie presque : ça a l'air de bien lui plaire, à Willy junior. Il s'approche, l'attrape par les jambes et la soulève sans aucun mal. Elle se débat mais les deux garçons la tiennent fermement. Le cousin recommence à rire.

— Alors, tu veux voir comment c'est le coup du poteau ?

Le gros a passé ses bras sous ses aisselles, pour mieux la maintenir. Il ricane bêtement, un rire poussif.

Loïc râle, essaie de se relever. Du sang fripe son visage, et son corps endolori se déplie avec peine. Le cousin se décale et lui écrase la main. Thibaut est toujours allongé, ramassé sur lui-même. Penché au-dessus de lui, son frère, inquiet, lui murmure des choses à l'oreille : sur les parents, l'image de leur oncle, le prix du silence.

Le cousin continue seul, comme enivré.

— Le poteau, tu veux peut-être qu'on le mette dans l'autre sens ? Hein, les gars, qu'est-ce que vous en dites ? Si on mettait le poteau à l'horizontal, sûrement qu'elle gueulerait un peu moins et couinerait un peu plus !

Le vent tourbillonne, des langues brumeuses se glissent dans le renfoncement des collines. Le blizzard couche les herbes à l'horizontale, fouette les yeux de poussière sèche. Les larmes de Cyrielle se répandent.

Puis une brume épaisse s'abat sur eux, le soleil se cache et un froid perçant les saisit. Le silence cotonneux est seulement traversé par les chuintements du vent.

Les garçons se regardent de biais, mal à l'aise. Quelque chose dans l'air a brusquement changé. Les ricanements commencent à s'étrangler.

Cyrielle est terrifiée. Les regards lubriques du cousin la dévorent : elle a l'impression d'être un bout de viande entre ses sales pattes. Il se rapproche soudain, écarte ses jambes et, la portant toujours, se colle à elle.

— Alors, ça te plaît ? Le coup du poteau, tu vas voir, c'est plus sympa pour les filles…

Il chuchote presque, venimeux. Sa voix suave la glace. Elle sent son sexe durcir contre son entrejambe. Il veut entrer en elle, il ne veut plus que ça.

— Arrête ! clame le gros d'une voix chevrotante, en la tirant en arrière.

Peut-être a-t-il une sœur, ou un scrupule inattendu, il ne trouve plus ça drôle en tout cas.

L'autre va répondre lorsque se font entendre d'un côté un son sec, de l'autre une sorte de sifflement. Les visages se tournent d'un bloc. Dans la brume, au-dessus de l'abri, ils croient distinguer des silhouettes. Elles ressurgissent quelques mètres plus bas, puis s'effacent.

De l'autre côté, il y a Manon, le visage verrouillé, la carabine du cousin entre les mains.

— Merde, dit seulement celui-ci.

18

Étienne s'est installé dehors, à l'arrière de l'atelier. De là, il domine le hameau, la route et les collines alentour. Sauf que, depuis une heure, les nuages submergent tout.

Après avoir déposé Manon à l'école, il s'est arrêté au départ de la piste, juste avant le virage : dans la terre encore boueuse de l'orage de la veille, il a tout de suite repéré les traces fraîches de pneus. Alors en rentrant, il a ouvert la trappe de la baignoire et a extirpé du sac la carabine de chasse. Puissante et précise, avec une lunette, pour le gros gibier. Il l'a achetée en ville. Presque une arme de guerre.

Il jette ses jumelles dans un coin : il ne voit pas à vingt mètres.

Il se remémore les séances clandestines de tir, dans les sous-sols de la ville. Ils étaient nombreux, dans la semi-obscurité des coursives sales. Ils parlaient peu. Tout cela a-t-il vraiment un sens ? À quoi bon survivre au fond d'une vallée perdue, pour crever d'ennui et de solitude…

Étienne prend sa Thermos et boit une gorgée de café délayé à l'eau chaude. Son corps se crispe à chaque geste. Il est rassuré d'avoir emmené Manon au village.

Au moins, elle est en sécurité là-bas, avec tous les autres.

Un grincement, il sursaute, regarde de tous côtés car les sons se dispersent. Il lève le fusil et place son doigt sur la détente. Une ombre traverse le brouillard. Seriane surgit. Il baisse son arme. Elle s'immobilise et fixe quelque chose qu'Étienne ne peut voir.

— Seriane ?

Elle est sortie sans manteau. Son visage est blafard, la peau dénudée de ses bras plus froide que les pierres d'une cave.

— Qu'est-ce qu'il y a, Seriane ?

Sa propre voix est assourdie : il ne la reconnaît pas.

— Ça ne va pas ?

Enfin, elle se tourne vers lui. Ses yeux le transpercent, se perdent loin derrière lui.

— Elles sont sorties. Elles sont de l'autre côté de la colline.

— Qui ça ?

— Elles chassent au-dessus du village.

Elle semble de nouveau ailleurs, comme possédée.

— De quoi parles-tu, Seriane ? Qui chassent ?

— Neige et les autres. Toutes les six.

— Seriane, calme-toi, ce n'est pas possible. Qu'est-ce qu'elles chassent ?

— Je dois y aller, Étienne. Manon est peut-être en danger.

III

1

Les garçons ont relâché Cyrielle. Ils se tiennent côte à côte dans un cercle de pelouse verte.

Autour d'eux, les ombres apparaissent et se dissolvent, par intermittence, si fugaces qu'ils doutent de leur réalité. Ils ont voulu gueuler, pour savoir qui était là. Mais le fusil que Manon pointe sur eux les en a dissuadés.

Elle les tient en joue. Le grand salopard qui se frottait à Cyrielle est dans sa ligne de mire. Il n'en mène pas large, Willy junior. Il essaie de parler, mais les mots ne viennent pas. Il balbutie des bouts de phrases ridicules : « Mais allons, tu… c'est pas… tu devrais pas… » Ses yeux écarquillés ne sortent pas du trou noir du canon, béant, fixé sur lui. Il se dit qu'une petite merdeuse comme elle ne doit même pas savoir armer une carabine ! Mais Manon ne tressaille pas et son œil noir le vise froidement : un grand tas de chair dégingandé au bout de son fusil.

Dans la brume qui les environne, les garçons devinent des silhouettes immobiles, qui attendent.

Le cousin finit par se lancer.

— Écoute gamine, c'est pas un jouet ce fusil, tu ne sais même pas comment…

Manon incline légèrement la tête. Le coup part. Le grand cousin vacille. Il regarde son ventre, son entrejambe, Manon, les copains. Le sang commence à souiller son pantalon, puis l'herbe à l'aplomb. Le jean est déchiré juste entre les cuisses : un tir de précision.

Il dévisage Manon, incrédule. Elle n'a pas bougé. La détente ne l'a pas fait reculer d'un pas. Elle dit froidement.

— Le coup du poteau, tu connais ?

Sa voix est méconnaissable. Il flageole vers ses potes, tombe à genoux. Sa lèvre inférieure et son menton tremblent tellement que ses dents s'entrechoquent violemment.

Plus haut, vers les cimes, des congères ont cédé. Le roulement de la neige et des pierres remplit toute la vallée. Les autres n'en mènent pas large. Manon les balaie lentement de la pointe de son fusil, s'arrête finalement sur le frère de Thibaut.

— Fais… fais pas ça…

Il ajoute « s'il te plaît », puis il se tait parce que le regard trop grand de Manon le glace.

— Et toi ? Tu connais le coup du poteau ?

Le frangin plisse les yeux, tend la main pour se protéger, suppliant alors que le doigt de Manon effleure la gâchette. Le vent bourdonne férocement, cinglant. La voix forte de Thibaut brise le face-à-face :

— Putain, mais c'est quoi, ces trucs ?

Il ne regarde pas Manon : même si le coup de fusil l'a sidéré, il reste focalisé sur les formes qui s'extirpent discrètement de l'écume et descendent vers eux.

Six golems de brume, plus denses que le brouillard autour.

— Merde ! Merde ! braille-t-il.

Un à un, les autres se tournent, les perçoivent. La peur se réoriente.

— C'est quoi, ce délire !

Aucun des garçons ne parvient à les visualiser nettement. Ni homme ni bête, ni chair ni pierre. À mesure que les formes approchent, des pensées terribles accaparent leurs esprits. Ils se ratatinent, replient leur tête entre leurs bras et se pelotonnent les uns contre les autres, gémissant, pleurant et pissant. Manon et Cyrielle restent à l'écart. Les formes les ignorent. La cage de brume se referme et les garçons s'enfoncent dans le brouillard.

Cyrielle ne comprend pas : sa tête oscille entre Manon et ses bourreaux. Ceux-ci se serrent les uns contre les autres, épient la brume, épouvantés, sans plus s'intéresser au fusil pointé sur eux.

Manon, elle, ne voit que des violeurs en puissance, six jeunes pourceaux à l'abattoir. Le regard vide, animée par une vengeance avide, elle se repaît de leur frayeur. La peur et la souffrance changent enfin de camp !

Puis Manon entend Thibaut, qui lui crie de fuir. Malgré l'horreur qui l'écrase, malgré le coup de fusil dans l'entrejambe de son cousin, il pense à elle. Ses yeux s'éclaircissent, elle voit soudain l'arme entre ses mains, sent ses doigts crochetés sur le métal comme des serres implacables. *Il te veut du mal* murmurent des voix dans sa tête, *tous les hommes te veulent du mal.* Elle sent une odeur de pierre et d'argile, une saveur terreuse dans la brume qui l'enserre.

— Loïc, Thibaut, il faut faire quelque chose ! hurle Cyrielle.

Elle mouline des bras, essaie de chasser le brouillard qui l'étouffe.

— LOÏC !

Manon s'ébroue. Les garçons ne bougent plus, tassés les uns contre les autres.

— Il faut aller les chercher, supplie Cyrielle.

Elles avancent. La brume s'entrouvre. L'horreur projette les deux jeunes filles en arrière : elles devinent des chevelures filandreuses, des visages de femmes façonnées dans l'argile, des orbites creuses. Des figures cauchemardesques grouillent autour d'elles. Cyrielle trébuche et attrape, dans un dernier sursaut, une corne de brume abandonnée dans la bagarre par un des garçons qui la molestait. Elle la porte à sa bouche. Le son braillard tranche le nuage, l'alarme monte vers le ciel, vers les sommets, vers le village si proche.

Le vent enfle. Cyrielle ferme les yeux, souffle à rompre ses poumons. Elle sent qu'une main tente de saisir la corne, de la lui enlever. Manon arme, le coup de fusil tonne. Un hurlement grésillant éclate et la cage de brouillard se disloque.

*

Tous les yeux sont rivés sur Tom, tout petit entre les larges vantaux de la porte. Il fixe timidement ces adultes qui s'empoignent entre les bancs de prière renversés. L'église transformée en arène. Les poings encore levés, les mains agrippées, les rictus belliqueux. Les hommes ont soudain honte sous le regard enfantin.

Dans son dos, le beuglement de la corne de brume dévale l'allée centrale et s'interrompt subitement.

Caro se précipite, suivie de Mathieu.

— Qu'est-ce qui se passe, Tom ? Où est ta sœur ?

— Cyrielle, Manon, où sont-elles ?

Les questions fusent. Mathieu se retourne.

— Taisez-vous ! Laissez-le parler !

Tom sent son cœur tambouriner jusqu'à ses oreilles. Il baragouine qu'elles sont parties, qu'il avait promis de ne rien dire. Il a peur, regrette, sanglote qu'il ne recommencera pas.

— Où sont-elles allées ?

— Dans le petit bois, au-dessus de la maison.

— Tu es sûr ?

C'est ce que Cyrielle lui a dit en tout cas. Caro et Mathieu se dévisagent. Par la porte ouverte, le calme fait croire un instant que l'alarme n'a jamais retenti. Puis survient la détonation. Toute l'assemblée sursaute comme un seul homme.

Mathieu et Caro se ruent sur le perron. Les autres les rejoignent. Une coulée de fumée blanche glisse devant l'église, une autre s'étale au-dessus des toits : le village est étouffé par un nuage si épais qu'ils ne distinguent pas même les murs des maisons en face.

— Allons-y, les gars, au pied de la colline !

Le maire s'élance avec ses hommes. Il tient à garder l'initiative. Quelques mètres à peine et ils s'arrêtent, braillent piteusement :

— On n'y voit rien !

— Et alors ? On connaît assez bien le village, non !

Willy les pousse en avant. Cette opacité ne le rassure pas mais il ne tient pas à perdre la face.

Caro ne veut pas rester en arrière. Elle se dégage de la poigne de Mathieu qui tente de la retenir et disparaît à son tour dans la brume.

— Maman !

Tom est paniqué, Mathieu hébété. Des voisins interviennent : ils vont garder son fils, il peut aller lui aussi chercher sa fille.

— Attends, Mathieu !

Madeleine le retient.

— On va venir avec toi. Romaric et Popeye sont allés chercher des torches dans les voitures.

Des armes aussi, mais elle ne le dit pas. Les volontaires se rassemblent, fonderie et voisins vigilants.

— On va former trois équipes. Une reste ici, une autre va chez Mathieu, la dernière de l'autre côté de la colline.

Tous plongent dans le marécage blanc. Tom voit la brume engloutir son père, Romaric, Popeye et Madeleine à ses côtés.

— Ça va aller, lui assure le vieil homme qui avait râlé après les patrouilles. T'inquiète pas, mon garçon, t'inquiète pas, ils vont les retrouver…

Caro court aussi vite qu'elle le peut. Elle jure. Après les chasseurs, après Mathieu, après le monde entier. Elle dépasse quelques gaillards qui pataugent dans la brume, certains pointent leur arme vers elle, se ravisent de justesse. Elle contourne sa maison jusqu'au pied de la colline. Le maire est là. Il veut partir à l'assaut de la pente mais hésite. Ses hommes soufflent bruyamment et tentent de rejeter l'air trop dense. Leurs têtes roulent à droite et à gauche : un brouillard aussi épais, ils n'ont jamais vu ça. Pas au village, du moins.

— On se croirait pris dans les cumulus qui ceinturent les Trois Pics !

Des années plus tôt, lors de certaines battues, ils s'étaient laissé surprendre.

— Mais elle a un fusil, la gamine ? s'étonne un gars.

Dans cette purée de pois, se trimballer avec des pétoires, il faut s'attendre au pire ! Si en plus la gosse porte une arme… Personne ne tient à se prendre une balle perdue.

Caro se tourne vers Willy.

— Elles n'ont pas d'armes.

— Elles sont plusieurs ?

— Il y a ma fille et une copine à elle, Manon Sornin.

— Vous n'avez pas d'armes chez vous ?

Les gars n'en reviennent pas.

— Et l'autre gamine, la fille Sornin, elle a pu en ramener une !

Quasi une étrangère, celle-là. Les grands-parents, une engeance de gauchistes ! Pourquoi iraient-ils risquer leur peau pour une arrière-petite-fille de collabo et une merdeuse qu'ils n'ont jamais vue ?

— Mais vous attendez quoi ?

Caro les dévisage : petit tas de gros bras apeurés maintenant qu'ils se trouvent au pied du mur.

— On n'est pas bien sûrs qu'elles soient là-haut…

— Faudrait vérifier dans la maison, non ? Elles sont peut-être revenues.

— Ou elles ont fait une blague au gamin…

Le coup de feu, lui, n'était pas une blague. Ni la corne de brume. Caro les voit tergiverser, elle en pleurerait de rage.

— Bande de lâches, vous n'êtes que des grandes gueules et des lâches !

Elle gravit en furie le bas de la pente, sans qu'aucun des chasseurs ne tente de la retenir.

— Cyrielle ! Manon !

Elle hurle leurs prénoms, sa silhouette s'estompe bien avant la première futaie.

— Si c'est pour se faire insulter…, se justifie l'un d'eux.

— Laisse tomber, c'est une mère, elle cherche ses petits. On peut rien contre ça.

— On ne va pas la laisser partir seule, non ?

Le maire se tient pensif près de l'enclos des poules, les pieds dans le fumier. Si les gamines n'ont pas pris d'armes, ce qui paraît crédible, qui a tiré ? Les voix assourdies des équipes de la fonderie lui parviennent.

— Il faut y aller !

— Mais où, Willy ? On n'y voit pas à trois mètres, on ignore l'endroit où elles se planquent, surtout qu'elles ont sûrement bougé !

Sa grosse voix tranche.

— On reste tous ensemble, on a nos fusils, nos couteaux ! On ne va pas se laisser doubler par une bonne femme, non ? Si ça se trouve, notre tueur est là, à portée de tir. Alors on le débusque et on en fait de la charpie !

Il les regonfle d'une tape dans le dos et entame l'ascension du coteau.

2

Étienne est dans la cuisine lorsqu'il les voit. D'abord un, deux, puis davantage, se mouvant lestement dans la pénombre. Des araignées, des cloportes, des perce-oreilles, poissons d'argent et autres asticots, par dizaines, centaines peut-être même. Et quantité d'autres qu'Étienne ne reconnaît pas : le long des plinthes de la cuisine de Seriane, remontant par la porte de la cave, les insectes forment une immense procession fuyant le sous-sol.

— Merde, gémit Étienne.

Heureusement, les bestioles ne s'intéressent pas à lui. Elles sortent directement par la porte entrouverte ou trouvent refuge derrière des meubles.

Étienne revoit le visage pétrifié de Seriane, son angoisse subite. Il lui a laissé les clefs de la Panda, il ne voulait pas qu'elle s'engage à pied dans ce brouillard. Un aller-retour au village, le temps de vérifier que tout allait bien et elle reviendrait apaisée, avait-il pensé. Mais il y a ces insectes. Et Gaston déchiqueté, et le visage dans la falaise… Si Seriane ne délirait pas ? Si réellement elle avait retrouvé les Six ? Dehors, la brume s'opacifie. Il avait à peine entendu le moteur s'éloigner tant les sons étaient étouffés.

Seriane… Beaucoup, dans le village, la considèrent comme dangereuse. Il leur ricanerait au nez s'il n'avait lui-même assisté à sa métamorphose : dans la cave, elle s'était révélée sous un autre jour, inquiétant. Il sait qu'il devrait se méfier, mais sa voix, sa douceur, son odeur et sa peau… tout en lui réclame sa présence.

Il monte voir Aristide à l'étage. Le vieil homme halète. Sa respiration est sifflante, lourde, ses yeux sont à demi ouverts. Étienne lui presse la main. La peau est froide, craquelée comme le fond d'un étang sec.

— Merde…

Il fouille dans les potions de Seriane, fait couler quelques gouttes entre ses lèvres.

— Aristide, comment te sens-tu ? C'est moi, Étienne. Je reste auprès de toi.

Il serre doucement les doigts transis du vieil homme, ajoute une couverture.

— Je vous avais suivis, grand-père et toi, aux Trois Pics. J'avais huit ans, je crois… Je crevais d'envie de venir avec vous ! Faire du camping et de l'escalade, c'était mon rêve, mais vous n'aviez pas prévu de m'emmener, j'avais insisté, insisté, j'avais même fini par énerver grand-père… Sacrée journée. J'avais juste pris une petite gourde, du chocolat et du pain. Je ne voulais pas rester sur le chemin, de crainte de me faire repérer. Au début ça allait, mais au bout d'un moment… Impossible pour moi de faire demi-tour, j'étais allé trop loin. Et vous appeler… je ne sais même pas si vous m'auriez entendu…

La respiration d'Aristide ralentit, les mots d'Étienne roulent au creux de son oreille. Étienne poursuit, ses yeux le piquent un peu plus et sa poitrine un peu moins, à présent. Angoisse ou mélancolie, il ne sait pas ce qui est le mieux.

— Vous m'avez laissé mariner un moment, quand même ! Et à la fin, lorsque vous vous êtes planqués pour me surprendre et que je ne vous ai plus vus... là, j'ai flippé grave... alors que vous saviez depuis le début ! La frousse que vous m'avez fichue... il a failli me flanquer une rouste, le grand-père, c'était pas dans ses habitudes. Il a eu pitié finalement... N'empêche, vous m'avez emmené l'année suivante.

La main d'Aristide quitte doucement celle d'Étienne. Sa poitrine se soulève à peine désormais, de très faibles inspirations, trop rares : la vie qui s'éloigne. Étienne pleure en silence.

3

Cyrielle s'agenouille près de Manon. Celle-ci a lâché le fusil. Cette fois, le recul l'a projetée en arrière. Elle est de nouveau elle-même, reprend ses esprits. Son bras et son épaule la brûlent.

Manon se sent terriblement seule, abandonnée, terrifiée. Des fragrances de terre et de viande faisandée lui emplissent les narines. Le coup de feu a interrompu quelque chose, qui l'incluait. Et qui désormais ne l'inclut plus.

— Manon, Manon, tu peux te relever ?

Cyrielle s'accroche à son bras, essaie d'attirer son attention.

— Manon, regarde-moi ! Qu'est-ce qui t'arrive ?

Manon tremble, elle ferme les paupières en pensant très fort à sa mère. À quoi bon ? Ses yeux s'ouvrent malgré elle.

Manon sent ses pensées lui échapper de nouveau. Des traits familiers prennent forme entre les circonvolutions du brouillard : des pupilles verdâtres emplissent des orbites creuses, une chevelure rousse recouvre un crâne… la fille de Seriane ! Elle dérobe l'esprit de Manon, fertilise ses penchants les plus noirs.

À présent, ses songes mènent Manon au cœur d'une assemblée d'hommes. Des mains rugueuses la retiennent. Ils rient, se frottent contre elle, l'obligent à des choses. Ils la souillent, elle n'existe plus, n'est qu'un tas de chair malléable.

— MANON !

Cyrielle la supplie : elle voit son amie, la bouche ouverte, les yeux exorbités, qui se ravage les paupières de ses ongles pour tenter de les refermer. Elle doit faire quelque chose ! Mais la panique la gagne. Dans la brume, elle croit à son tour distinguer des ombres. Une, surtout, qui se tient tout proche. Un homme ? Des hommes ? Qui l'entourent, se rapprochent… La brume s'écarte, l'horreur qui attendait tapie viole ses pensées. Cyrielle se cramponne au sol, à son tour elle est au cœur de l'assemblée, elle entend les grognements poussifs, sent les mains calleuses la saisir. Elle ferme les yeux, une myriade d'étoiles explose sous ses paupières. Elle revit avec Manon le calvaire des femmes violées.

Puis une voix perce la brume. Puissante et claire, elle appelle, comme une incantation. Les cauchemars qui parasitent les pensées de Manon et Cyrielle vacillent, se détachent comme des greffes rejetées. Hébétées, elles relèvent la tête.

Seriane se tient au sommet de la butte. Elle énumère en boucle : « Neige, Roxane, Mathilde, Méline, Maria, Aude… » La brume fléchit. Elle fait refluer les ombres. Les garçons restent vissés les uns aux autres, figés, les yeux révulsés. Quelles pensées funestes leur sont imposées ? Ressentent-ils eux aussi la souffrance dans leur chair, découvrent-ils les humeurs moites des hommes qui ont violé et torturé ? Éprouvent-ils la souffrance des corps manipulés, malaxés, écartelés sans vergogne ? Manon et Cyrielle savent simplement que le pire est sur eux.

Alors Seriane s'avance et les ombres commencent à se replier.

*

Le nuage est si épais qu'ils tâtonnent à chaque pas. Ils montent en colonne, les uns derrière les autres. Attentifs aux moindres ombres, à chaque murmure du vent. Surgissant du néant, les arbres et les arbustes deviennent des créatures filandreuses, insaisissables, et les pierres se muent en d'effrayants golems.

Romaric marche en tête. Il avance sans hésiter. Mathieu le suit, Popeye et Madeleine aussi. Ils entendent sur leurs flancs les murmures des autres équipes. La voix tonitruante de Willy couvre toutes les autres.

Mathieu place ses mains en porte-voix :

— Caro ! CARO !

À l'arrière de la maison de Mathieu, quatre types sont là, qui rasent les murs. Ils pointent leurs armes vers eux. Ils ont l'air effarés.

— Où est Caro, où est ma femme ? demande Mathieu.

— Elle est partie vers la crête.

— Pourquoi l'avez-vous laissée ? Vous ne l'avez pas suivie ?

— Et puis quoi ? C'est ta femme, non ?

Le gars s'emporte, rageur : il ne va pas risquer sa vie pour une *famille de collabos* ! Mathieu balance son poing. Il dégrafe la tête du gaillard qui valdingue au sol. Les autres s'en mêlent, de nouveau les armes pointent. Romaric et Popeye temporisent : ce n'est pas le moment, les gamines et Caro sont là-haut. Elles ont besoin d'aide.

— Faut le comprendre ! C'est sa femme et sa fille.

— Qu'est-ce qu'on y peut ?

— C'est pas ce que vous vouliez ? Régler le problème par vous-mêmes ? Qu'est-ce que vous faites là, pourquoi vous n'allez pas au charbon ?

Romaric les toise. Les gars ne sont pas fiers. Ils transpirent la peur.

— Laisse tomber, dit Popeye.

Puis il attrape la manche de Romaric parce que Mathieu est déjà dans la pente, Madeleine sur ses talons.

*

Caro court seule dans les méandres blancs. Elle trébuche sur un rocher, se relève, tenace, souffle comme un animal traqué. Son cœur s'embrase. Enfin, elle atteint le sommet de la colline. Elle hurle : « Cyrielle ! Manon ! » Ses appels rebondissent contre la couche de coton. Sa gorge est sèche comme une rigole au soleil. Elle sanglote : « Cyrielle… »

Elle ne peut s'empêcher de songer aux filles disparues tandis que l'angoisse l'envahit. Elle sort du petit bois, gagne l'arête sommitale. Des voix s'élèvent en contrebas.

Seriane a erré des semaines, des mois, des années durant, fouillant chaque recoin de forêt, chaque repli de roche, à la recherche de Neige. Caro s'imagine sillonner à son tour les landes désertes en criant le nom de sa fille aux rochers, aux bêtes curieuses et aux os cireux des disparus.

Lorsqu'elle atteint le sommet de la colline, sa voix est tarie, sa poitrine brûle. Elle titube, piétine pour retrouver un peu de souffle. Devant elle surgit tout à coup la masse inerte de l'abri. Elle se précipite. La pelouse est épaisse, moelleuse, les crocus éclosent. La voix claire et sonore de Seriane perce jusqu'à elle.

Son cœur s'accélère, elle avance, la brume s'épaissit, se fait poisseuse. Une bourrasque lui révèle le centre d'une étroite cuvette. Les garçons s'y tiennent blottis les uns contre les autres, pétrifiés. Plus loin encore, deux petites formes vacillent dans les volutes grises : Manon et Cyrielle, vivantes !

Cyrielle aussi voit sa mère. Elle crie « Maman ! Maman ! », court à sa rencontre. La mère et la fille se rejoignent.

Maman. Manon voit Cyrielle et sa mère s'enlacer. *Maman.* Manon pleure. Les lambeaux de brume tournent follement, déboussolés. Seriane, envoûtante, psalmodie les prénoms des six disparues : *Roxane, Mathilde, Neige…* Elles aussi avaient appelé leur mère, longuement, en vain. Seriane tend ses mains vers la brume. Elle appelle Manon. Sa voix la rassérène. Quelque chose cède.

Seriane se tourne vers Caro.

— Partez ! Vite !

— Et Loïc ? Thibaut ? Les autres ? demande Cyrielle.

Les garçons et les jeunes hommes se cramponnent toujours les uns aux autres, les yeux révulsés. Des rictus déforment leurs traits. Leurs veines saillent, leurs muscles sont tendus : une sculpture de membres empilés qu'une fine couche de brume a plastifiée.

— Qu'est-ce qu'ils ont ?

Ces postures impossibles… Caro n'a jamais vu ça.

— Les cauchemars, maman, les cauchemars, gémit Cyrielle.

Seriane se rapproche, s'adresse à Manon.

— Qui a tiré, tout à l'heure ?

— C'est moi.

Honteuse, Manon baisse les yeux. Seriane voit l'herbe pourpre et la plaie sanguinolente sur le pantalon du fils de Willy.

— Ce n'est pas ta faute, Manon, s'empresse-t-elle de lui dire. Ce n'est pas vraiment toi qui as tiré.

Puis elle ajoute :

— Ne retournez pas au village, c'est trop dangereux. Ils vont vouloir savoir ce qui est arrivé, qui a tiré.

— Mais quoi alors ? demande Caro. Où peut-on aller ?

— Retrouvez Étienne, passez par les collines, je vous rejoindrai.

Manon la supplie.

— On ne peut pas les laisser comme ça ! Loïc et Thibaut, ils n'ont rien fait !

— Elles non plus n'avaient rien fait ! Neige n'avait rien fait !

— Mais, ils n'y sont pour rien !

— Elles ne voient plus la différence désormais…

Soudain, des voix d'hommes leur parviennent par-dessus la corniche. Alors des rafales cinglantes jaillissent, raclent les pierres, et la peur revient. Des remugles sordides transpirent du petit cercle des garçons : des vapeurs d'angoisse, de terreur même.

— Loïc ! gémit Cyrielle.

— Partez ! leur intime Seriane.

Alors Caro entraîne les filles de l'autre côté de la crête.

*

Ils marchent, arc-boutés sous la tourmente. Les vents déchaînés les contraignent à se terrer derrière la corniche.

— C'est infranchissable ! gueule Romaric.

Ils se recroquevillent dans l'abri. Mathieu se redresse : il veut forcer le passage.

— Arrête, tu vas te tuer ! lui crie Madeleine.

Romaric et Popeye s'apprêtent à le saisir lorsque Caro, Cyrielle et Manon basculent de la corniche à quelques mètres d'eux.

— Caro ! Cyrielle !

Tous se précipitent et les entraînent sous le remblai, pour les protéger du vent. Elles sont contusionnées, choquées : Cyrielle et Manon balbutient des mots absurdes. Mathieu ôte sa veste pour envelopper sa fille.

— Qu'est-ce qui s'est passé ?

— On a entendu un coup de feu. Vous aviez une arme ?

— Qui était avec vous ?

Les questions pleuvent, sans réponse. Cyrielle sanglote. Mathieu supplie Caro qui finit par marmonner : elles n'étaient pas seules, des garçons sont là-haut.

— Quels garçons ?

Mais Caro reste prostrée. Elle serre Cyrielle contre elle, de toutes ses forces.

— Loïc... Thibaut...

C'est Manon qui murmure. Elle se tient en retrait, réchauffée par Madeleine. Celle-ci colle son oreille contre la bouche de la jeune fille : *Loïc... Thibaut...*

En dessous d'eux, les torrents de vent déchirent les arbres, arrachent les pierres. Plus bas encore, au village, les maisons s'effritent : les toits craquent et se soulèvent, les ardoises pleuvent, les appentis se disloquent sous les assauts du vent.

Et au milieu des rafales, ils entendent des sifflements glaçants.

Madeleine place ses mains en porte-voix pour se faire entendre :

— Mon fils, Loïc, est avec eux ! Il y a aussi Thibaut. J'y vais !

— Impossible ! C'est du suicide !

Tout à coup, dans un grand grincement métallique, les plaques de tôle ondulée qui recouvraient l'abri de berger passent au-dessus de leur tête.

— Attention ! hurle Popeye.

Une des plaques tombe à quelques centimètres de Madeleine.

Celle-ci profite d'une accalmie et se relève. Mathieu se jette sur elle pour la retenir, mais le vent ne forcit plus. Les tourbillons s'apaisent, les grondements s'amenuisent. Le clocher de l'église émerge brusquement du brouillard fuyant alors que réapparaissent, dans les pentes vertes, les bosquets de genévriers et de rhododendrons, les sapins et les mélèzes abîmés.

Madeleine gravit le ressaut et bascule de l'autre côté.

4

Étienne veille auprès d'Aristide quand le vent se lève. Des bourrasques violentes, qui soufflent derrière la fenêtre. Il caresse le visage du vieillard. Il ne sent plus le moindre souffle entre les lèvres crevassées. Étienne redescend tristement, prend son fusil dans l'entrée. Le palier est couvert d'insectes. Faire bouillir de l'eau, les asperger de grandes cascades de lave… Au moins Aristide est-il protégé : à l'étage, les bestioles ne montent pas.

Il reste immobile quelques secondes de trop et les sent grouiller dans son pantalon, contre sa peau. Il se précipite hors de la maison et se balaie les jambes pour les déloger. Des millepattes, agiles et lestes, des blattes et des cloportes… Il finit par enlever son futal et s'inspecter dans tous les sens. Ce n'est que lorsqu'il est vraiment certain de les avoir chassés qu'il relève la tête.

Au-dessus de la colline, vers le nord, le village semble englouti sous une lourde nappe noire. Les rafales retentissent dans les montagnes. Il reçoit l'écume des bourrasques qui se déversent sur son versant. Une tempête de fin du monde.

Manon. Sa fille est là-bas, dans la tourmente !

Il se décide alors, retourne prendre quelques affaires et traverse les champs en direction du coteau qui mène au village.

5

Débarrassé de ses impuretés, l'horizon est éclatant. Les Trois Pics perforent le ciel limpide. Les nuages se désagrègent et dévoilent le vaste domaine d'éperons, de forêts et d'alpages.

Les chasseurs se dévisagent, incrédules : un vent pareil et, juste après, ce temps radieux ! Ils n'ont jamais vu ça. Le maire époussette sa veste avec son béret. Ses épaules le font souffrir. Il est resté vautré dans la terre trop longtemps.

— Ça va, les gars ?

Les uns grommellent, les autres se remettent d'aplomb.

— Tout le monde tient debout ?

Il fait craquer les vertèbres de son gros cou. Personne ne répond. Les regards ébahis se tournent vers le village dévasté : les tuiles et les lauzes arrachées, les sorties de cheminée manquantes, les charpentes dénudées. Les rues sont remplies de débris.

— Qu'est-ce qu'on fait ? demande un des gars.

— L'église est encore debout, remarque un autre.

Willy gravit la corniche en soufflant. Deux ou trois filaments de brume coulent vers l'est, fuient les pics. Juste après la crête, à deux cents mètres, il voit Caro et les filles. En contrebas, de l'autre côté, l'abri de berger et, au fond de la dépression, Romaric, Popeye, Mathieu et les garçons.

— Venez ! Ils sont là !

Les garçons sont statufiés, leurs pupilles dilatées comme s'ils avaient passé des jours entiers dans un gouffre noir. Certains gémissent mais aucun ne peut parler. Les gars de la fonderie et les hommes de Willy se pressent autour d'eux. Seuls Loïc et Thibaut ont pu être transportés. Ils gémissent, allongés. Madeleine tient son fils serré contre elle. Elle pleure sans bruit. Sa main se perd dans sa chevelure bouclée, effleure les ecchymoses sur son visage.

Les quatre autres gosses sont imbriqués les uns dans les autres. Leurs bras sont couverts d'écorchures tant ils se sont crochetés. Le fils de Willy a le futal plein de sang, une vilaine blessure à un vilain endroit.

Les hommes dégrafent les corps un à un. Les cœurs battent, les gosses respirent mais ils restent inertes. Leurs yeux sont révulsés, de la bave recouvre leurs mentons, des auréoles de pisse et de déjections ternissent leurs pantalons. L'odeur est saisissante, malsaine, celle des proies piégées.

— Cédric, CÉDRIC !

Willy se précipite, serre son fils dans ses bras. Il secoue sa tête, lui assène de petites claques pour le ranimer alors qu'un autre s'active, découpe le pantalon, et découvre, écœuré, l'ampleur des dégâts.

— Les pompiers, vite ! Il faut le soigner !

Mathieu s'agenouille près du blessé. Du plomb a criblé l'organe génital, les plaies sont nombreuses. Il a besoin d'être pris en charge rapidement. Il prend le talkie d'un chasseur et liste ce qu'il faut à ses collègues restés en bas pour qu'ils le rejoignent avec le nécessaire. Puis il le panse comme il peut au milieu des excréments…

Willy, choqué, serre le bras de Mathieu :

— Qu'est-ce que… cette odeur de merde, c'est quoi ?

Mathieu ne lui répond pas. Willy se penche par-dessus son épaule pour examiner son fils.

— C'est pas la merde de Cédric ! Quelqu'un lui a chié dessus. Faut nettoyer tout ça, faut le recoudre, vite !

— Laisse-moi faire ! Écartez-le !

Mathieu repousse Willy. Mais les chasseurs qui l'accompagnent n'ont aucune envie de se prendre une mandale. Finalement, le maire, hébété, aperçoit Thibaut. Assis un peu plus loin, son neveu a repris des couleurs. Il se jette sur lui, déloge Romaric sans ménagement.

— C'est mon neveu ! Pousse-toi, c'est mon neveu je te dis ! Qu'est-ce qui s'est passé ? Qui a fait ça ?

Il presse le gamin de questions.

— Mon fils, Cédric ! Qui lui a tiré dessus ?

La tête du gosse chancelle, les muscles amollis de son cou peinent à la tenir droite. Willy enrage, il a envie de l'attraper et de le secouer au-dessus du vide !

Romaric écarte le maire d'un coup d'épaule.

— Il est choqué, tu ne vois pas ? Il est traumatisé, il ne peut pas parler !

Willy reste interdit quelques secondes, puis prend sa carabine et la pointe sur Romaric. Autour, tout le monde reste bouche bée.

— Qu'est-ce qui te prend ?

Willy ne répond pas. Popeye, doucement, se rapproche.

— Willy, ton neveu est blessé lui aussi. Il a besoin de soins. Ils ont tous besoin d'être soignés…

Mais le maire laisse son canon rivé sur la poitrine de Romaric. La sueur de son front forme des gouttelettes qui s'amoncellent au bout de ses cils, brouillant sa vue. Popeye avance encore un peu, pose la main sur son épaule.

— On va les sauver, ton fils aussi. Faut laisser les secouristes faire leur travail, c'est leur job. Tu vois, Mathieu, c'est ça, son boulot. Retourne auprès de ton fils. Nous, on va traquer les salopards qui ont fait ça. Tu ne voudrais pas qu'ils s'échappent, hein ? Chaque minute compte…

Willy ferme les yeux, laisse choir son fusil au sol et passe les mains dans ses cheveux. Alors seulement Popeye range discrètement le cran d'arrêt qu'il tenait caché contre sa paume.

Peu à peu, d'autres hommes arrivent : secouristes, voisins vigilants, chasseurs. Ils s'organisent, apportent des civières, y déposent les corps toujours figés des jeunes hommes.

Mathieu a rejoint Caro, Cyrielle et Manon.

— J'ai tiré…, murmure soudain Manon.

Elle fixe sans bouger le fils de Willy.

— Quoi ?

— Le coup de feu, la blessure… c'est moi qui ai tiré.

Mathieu et Caro se dévisagent. Derrière eux, la colère enfle, les hommes veulent un coupable, régler les comptes.

— Il faut que je parte, murmure alors Caro. J'emmène les filles à la maison, le temps que ça se tasse.

— Mais non, ça ne sert à rien. Willy va vous chercher. Évite le village, va chercher Étienne et demande-lui de vous emmener à la fonderie avec sa Panda. Vous serez en sécurité là-bas.

— D'accord. Fais attention à toi. Et prends soin de Tom !

*

Le maire rugit.

— Il faut qu'on sache ! Qui a fait ça ?

— Avec le blizzard et la brume, les gosses n'ont sûrement pas vu…

— Seriane, Seriane Lesecq était là.

Un homme s'avance. Ralph, un proche du maire. Il l'a vue, il est catégorique. Avec deux autres gars, ils ont gravi le coteau plus haut vers le nord. La tempête les a contraints à rebrousser chemin, mais en redescendant vers l'abri, il l'a aperçue. Il plisse le front en parlant, déformant la cicatrice sur son front.

— Dès qu'on a entendu les cris, on a accouru. Le brouillard s'est levé et on a vu la fille Lesecq !

— Qu'est-ce qu'elle faisait ? le coupe Willy.

— Je ne sais pas comment dire… Dès que j'ai sorti la tête de derrière la souche où j'étais planqué, la fille Lesecq m'a repéré. Elle m'a lancé un regard, le vent m'a rejeté en arrière… Elle psalmodiait des trucs, elle appelait des filles, la sienne et d'autres… Je… je ne crois pas qu'elle était seule. Dans le brouillard autour d'elle, y avait des silhouettes, on aurait dit des femmes, mais elles se déplaçaient, elles sentaient comme des bêtes, des bêtes démoniaques. Elles se sont tournées dans ma direction, j'ai cru qu'elles allaient se jeter sur moi, j'ai dévalé la pente…

Il en tremble encore.

Les autres le regardent, interloqués. Aucun ne s'amuse à le railler : ils n'ont qu'à se tourner vers les corps dans les civières pour voir que plus rien n'est impossible.

Willy se met à vociférer.

— C'est une sorcière, UNE SORCIÈRE !

— C'est pour ça qu'elle met jamais les pieds à l'église, faut la faire parler !

Popeye retient Romaric par le bras. Les visages des hommes sont farouches, déterminés. Il souffle :

— On ne les arrêtera pas. Pas cette fois…

Popeye, encore une fois, prend les devants.

— Qu'est-ce que vous racontez ? Vous croyez aux sorcières maintenant ?

— Si elle était dans la montagne…, répond un type.

— Si elle était dans la montagne, ce n'est sûrement pas pour rien, c'est sûr ! Il faut lui demander des comptes. Mais de là à croire à ces conneries…

Ralph insiste :

— Je sais ce que j'ai vu !

— Tu l'as dit toi-même, tu n'en es pas sûr ! On vient de se coltiner la pire tourmente jamais vécue dans ce putain de pays ! Alors oui, tu as sûrement aperçu quelqu'un. Peut-être Seriane. Mais des « bêtes démoniaques » qui rôdent…

— Et les jeunes alors ? Leur état, c'est un coup de la météo ?

— Va savoir, y avait peut-être des saloperies dans ce nuage, genre des gaz toxiques, une usine a peut-être pété plus bas, des produits chimiques se sont échappés… j'en sais foutre rien. Mais il faut réfléchir ! Pas s'échauffer le crâne comme des bourricots.

Les arguments de Popeye font mouche, mais il y a trop d'étrangeté dans l'air, dans les regards vides et les corps imbriqués qu'il a fallu dénouer. Les derniers relents de brume les font tous frissonner malgré eux.

Soudain, on entend des applaudissements : Willy frappe ses paumes l'une contre l'autre.

— Bravo, Popeye ! Un sacré comédien, pas vrai les gars ?

Il a des yeux féroces et la mâchoire crispée.

— Pour un peu, on douterait presque de ce qu'on a vu. Pour un peu, tu nous ferais gober que les merdeux ont juste abusé du pinard, pas vrai ? Ou que mon fils s'est tiré tout seul une cartouche dans les couilles ! Un nuage chimique… Foutaises de gauchiste ! De la sorcellerie, voilà ce que c'est ! De la putain de sorcellerie ! Tu veux défendre la sorcière et son frangin, hein ? T'as tourné casaque ? Nous, on veut venger nos fils ! DÉFENDONS NOS ENFANTS, NOTRE VILLAGE ! TRAQUONS LA SORCIÈRE !

Les visages se ferment, les antiques superstitions s'éveillent. Les armes jaillissent, de tous côtés.

— Quoi, nous aussi, on est des sorciers ? demande Popeye.

— Qui sait ? J'ai aucune confiance en vous. On va s'occuper de Seriane, et vous n'allez pas vous en mêler.

Romaric s'apprête à dégainer, Popeye lui donne un coup d'épaule.

— Fais pas chier ! Tu vas tout faire capoter, c'est un bain de sang que tu cherches ?

— Ils vont aller chercher Seriane ! Ils y seront avant moi !

Popeye soupire.

— Tu la crois vraiment assez stupide pour être rentrée chez elle ?

Finalement, Mathieu s'interpose.

— Vous êtes complètement malades, ma parole ! On a six blessés à descendre, des soins urgents à donner, le village est à moitié détruit, et vous voulez vous tirer dessus ?

Willy hésite un instant. Il est rouge de fureur, son cou le démange, la sueur suinte, s'accumule. Il les tuerait bien tous, ces connards, un grand ménage de fin de saison, une purification salvatrice de la vallée. Mais il y a son fils. Et il risque d'y passer. Alors il fait signe à ses gars de rengainer.

— Portez les civières au village, dans l'épicerie. C'est le seul endroit assez grand qu'on peut chauffer facilement. Et faites attention dans la pente !

Puis il aperçoit Madeleine, Loïc et Thibaut, regarde tout autour.

— Les deux gamines, elles peuvent nous dire ce qui est arrivé !

Tous les cherchent du regard mais se rendent vite à l'évidence : Caro, Manon et Cyrielle ont disparu.

Willy se tourne vers Mathieu.

— Où sont-elles ?

— Elles sont sûrement rentrées. Elles ont besoin de repos. Allez, apportez les civières !

Willy se tourne discrètement vers le colosse près de lui.

— Jeanjean, prends six de nos gars avec toi. Va voir chez le pompier, s'il n'y a personne, fonce au hameau de la sorcière. Si tu débusques Sornin ou les merdeuses, tu les ramènes. Et si tu trouves la sorcière… crame-la avec sa putain de baraque !

*

Mathieu et les autres, portant les civières, atteignent les premières maisons. Les derniers coups de vent éparpillent les nuages loin du village. Arraché au toit d'une vieille ferme, un grand pan de couverture en bac acier obstrue le passage.

Ils découvrent l'amoncellement de tuiles et de lauzes brisées : le village écorché. Devant l'église, les gens s'amassent, ébahis.

Calfeutrés dans la nef, ils ont entendu les murs de vent se fendre contre les murs de pierre, puis se répandre en torrents hurlants dans les rues. Par l'entrebâillement de la porte, ils ont vu valser les ardoises, le bois des barrières, le linge étendu, les arrosoirs, les jardinières et les couvercles des composts, même des chapeaux de cheminée.

Tom est là, sur le parvis. Il aperçoit son père à l'avant du cortège.

— Papa !

Il se jette dans ses bras.

— Où est maman ? Et Cyrielle, Manon ?

— Ne t'inquiète pas, mon garçon, elles vont bien, elles vont bien toutes les trois. Ça va aller… Écoute, je ne peux pas rester avec toi, je dois soigner les blessés, tu comprends ?

Tom ouvre la bouche, regarde les brancards, la referme et acquiesce bravement. Mathieu se tourne vers ses voisins : ils garderont le petit chez eux.

— C'est bien, Tom, tu es très courageux. Je reviens vite.

Puis il distribue les consignes à son équipe : installer des lits dans l'épicerie, y porter les blessés, désinfecter rapidement les plaies du fils du maire.

Willy s'approche. Jeanjean est parti au village : la maison de Mathieu était vide.

— Où sont ta femme et les filles ?

— Ça ne te regarde pas. Laisse-les tranquilles, occupe-toi plutôt de ton fils.

Le maire fulmine, mais il a besoin de Mathieu et des autres secouristes.

La petite place de l'église s'est transformée en un immense capharnaüm : la procession des corps pétrifiés sur les civières a fait céder les dernières digues. Les parents et les proches sont horrifiés, certains fous de rage. D'autres déambulent, hagards, s'invectivent. L'angoisse se propage comme la peste.

Pour aggraver le tout, des hordes d'insectes jaillissent des sous-sols et affluent dans les rues. Des quatre coins du village, les chiens aboient furieusement. Sur les collines alentour, on voit passer en trombe ici une harde de sangliers, là une troupe de chevreuils. Toute la vie animale semble possédée par la même panique.

Certains sombrent dans l'hystérie, s'éparpillent dans les ruelles.

— Il faut faire quelque chose, dit Ralph.

Willy rameute les hommes au bas des marches. Du parvis de l'église, il éructe ses ordres.

— Ramenez ces gens chez eux, les femmes, les anciens, les gosses ! Videz l'église et fermez tous les accès du village : personne ne doit sortir. Ensuite, que tous les volontaires se rassemblent sur la place, avec les fusils et les chiens. Nous allons lancer les battues !

— Allez, on s'active, embraye Ralph. Formez des équipes, ratissez les rues, renforcez les barrages aux entrées.

Les hommes de la fédération, les voisins vigilants, les membres de la fonderie, tous se démènent. En une dizaine de minutes, la place de l'église se vide. Les chiens de chasse remplacent les habitants.

Willy reçoit un nouvel appel de Jeanjean. Ils arrivent bientôt au hameau.

— Soyez prudents, la sorcière et Sornin se sont barrés ensemble, je parie. Ils traînent sûrement dans les collines. Faites gaffe, qu'ils ne s'en prennent pas à vous.

— J'ai pensé à une chose, Willy. Il doit y avoir ce vieil emmerdeur d'Aristide, chez Seriane. J'ai entendu dire que les pompiers l'ont laissé là-bas. Qu'est-ce qu'on fait avec lui ?

— Il est dans son camp, c'est certain.

— Je sais. Mais, c'est rien qu'un vieillard, Willy.

— Jeanjean, elle s'en est prise à nos fils. Ils sont dans un sale état, tu n'as pas idée. On ne sait pas ce qu'elle leur a fait… Cédric est blessé, il s'est fait tirer dessus. Et tu as vu les autres, le fils de Ralph : on dirait des camés… Aristide nous a bien assez fait chier dans sa vie, non ?

Silence radio. Willy entend la respiration de Jeanjean qui s'accélère.

— Perds pas ton temps. Les anciens avant nous, ils cherchaient pas midi à quatorze heures. Quand ils suspectaient des trucs louches, des affaires de sorcellerie, ils cramaient les corps et les baraques. C'était pas des cons, les anciens.

De l'autre côté de la radio, Jeanjean approuve froidement. Il n'en a rien à foutre d'Aristide ou de Sornin. Quant à cette salope de Seriane, sa baraque peut bien partir en cendres.

Les deux hommes raccrochent. Sur la place, les volontaires se rassemblent avec leur équipement. À l'exception des habitants des hameaux et de ceux qui vont participer aux battues, les villageois sont tous cloîtrés chez eux. Willy souffle un grand coup et passe parmi eux, leur tapant l'épaule et serrant leurs mains.

— Les gars, méfiance avec ceux de la fonderie, faut les tenir à l'œil. Surtout Popeye et Romaric, je les ai pas vus redescendre. Passez le message à nos hommes. Et si vous débusquez les gamines et la mère…

Puis il se tourne vers son second.

— Ralph, tu prends une radio, une quinzaine de gars motivés, nos meilleurs chiens, et tu montes à l'abri. Il faut commencer la traque !

6

D'en bas, Étienne a vu la nébuleuse noire se déliter et les nuages s'éparpiller vers les cimes alentour.

Au sommet de la colline, les branches sont brisées, les bosquets soufflés. Les rares toitures qu'il parvient à distinguer montrent des plaies béantes. Seul le clocher semble intact. Le reste du village est masqué par une haie de mélèzes.

Il fouille du regard les prairies et les lisières, à la recherche de Manon ou de Seriane.

Sur la route qui zigzague, deux pick-up foncent en direction du hameau. Il hésite quelques secondes puis se met à courir sur l'échine de la colline afin de les intercepter : peut-être sa fille est-elle dans une des voitures ?

Les pick-up roulent trop vite, ils passent l'épingle à cheveux, remontent le vallon et traversent le petit pont. Étienne est en train de revenir lorsqu'il entend les cris. Il épaule son fusil et observe par la lunette les hommes attroupés devant chez Seriane : deux d'entre eux gesticulent et se balancent de grandes claques sur les jambes. Étienne ne comprend pas ce qu'ils se disent, mais il n'en a pas besoin : ils sont tombés sur la nuée grouillante d'insectes ! Il balaie tout le hameau de ses jumelles ainsi que les deux pick-up garés en aval. Nulle trace de Manon ou de Seriane.

Il progresse à couvert, s'arrête à mi-pente et observe une nouvelle fois à la lunette : un gars essaye d'enfoncer la porte de sa maison alors qu'un autre épie aux fenêtres. Devant chez Seriane, deux hommes débattent avec un troisième, penché à la fenêtre de l'étage. Il reconnaît vite le chef de la petite bande : Jeanjean dépasse les autres bonshommes d'une tête. Il a beau tendre l'oreille, il est trop loin pour les entendre.

Jeanjean s'éloigne quelques secondes, avec sa radio, puis il descend jusqu'aux voitures avec un de ses gars. *Ils vont emmener Aristide ?* se demande Étienne.

Il range son fusil et rebrousse chemin en direction du village. Manon n'est pas avec eux et Aristide n'a plus besoin qu'on veille sur lui, désormais.

Étienne ne les voit pas revenir avec deux jerricans, mais il entend le soufflement. Une déflagration qui retentit dans tout le vallon. Aussitôt, les flammes ceinturent la maison de Seriane.

Les langues brûlantes lèchent les murs, embrasent la glycine, brisent les vitres et se ruent à l'intérieur. Étienne assiste, impuissant, à l'incendie qui ravage la maison. En quelques minutes, les meubles, les livres, les dernières cohortes d'insectes et les centaines de bouquets suspendus aux poutres sont carbonisés. Aristide aussi. Il n'y a plus rien à faire.

*

Caro s'enfonce dans les futaies. Cyrielle et Manon, encore sous le choc, la suivent en silence. Sous les frondaisons, elles serpentent parmi les branches brisées et les troncs renversés. Caro se méfie des racines et des affleurements de pierre qui pourraient les faire chuter.

Elles fuient le village, se dirigent vers les falaises, à l'est. Caro espère redescendre ensuite vers le hameau d'Étienne. Mais seront-elles à l'abri là-bas ? Lorsque Willy apprendra ce que Manon a fait avec la carabine de son fils, il voudra s'emparer d'elle à n'importe quel prix.

Elles franchissent la crête le plus vite possible, courbées. Des volutes de brouillard saupoudrent les premiers escarpements. Seules quelques silhouettes d'hommes et de chiens restent visibles, vers l'abri de berger.

Caro a eu Thibaut en classe. Le frère et le cousin, non, mais elle n'a pas besoin : elle a suffisamment réconforté Thibaut les jours où il arrivait couvert d'ecchymoses, rasant les murs à force d'humiliations, pour savoir qu'ils sont faits du même bois que le maire. Elle s'inquiète aussi pour Tom. Mathieu doit le rejoindre. Mais pourra-t-il s'occuper de lui, avec tous ces blessés ?

Enfin, elles replongent dans les dunes de pins et de mélèzes et peuvent reprendre leur souffle. Manon s'écarte et s'accroupit derrière un arbre.

Caro saisit le moment.

— Cyrielle, pourquoi Manon a tiré sur le fils du maire ?

— Elle m'a défendue.

— Comment ça ?

— Il a essayé, le fils du maire… il s'est juste frotté contre moi, mais… il en voulait plus. Il l'aurait fait !

Caro reste bouche bée : la bande de salopards ! Elle enlace Cyrielle et la couvre de baisers. Elle fait pareil avec Manon dès que celle-ci revient. Les deux filles se laissent faire, toute cette chaleur leur fait du bien.

— Vous n'avez plus rien à craindre. Je vais vous sortir de là.

Elles repartent et atteignent une combe menant aux premiers alpages. Le dernier escarpement se dresse devant elles. Sur leur gauche, le chemin vers les Trois Pics, de l'autre côté, le vallon d'Étienne.

Elles entament la montée lorsqu'elles entendent la déflagration, par-dessus le coteau. Cyrielle se serre contre sa mère.

— Qu'est-ce que c'est ?

Inquiète, elle inspecte les alentours.

— Et Tom, et papa ? s'alarme-t-elle.

Caro la rassure : le bruit ne provenait pas du village. Il semblait répercuté par les montagnes.

— Tu es sûre ? On ne peut pas savoir, on ne voit rien d'ici !

Manon fixe le dôme du versant sud, sur leur droite.

— Ça doit être chez moi, au hameau.

Son visage ne reflète rien, seul le tremblement de ses mains trahit ses craintes.

— Allons, Manon… Ne t'inquiète pas, on n'a aucune idée de ce qui est arrivé. Tant qu'on reste toutes les trois, tout ira bien.

Caro ne sait pas trop qui elle essaie de rassurer.

— Il faut continuer à marcher, insiste-t-elle.

— Mais, on va où ? Chez Manon ?

— Je ne sais pas encore. Pour l'instant, on monte, on y verra plus clair là-haut.

Déjà, sortir du goulet. La pente s'accentue à mesure que la combe se referme. Le vent descendant porte jusqu'à elles des relents de brûlé. Puis, une fumée noire apparaît au-dessus de la crête et Manon s'arrête net. Son corps se tend, ses yeux s'arriment aux traînées sombres qui fendent le ciel comme des traces de suie. Caro doit la secouer, se camper face à elle pour saisir son regard.

— Manon !

Le hameau ne peut plus être un refuge. Grimper vers les Trois Pics est la seule possibilité qui leur reste. Peut-être pourront-elles redescendre plus loin, et, qui sait, regagner le village dans la nuit…

En marchant, Caro se remémore ses anciennes randonnées : il leur faudra trouver un abri, une cabane. Passer la nuit dans la montagne la terrifie. Hommes ou démons, au village ou dans la montagne : partout, elles sont pourchassées.

7

Les hommes armés se pressent sur la place de l'église. Les regards sont graves : tous contemplent, au sommet des coteaux sud, le panache de fumée noire. Tous ont en mémoire l'incendie de la ferme d'Aristide.

Les chiens couvrent par leurs jappements aigus le bourdonnement des voix. Ils sont agités, leurs maîtres peinent à les calmer.

— C'est à cause des insectes et de la déflagration, braille un type.

Sur le parvis, les derniers habitants des hameaux s'impatientent : ils aimeraient rentrer eux aussi.

À l'écart, le maire s'égosille dans sa radio :

— Assurez-vous que le feu ne s'éteint pas. Je veux que la maison soit rasée !

Le vieux monsieur qui s'est opposé à lui pendant l'assemblée se trouve à portée d'oreille. Il s'approche, outré.

— Vous brûlez les maisons ? C'est comme ça que vous nous protégez ?

— On fait ce qu'il faut. Et on va aller jusqu'au bout !

— Jusqu'au bout de quoi ? De vos délires paranoïaques ?

Willy ne cherche pas à comprendre. Sa fureur explose, son poing part. Le vieux se prend le coup en plein visage, titube et bascule en arrière. Son corps se brise au pied des marches. Quelques insectes l'escaladent.

— Quels délires, connard ? Tu ne les as pas vus, les corps de nos jeunes ? Tu veux aller voir l'état de mon fils ?

Sur la place, tous se figent. Le vieil homme tente de s'accroupir, chancelle. Du sang perle sur son crâne : une belle estafilade.

— Vous êtes malade ! gueule un gars de la fonderie. Il a plus de soixante-dix ans !

Willy se décrispe.

— Relevez-le, demande-t-il à des hommes près de lui.

Puis il gonfle son poitrail et parle d'une voix forte.

— Il y a quelqu'un de dangereux dans ce village, qui contamine les esprits faibles. Et ce quelqu'un vous le connaissez ! Nous la connaissons tous ! Tant que Seriane Lesecq polluera nos vies, nos montagnes, nos forêts, nous mourrons comme des chiens, les uns après les autres. Que ceux qui ne me croient pas aillent voir nos garçons ! Allez constater ce qu'elle a fait d'eux, demandez à ceux qui étaient avec moi, à Ralph ou Fernand… Ouvrez les yeux : la tempête, les insectes… ce qui se passe est démoniaque ! Alors oui, il faut prendre des mesures exceptionnelles. Organisons une battue, traquons-la, traquons ses alliés, retrouvons nos terres et notre liberté !

Un chœur vociférant éclate sur la place. Les armes se lèvent de nouveau.

Ceux qui, scandalisés, plaignent le vieillard brisé au bas du parvis, le relèvent discrètement et s'écartent.

Un homme trapu, au visage rond et mielleux, vient faire son rapport à Willy. Tout le monde le connaît. Gus vient d'un autre village. C'est le secrétaire de la fédération de chasse et l'un des fondateurs des voisins vigilants. Un type très cajoleur, aux yeux de fouine.

— Salut Willy.

— Merci d'être venu, Gus. Je vais avoir besoin de toi.

— J'ai ramené le docteur avec moi, il s'occupe de ton fils. Un des merdeux a parlé, le fils de la nana qui bosse à la fonderie, la chef de l'équipe de la scierie, je crois.

Les deux hommes échangent un rictus entendu.

— C'est une des merdeuses, la fille Sornin, qui a tiré sur ton fils.

Les mâchoires du maire se referment. Gus continue.

— Le gamin dit aussi que ton fils, ton neveu et ses copains, l'ont tabassé, et qu'ils ont tripoté la plus grande…

— Des petites connasses… Tu vois : elle vit à côté de la sorcière, elle a été contaminée ! Le père aussi, il est sous son emprise.

— En attendant, la mère et le chef des pompiers colportent à qui veut l'entendre que c'est ton fils et ses amis qui les ont frappés, qu'ils ont essayé de violer les merdeuses…

Gus ajoute doucement, presque pour lui-même :

— Je la vois très bien, cette morveuse, elle se promène dans ses fringues moulantes… une petite allumeuse ! Et les parents s'étonnent…

Willy réfléchit. Il regarde les frondeurs de la fonderie s'agglutiner près de leurs voitures.

— Faut les coffrer, tous ces traîtres.

Gus le tempère.

— Laisse-les partir. Tu as besoin de tous les hommes pour la battue, ces branleurs vont te faire chier : faudra les surveiller. Mieux vaut qu'ils rentrent chez eux.

— T'as raison. Par contre, il me faut le pompier. Et surtout, la bûcheronne et son mioche : on sait qui a tiré sur mon fils, mais on ne sait pas ce qui s'est passé ensuite pour qu'ils finissent tous dans cet état.

— Il n'est pas en forme, le merdeux de la bûcheronne…

— Toujours plus que Cédric !

Willy se tient droit, son cou énorme se tend, sa gorge se gonfle. Gus lui tape sur l'épaule.

— Ça va aller, Willy, Cédric va s'en remettre ! Il en a toujours eu une sacrée paire, ton fiston, c'est pas du petit plomb qui va le rendre pédé !

Près de leurs véhicules, les membres de la fonderie parlementent. Des chasseurs et des habitants des hameaux les rejoignent.

— Si nous suivons ce malade, nous sommes foutus. Il ne va pas régler les problèmes, il va les aggraver !

— Il est prêt à tout… frapper un vieillard !

— Oh, les gars, faut vous réveiller ! Vous avez vu l'état des jeunes qu'on a redescendus ?

Les manœuvres du haut-fourneau prennent la défense du maire. Ils ne comprennent pas les atermoiements des autres.

— Et puis, son fils s'est pris une cartouche, et pas n'importe où !

— Il paraît qu'ils ont tabassé Loïc, le fils de Madeleine, et qu'ils ont touché aux filles !

Gus se rapproche, susurre de sa voix cajolante :

— Ce n'est pas parce qu'ils ont les mains baladeuses qu'on peut leur tirer dessus.

Un des collègues de Madeleine à la scierie, un énorme bûcheron, voit rouge.

— Putain, mais la fille de Mathieu a quatorze ans ! Ça va finir en bûcher, cette histoire, si vous suivez ce connard : ça se terminera dans les flammes ! Moi, je me barre.

Les autres se regardent, hésitent. Finalement, la majorité embarque dans les voitures mais l'équipe du haut-fourneau et les gars de la fédération ne l'entendent pas ainsi.

— Les voitures restent ici. On part en battue, on a besoin de tous les véhicules.

La tension monte. Le cajoleur intervient.

— Vous voulez vous en aller ?

— Bien sûr qu'on le veut !

— Pour votre sécurité, ce serait préférable qui vous restiez tous ensemble.

Toujours cette voix suave. Le bûcheron proteste.

— Mon cul. On sera largement mieux à la fonderie.

— Pas de problème… on ne va pas vous empêcher de partir. Nous, on veut trouver la sorcière. C'est ça, notre problème. Les autres, là, vous voulez y aller aussi ?

Le cajoleur fixe le vieux qui s'est pris une mandale : autant se débarrasser de tous les emmerdeurs.

Les habitants des hameaux qui veulent rentrer chez eux avant la nuit s'entassent dans les voitures en partance.

Les moteurs pétaradent. La première voiture se heurte à la meute des chiens et des chasseurs réunie sur la place. Sous les roues et les bottes, le bitume est recouvert d'insectes agonisants. Certains rechignent, ne comprennent pas. La voix de Gus se durcit tout à coup.

— Laissez-les passer, ils peuvent partir ! On sait que la sorcière n'est pas avec eux, on n'a pas besoin d'eux pour faire le boulot !

Les hommes de la fédération lui obéissent *illico*. Alors seulement, à pas lourds, les autres s'écartent.

8

Le vent ratisse les hauteurs. Derrière une futaie, Romaric et Popeye observent le hameau. Ils voient les flammes pourpres dévorer la maison. Tout sera bientôt consumé. Les hommes autour s'écartent à mesure que la chaleur croît.

— Ça y est, dit Popeye. C'est reparti.

— Sauf que, cette fois, ils veulent cramer ma sœur…

— Quelque chose me dit que ce n'est pas la seule dans le viseur. Ils vont en profiter pour régler leurs comptes !

Romaric observe aux jumelles le gros Jeanjean, vitupérant devant le brasier.

— L'enfoiré… Qu'est-ce qu'on attend pour lui faire sa fête ?

— Calme-toi ! T'es pas en odeur de sainteté : tu restes le frangin de la sorcière.

Romaric serre les dents. Il tremble d'envie d'aller se battre. Popeye le chope par le menton et l'oblige à le regarder.

— Ils vont te dépecer ! S'ils doivent te crever les yeux, te découper deux ou trois doigts à la scie à métaux ou te meuler le crâne pour te faire dire où est ta sœur, ils le feront ! Ils sont comme ceux que le Romain a coffrés, là-haut ! Tu crois qu'il a fait ça pour quoi ? Il les connaît, ces salopards, et moi aussi ! Allez, on se replie, ça ne sert à rien de rester dans les parages : de toute manière, ta frangine ne va pas rentrer chez elle. On ferait mieux d'aller surveiller ce qui se trame au village avec gros Willy.

Romaric tourne les jumelles vers les contreforts des falaises et les combes profondes qui remontent en ravines.

— Et les chasseurs ? Ils ont l'air de suivre une piste…

— Peut-être Seriane, ou les gamines, peut-être Sornin, ou personne… On n'en sait rien, faut descendre au village.

Soudain, Popeye lève la main et fait signe à Romaric de se baisser. Sur la crête, quelques centaines de mètres plus loin, un type est apparu, fusil en bandoulière. Il franchit le sommet de l'escarpement et bascule de l'autre côté.

— Tu crois que c'est Étienne ?

— Pas eu le temps de voir, trop loin. Allons vérifier.

Ils remontent le long des arbres pendant une dizaine de minutes et l'aperçoivent, en contrebas, observant les falaises et le village à la lunette de son fusil.

— C'est bien lui.

— Doucement, faut pas qu'il panique…

Les deux hommes l'appellent. Étienne se retourne d'un coup, baisse rapidement le canon de son fusil.

Il a le visage grave. Il a l'air en colère, lui aussi.

— Vous savez où est ma fille ? Seriane ?

— Non. On allait te poser la même question.

— Qu'est-ce qui s'est passé, au village ?

Romaric et Popeye lui racontent brièvement.

— Ta fille et celle de Mathieu, elles sont quelque part dans les montagnes. Caro est avec elles.

— Comment ça ? Pourquoi elles ne sont pas avec les autres ?

— Il s'est passé des choses, il y a eu des blessés.

Popeye lui raconte rapidement. Comme Étienne blêmit, Romaric ajoute aussitôt :

— Ta fille n'a rien, sa copine non plus. Mais le maire est furax, son fils s'est pris une cartouche dans des parties sensibles… Caro a préféré se barrer avec ta fille et la sienne. Ça sent le roussi en bas, elle a eu raison. On va les retrouver, t'en fais pas.

L'odeur de brûlé leur tombe dessus d'un coup, puis repart dans un souffle.

— Il y avait Aristide, dans la maison, murmure Étienne.

— Quoi ?

— Je crois qu'il était mort. En tout cas, il était inconscient.

Ses yeux flottent. Popeye fronce les sourcils.

— Il était mort ou pas ?

Brûler un type ou brûler un corps, ce n'est pas la même chose. Mais Étienne n'est sûr de rien : il a essayé de prendre son pouls, ne l'a pas senti. Pas le moindre filet d'air ne sortait de ses narines ou de sa bouche entrouverte. Mais c'était la première fois qu'il auscultait un probable défunt.

— Si seulement Mathieu avait été là…

Étienne et Romaric suivent Popeye qui se faufile furtivement entre les arbres. Ils arrivent en lisière du village. Les premières maisons sont à deux cents mètres. Popeye les fait s'accroupir derrière un bosquet et leur montre les gardes en bordure.

— Merde, qu'est-ce qu'on fait ?

Étienne perd patience : il veut retrouver Manon, et vite ! Il en a marre de jouer à cache-cache.

— Fais pas tout capoter maintenant ! On va aller voir sur la place ce qui se passe. Si on ne trouve pas Manon ou Seriane, on ira trouver Mathieu, il aura des infos. Mais faut pas se faire remarquer !

— Comment on fait ?

— On rampe !

Et Popeye s'élance comme un lézard dans la pente.

*

Seriane les voit enfin : Caro, Manon et Cyrielle se dirigent vers la pointe de la combe qui les sépare du hameau.

La fumée brune s'éparpille dans le ciel de nouveau venteux.

Elle s'en veut terriblement. Elle a laissé Étienne sans voiture, seul avec Aristide agonisant. S'il a quitté le hameau incendié, il n'a pu emmener le vieil homme.

Elle court à petites foulées sur le premier balcon, tâche d'éviter les longues langues de neige et les congères persistantes au pied des affleurements rocheux. Caro et les filles n'ont peut-être pas entendu le souffle de l'incendie. Il faut qu'elle les intercepte avant qu'elles ne basculent sur l'autre versant !

C'est Manon qui, la première, la voit courir vers elles.

— Tu es certaine que c'est Seriane ?

— Oui.

Caro hésite, après ce qu'elle a vu. Les garçons, les formes dans la brume, et Seriane qui psalmodiait… Sorcière, l'idée ne lui paraît plus aussi saugrenue. Peut-être doivent-elles se méfier autant de Seriane que des hommes à leurs trousses ?

— Elle arrive !

Caro n'a rien le temps de dire que Manon fait déjà de grands gestes.

Tout de suite, Seriane enlace Manon, qui s'enfouit dans le grand poncho de sa voisine et se met à pleurer. Les quatre femmes se camouflent derrière le chaos de rochers.

— On ne peut pas rester ici, s'empresse de dire Seriane.

Caro fait la moue : les filles sont bouleversées, fatiguées. Manon pointe un doigt vers les panaches noirs qui salissent le ciel.

— Seriane, mon père, tu crois qu'il est là-bas ?

— Non, je suis sûre qu'il est à ta recherche.

Manon se mord les lèvres. Elle aimerait que son père soit auprès d'elle. Elle s'en veut. Elle murmure :

— Est-ce que ce sont les mortes qui ont mis le feu ?

Seriane met quelques secondes à comprendre. *Les mortes…* Manon avait-elle discerné quelque chose dans la brume ?

— Non, ce ne sont pas elles.

— Et l'autre jour, chez Aristide ?

Le vieil homme avait de nombreux ennemis dans le village, et il avait contrarié Willy. Mais ce qui était arrivé à Gaston… Troublée, Seriane s'interroge lorsqu'un jappement lointain la fait sursauter. Caro scrute les cordons de brouillard qui se tendent entre les saillies rocheuses. La lueur du ciel commence déjà à décliner. Sa voix tressaille.

— Et maintenant ? Ils sont derrière nous, et dans deux heures, la nuit sera tombée !

Seriane n'hésite pas longtemps. Il n'y a qu'un seul endroit qu'elles peuvent rejoindre sans se faire prendre, qu'un seul endroit qui rebutera les hommes à leurs trousses, déroutera les chiens et pourra les protéger du froid : les grottes et les anciennes galeries, sous les Trois Pics.

Elles cheminent en silence. La neige est abondante et elles laissent derrières elles de profondes traces. Seriane leur fait rapidement quitter le balcon, gravir des couloirs étroits entre les rochers et longer des parois abruptes masquées par le brouillard. L'ascension est ardue, dangereuse aussi. Les filles avancent sans une plainte. Elles savent qu'elles n'ont pas le droit de flancher.

Les deux femmes ont ralenti. Elles ont laissé un peu d'avance à Cyrielle et Manon.

— Comment nous as-tu retrouvées ?

— Je voulais rejoindre Étienne, le prévenir, alors je suis partie dans votre direction. Mais à pied je n'avais aucune chance… C'est le premier endroit où ils se sont précipités…

— Tu crois… qu'ils ont pu lui faire du mal ?

— Je ne pense pas. Il était inquiet depuis plusieurs jours, il se sentait surveillé. Il a dû les voir venir. Et puis, je l'avais prévenu en partant.

— Prévenu de quoi ?

— De ce qui risquait d'arriver.

Les deux femmes se dévisagent. Caro ne répond rien, mais ses yeux parlent pour elle.

— L'état des garçons… et ces formes dans le brouillard… Les filles m'ont raconté d'étranges choses.

Fantômes ? Mortes-vivantes ? Démones ? Ou folie collective… Les pensées se bousculent dans la tête de Caro. Aucun nom ne semblait contenir assez de terreur, de tristesse, pour décrire ce qui a eu lieu.

Seriane fixe Manon qui se faufile devant elle entre les pierres. Son regard se vide, elle murmure dans un souffle :

— Je les ai trouvées il y a cinq ans, toutes les six. Leurs corps… elles n'ont jamais quitté la vallée. Je suis restée auprès d'elles, il y avait encore un peu de vie… Au fond d'un gouffre, dans le ventre de la terre, j'ai perdu la raison… Je ne parlais que de vengeance, je voyais des choses que je n'avais jamais vécues… Quelque chose me murmurait à l'oreille, dans le noir absolu, invoquait la roche, la terre, le bois, ce qui restait d'elles. Alors je m'en suis servie pour modeler leurs corps, leur façonner de nouveaux organes… Au début, rien ne tenait, mais après des semaines, des mois, elles ont peu à peu pris forme… Puis un jour, elles sont sorties… Leur première traque. J'ai cru qu'elles seraient rassasiées, mais elles y ont pris goût. Leur vengeance est insatiable.

Au-dessus d'elles, les alpages se couvrent. Les nuages s'entassent contre les pics et descendent les grandes dalles rocheuses. Caro n'ose pas regarder Seriane. Sorcellerie ? Folie ? Elle se remémore son propre état lorsqu'elle a cru que Cyrielle avait disparu. Jusqu'où serait-elle allée pour sauver ou venger sa fille ?

— Elles risquent de s'en prendre à nous ? demande Caro.

— Je ne crois pas. Nous sommes des femmes.

— Tu ne crois pas ?

— Je les ai trahies…

9

Madeleine est seule avec Loïc, au fond de la crypte de l'église. Elle serre son fils contre elle. Les gars qui sont venus les chercher ne rigolent pas. Surtout ce type dégueulasse, avec son visage potelé et ses petits yeux répugnants qui passent et repassent sur son corps. Ils devaient soi-disant les ramener à la fonderie. Madeleine n'a pas réfléchi, elle a accepté tout de suite. Ils sont montés dans la voiture. Mathieu et les autres pompiers y ont cru, eux aussi. Mais le 4x4 s'est arrêté derrière l'église.

Loïc gémit, sa tête dodeline. Elle le presse doucement, n'ose pas toucher la peau de son visage : même si le sang sur ses plaies a été nettoyé, il a de multiples contusions. Ces petits connards ne l'ont pas loupé ! Et il y a sa main aussi, qui le fait souffrir. Fracturée sans doute, au mieux de grosses entorses… Le médecin ne s'occupe que du fils du maire. C'est Mathieu qui lui a bricolé une attelle.

Elle souffre le martyre en regardant Loïc. Elle est terrifiée : dès qu'elle a pénétré dans l'église par la porte dérobée de la chaufferie, traînée par les types, elle a compris que ça allait mal tourner.

— On la met où, la bûcheronne ?

— Fais voir un peu ses pectoraux ?

Ça pouffait et lorgnait à tout-va. Ébranlés par les corps statufiés et les nuées d'insectes, les gars reprenaient des forces au goulot.

Loïc, il ne faut pas qu'ils le touchent, qu'ils l'approchent, qu'ils déversent leurs mots putrides dans son oreille et le tourmentent de leur haleine avinée. Dans la pièce d'à côté, elle entend la radio crépiter et la voix du gros Willy : « Cramez tout le hameau, on s'en fout, mais vérifiez bien qu'il ne traîne pas dans le coin… On ne l'a pas vu, il doit être avec sa salope de voisine… Poste des hommes sur la crête… » Puis la voix s'éloigne en pestant : « À sept, sept et ils n'arrivent pas à localiser un seul blaireau ! »

Le type aux yeux de fouine entre alors avec ses deux comparses. Il la reluque encore une fois puis son regard se pose sur Loïc.

— Amenez le gamin.

Il laisse la sale besogne à ses sbires. Madeleine se dresse. Le gamin se recroqueville, geint de plus belle.

— Ne touchez pas à mon fils.

— On va rien y faire, ma p'tite dame, on va juste le questionner.

Loïc regarde, apeuré, les types qui s'approchent. Madeleine adresse un coup de pied bien placé au premier, l'autre se jette sur elle, l'entrave. Elle frappe, mord, repousse le deuxième type contre une voûte. Loïc hurle.

— Tssss…, commente le cajoleur.

— Putain, c'est une bête sauvage, cette nana !

Les deux couillons qui ricanaient quelques minutes plus tôt se jettent sur Madeleine. Ils cognent sans chercher à comprendre. Madeleine se prend un coup au visage, réplique. Elle est rapide, agile, et parvient à les tenir à distance. Loïc s'époumone de plus belle. Le cajoleur commence à craindre qu'il ameute du monde.

— Chutttt ! Allons, moins fort, tu seras gentil.

Las, il sort une bombe au poivre de sa poche.

— Écartez-vous, enjoint-il aux deux autres.

Il ne s'embarrasse pas de politesse et envoie une grande giclée en direction du visage de Madeleine.

Elle ferme les yeux, tente de sortir du nuage toxique. Le cajoleur lui crochète le pied et l'envoie valdinguer contre un mur. Il fixe ses hommes d'un air contrarié.

— Emmenez le gosse, ordonne-t-il d'une voix sèche.

*

Quelques minutes plus tard, du perron de l'église, Willy contemple ses troupes qui s'affairent. Il sera chef de la battue, comme au bon vieux temps. Le cajoleur se tient à ses côtés, ses yeux étroits pétillent. Il se malaxe les mains, grimace.

— Merde, je me suis tordu un doigt en mettant une claque au merdeux…

Willy se bidonne.

— Elle m'a explosé les tympans, à brailler comme une truie pendant que tu discutais avec le fiston.

— La gouinasse…

Le gosse était terrifié. Gus l'a secoué pour le faire parler, lui a aligné quelques baffes quand il menaçait de tourner de l'œil. Ce n'était pas très marrant, de tabasser un mioche, mais il a eu des réponses. Une affaire de poteau, de baston, des silhouettes dans la brume, des femmes mortes… Il aurait fallu d'autres claques pour démêler tout ça, mais le gamin chialait, devenait trop bruyant. De toute manière, Gus a saisi l'essentiel : une des merdeuses a tiré sur Cédric puis des sortes de fantômes ont soi-disant surgi de la brume. Et bien sûr, Seriane Lesecq était là.

— Ils ont été drogués, explique-t-il à Willy, ils ont eu des hallucinations. Les deux merdeuses doivent être de mèche avec la fille Lesecq. Elles ont dû chauffer les garçons, leur faire boire des trucs, pour les attirer là-haut. Ce ne sont plus des enfants, mais des mini-sorcières… C'était un guet-apens. La fille Lesecq les a embrigadées, une salope de sorcière rousse, comme sa fille…

— Vous auriez dû vous les farcir toutes les deux, à l'époque ! Maintenant, elle a refait des petites…

— Se les farcir…

Gus pouffe.

— T'es con. Je vais peut-être me *farcir* la bûcheronne : je suis pas sûr qu'elle ait grand-chose à nous apprendre mais vaut mieux vérifier.

— Sois discret ! Te fais pas remarquer avant qu'on ait chopé la sorcière… j'ai déjà assez d'emmerdes comme ça.

— Et pour son frère, on fait quoi ?

— Rien pour l'instant, mais sois prudent. Romaric doit être avec Popeye, et il va essayer de protéger sa sœur. Ça ne m'étonnerait pas qu'on les retrouve sur notre chemin pendant la traque. Sinon, on s'en occupera plus tard : dégommer deux ou trois connards, ce sera plus simple que débusquer l'autre envoûtée et ses disciples.

Willy baisse soudain le ton, il murmure :

— Ça me fait penser, j'aimerais que tu t'occupes aussi du père de la merdeuse qui a allumé mon fils, le collabo…

— Le nouveau de la caserne ?

— Oui. Faudrait l'amener en douceur dans la crypte. Il a sûrement une idée de là où sa femme a emmené sa gamine et celle de Sornin.

— C'est le chef des pompiers. T'as pas peur que ça en braque certains ?

— Trouve un prétexte, fais ça en douceur. Et garde ta radio à portée de main !

Un nouveau sourire, gluant et carnassier, sur le visage du cajoleur.

— Compte sur moi, niveau douceur : j'vais commencer par la bûcheronne…

Willy se détourne, écœuré malgré lui.

Gus le regarde partir en se frottant les mains. Il fait craquer ses phalanges, esquisse une grimace. Ces gamins aux joues creuses… ils ont les os trop saillants !

Sur la place de l'église, le grondement des moteurs des 4x4 et des pick-up couvre les voix. Le Dodge rutilant de Willy s'arrête au pied des marches alors que ses chefs de section le rejoignent.

— Tout est prêt.

— Parfait !

Il prend une profonde inspiration.

— Messieurs, nous allons commencer. La première équipe, menée par Ralph, est déjà partie. La deuxième équipe prendra la direction de la combe du Loup et la troisième celle du col. Nous avons tout lieu de croire que la sorcière et ses adeptes se dirigent vers les Trois Pics et le monastère. Elles n'ont pas vraiment le choix…

Un type l'interrompt.

— Et le hameau, elles y sont peut-être retournées, on a vu la fumée.

— Jeanjean est sur place, avec une équipe. La fille Lesecq n'est pas là-bas. Elle a fait cramer la baraque avant son départ pour effacer les traces de ses drogues et de ses rituels… Elle a foutu le feu, comme chez Aristide. C'est une putain de pyromane, une putain de sorcière et une tueuse ! Aristide était dans la maison, attaché à l'étage, elle ne lui a laissé aucune chance.

Les villageois se regardent, éberlués.

— C'est elle, alors ?

— Et pour Gaston ? C'est elle aussi ?

— Bien sûr ! Qui voulez-vous que ce soit ?

Les regards s'électrisent. Gaston, Aristide, les jeunes et tous les autres ! Willy laisse la colère se propager puis revient à la battue.

— Quelques rappels de base. Tout le monde doit porter un gilet fluo, les traqueurs comme les postés. Pour la répartition, vos chefs de section décideront. Soyez vigilants : pas d'accident ! Restez toujours par trois. Un coup de corne : la battue commence, deux coups, la cible est trouvée, trois coups, retour. C'est bien clair pour tout le monde ?

La petite foule approuve. Un chasseur demande :

— Et si on voit la… sorcière ? On fait quoi ?

— Vous avez tous vu l'état de nos fils, c'est pour ça que vous êtes là, si nombreux ! Vous savez de quoi elle est capable.

— Et pour les gamines ?

Willy réfléchit une seconde.

— Ceux qui ont connu le père Lesecq s'en souviennent sûrement : il n'était pas tendre avec ses gosses. Mais pourquoi cet homme affable, si généreux avec ses amis, se montrait-il intraitable avec ses propres enfants ? Le ver était dans le fruit ! Alors ne soyez pas naïfs, même les petites sont dangereuses ! Comme de jeunes louves, qui vont saisir à la gorge des dizaines de bêtes pour exercer leurs dents ! Car c'est ce qui s'est produit là-haut. De la cruauté gratuite, il ne s'agissait que d'un entraînement ! Mon fils, ceux de Jeanjean, Ralph et Roger ont servi de cobayes…

Galvanisés, les hommes sont remontés à bloc.

— En route messieurs, ramenez-les vivantes si possible, mais si vous vous sentez menacés, ne risquez pas votre peau !

Il balaie ses troupes d'un dernier regard et monte dans le Dodge. En traversant la place, il visualise l'immense feu de joie dans lequel grilleront toutes les salopes qui ont blessé les siens.

10

Le Dodge cahote au milieu des nids-de-poule et des congères. L'état de la route s'est encore dégradé et la neige est de plus en plus épaisse. De temps en temps, les phares illuminent un reste de glissière ou une borne rouge et blanc en bordure.

— On n'y voit rien dans cette purée !

Willy ne répond pas. Il est soucieux : la nuit approche à grand pas et le froid gagne les montagnes. Il doute que la sorcière ou que les filles puissent atteindre le monastère dans ces conditions. La radio grésille. « Wolf one, ici Wolf one, vous me recevez ? » À l'arrière du Dodge, Roger, en charge des transmissions, répond.

— Oui, groupe 1, ici chef de meute.

« C'est Ralph. On remonte la combe des Choucas. On a relevé des traces, elles sont plusieurs. Plus haut, il y a de la neige partout ou presque, ça nous facilitera la traque. »

— On continue à monter. On a déjà des congères et ça commence à geler. On doit être à votre altitude.

« Bon, allez, on les rabat vers vous. On va la débusquer, cette connasse, et on va pas lui faire de cadeau ! »

— Ok, bien reçu.

Une roue se prend dans une ornière et les hommes tressautent sur les sièges. Willy fixe en silence les ombres basses derrière la vitre. Les sorcières s'étaient-elles regroupées ? Il voulait les merdeuses mais plus encore la fille Lesecq.

Les pneus mordent de nouveau la sous-couche et le Dodge repart en vrombissant.

Roger tente de détendre l'atmosphère.

— Oh les gars, à une réunion sur le loup, une petite écolo propose : « Capturons les loups vivants, faisons une vasectomie aux mâles puis relâchons-les. Ainsi, la population sera contrôlée. » Les écolos applaudissent, le préfet est d'accord. Un vieux berger prend la parole : « Écoute gamine, je crois que t'as pas bien saisi le problème : les loups, ils ne baisent pas nos moutons… ils les bouffent ! »

Le conducteur et les deux autres types à l'arrière s'esclaffent. Willy tend son doigt.

— On va s'arrêter là.

— Tu ne veux pas qu'on essaie de monter encore un peu ? Ça passe…

— Non. Les entrées des mines sont par ici.

Les hommes le regardent sans comprendre.

— Elles ne vont pas pouvoir monter jusqu'au monastère avec cette neige et le froid, elles vont chercher un abri. Les galeries, on les a toutes faites quand on était gosses, non ?

Des kilomètres et des kilomètres de tunnels, un réseau creusé par l'homme qui se mêle à celui, naturel, qui traverse la montagne. Cette partie du massif est un vrai gruyère.

Le Dodge s'arrête dans un virage large. La combe du Blanchard, un point de rendez-vous habituel à l'époque des battues au gros gibier. Les phares balaient la brume et les arbustes tandis que les voitures se garent l'une après l'autre sur l'accotement. Les ornières creusées par les roues découpent dans le bas-côté des rubans crénelés.

Les gars réajustent leurs manteaux épais et leurs gilets fluo, placent leur fusil en bandoulière. Puis ils font descendre les chiens en silence. Dix-huit hommes, parés pour la traque.

— Vous allez former six équipes de trois, on va prendre la combe et, une fois sur le plateau, on ratisse l'alpage jusqu'aux premières fondrières. Pas plus loin : faudra faire attention avec la neige, les entrées des galeries ne sont pas faciles à repérer !

Willy prend la radio, donne sa position et demande au deuxième groupe où ils en sont. Ils viennent de commencer l'ascension. La transmission est mauvaise.

— La distance et le relief… c'était à craindre ! dit Roger.

Willy maugrée.

— Bon. Je garde un talkie, prends une caisse et rejoins la route avec Phil. Allez vous poster à la croix, au-dessus de l'épingle à cheveux. De là-haut, vous capterez, vous pourrez faire relais.

Les deux hommes rouspètent, un peu déçus de ne pas participer activement à la curée. Mais il faut quelqu'un à la radio. Et Roger est déjà bien éméché : au moins, il ne se tirera pas dans le pied.

— Dès que tu le peux, passe un message à Jeanjean : s'ils n'ont trouvé personne autour du hameau, qu'ils rejoignent Gus à l'église et se mettent sur la piste de Romaric et de Popeye. Je ne veux pas de coup fourré de ces deux-là…

Roger et Phil acquiescent.

— Donc on s'installe et on appelle Jeanjean… On a des manteaux et du rouge. Dis, Phil, tu connais la différence entre une fourchette et un homo ?

Sous un ciel entre chien et loup, alors que les feux arrière de la Jeep rapetissent et qu'un grand éclat de rire traverse les vitres closes, les équipes de traque se mettent en branle.

11

— Alors ?

— Il arrive.

— Parfait. Soyez discrets, qu'il ne se doute de rien.

Gus passe sa langue sur ses lèvres roses. Il est satisfait. Il vérifie sa bombe à poivre.

Mathieu apparaît. Il est épuisé, ses cernes lui font une tête de hibou. Il n'en peut plus d'essayer de ranimer les corps inertes de ces quatre enflures et de contempler leurs yeux révulsés. Il a envie de rentrer chez lui, de retrouver Tom. Surtout, il est inquiet pour Caro et Cyrielle. Il a compris qu'une battue était en cours pour retrouver Seriane. Mais pour sa femme, sa fille et Manon ? Tous ses amis de la fonderie sont rentrés à l'exception des pompiers. Même Madeleine s'est volatilisée avec son fils… Les rues sont désertes et les gars de la fédération qui patrouillent ne veulent rien lui dire.

— Vous vouliez me voir ? Où est le maire ?

Il traverse la chaufferie de l'église, fronce à peine les sourcils lorsque la lourde porte de chêne se referme derrière les deux gars qui le talonnent de trop près.

— Vous êtes qui, vous ?

Gus a installé deux chaises au centre de la pièce. Il fait signe à Mathieu de s'asseoir. Celui-ci n'en revient pas.

— Vous pensez pas que j'ai autre chose à foutre ?

— Calmez-vous, je veux juste discuter.

— Et moi pas. On m'a dit que je devais voir le maire, il n'est pas là, je me barre.

Devant la porte, les deux types ne bougent pas. Le cajoleur sourit.

— J'ai simplement quelques questions à te poser.

— Vous devenez complètement malades ! On a des blessés, et j'ai ma femme et ma fille à retrouver, alors allez vous faire foutre avec vos conneries moyenâgeuses !

Il s'engage vers la porte, les gardes le saisissent. Ils sont costauds, Mathieu aussi, mais il est fatigué. Ils parviennent assez vite à le maîtriser.

— Maintenant, tu vas t'asseoir.

Le type qui le maintient lui presse le cou, ça lui écrase la trachée. Par réflexe, Mathieu projette sa tête en arrière, l'autre se la prend en plein nez. Ça lui fait tout drôle, suffisamment pour qu'il relâche son emprise et perde l'équilibre. Mathieu s'apprête à cogner mais il se prend *illico* une giclée de lacrimo en plein visage. Il s'écroule en criant.

— Faut vraiment que vous réagissiez, les gars, râle Gus, alors qu'ils attachent Mathieu sur l'assise et lui assènent quelques gnons au passage. Vous avez complètement perdu la main !

Il jette un verre d'eau au visage de Mathieu puis l'interrogatoire commence : connaît-il bien Seriane ? Où Caro est-elle partie ? Est-elle amie avec Seriane ? Est-ce que Sornin couche avec la sorcière ? Sa fille sait-elle manier une arme à feu ?

Mathieu ne répond pas. Ses yeux le brûlent, il tire sur les colliers de serrage qui entourent ses poignets.

Le cajoleur se penche sur lui.

— C'est ta fille et sa copine qui ont amené les autres là-haut ? C'est Seriane qui leur a demandé ?

— Va te faire foutre !

Coup de poing dans les côtes, un autre dans le sternum. Juste ce qu'il faut pour faire mal. Le type vient lui susurrer à l'oreille.

— C'est une belle pouliche, ta fille, hein, bien gaulée… Ça n'a pas dû être difficile : elle a mis une tenue bien aguichante et a attiré le fils du maire et ses amis à l'abri. Elle a dû leur promettre une petite gâterie, quelque chose comme ça, pour les faire patienter en attendant que la sorcière arrive.

Mathieu enrage et se rue sur Gus en emportant la chaise avec lui. Il lui percute la poitrine du crâne avant de tomber à la renverse. L'autre a le souffle coupé, il geint. Ses acolytes se précipitent pour l'aider.

— Laissez-moi ! LAISSEZ-MOI JE VOUS DIS ! J'ai besoin de personne pour me relever.

Cette fois, Gus ne sourit plus du tout. Il respire bruyamment, se tient voûté, ses yeux de fouine se plissent sur Mathieu, gisant sur sa chaise comme une tortue renversée.

— Très bien, on va passer à la vitesse supérieure alors.

12

Le crépuscule s'amorce : quelques rayons tiédissent encore la cime des Trois Pics mais plus bas, les ombres s'étirent. Les derniers soupçons de jaune et d'orangé du ciel s'affadissent. Le premier pic s'érige au-dessus de leurs têtes : massif, infranchissable, une canine de géant.

Manon et Cyrielle peinent de plus en plus. Seriane leur impose un rythme sans relâche. Elle connaît les passages empruntés par les bêtes, des sentes insoupçonnables à travers le labyrinthe de roches. Depuis une heure environ, les derniers conifères et les hauts alpages ont cédé la place à un chaos aride de pierres et de landes. Surtout, il y a la neige : des névés crevassés, au fond des ravines, qui recouvrent les couloirs étroits ou des congères épaisses roulées par le vent le long des vires. Les corps s'enfoncent par endroits jusqu'à la taille. Au pas suivant, une galette de glace manque de les faire glisser. Sans compter le froid qui croît au fur et à mesure qu'elles prennent de l'altitude.

Elles s'arrêtent quelques minutes. Seriane leur fait boire dans sa Thermos une puissante décoction de thym, gingembre et sarriette. Elles n'entendent plus le jappement des chiens : les remparts de roche les isolent.

Caro et Seriane font quelques pas. Elles contemplent la face lisse de l'énorme dièdre qui marque la base du premier pic.

— Seriane, on ne tiendra plus longtemps. Dès que le soleil sera couché, le froid va devenir intenable. Nous ne sommes pas équipées pour une telle altitude !

— Je sais. On n'est plus très loin à présent, je connais un passage dans une fissure.

Caro se mord les joues. Entrer dans les grottes la terrifie.

— Mais, je pourrais me rendre avec les filles, ce ne sont que des gamines…

En même temps qu'elle parle, elle repense aux mots de Cyrielle : *Il s'est juste frotté mais il l'aurait fait.* Seriane lui tend une gourde.

— On n'a pas le choix. C'est le seul endroit où nous pouvons aller. Même si on se sépare, vous ne serez à l'abri nulle part : le maire vous cherche. Et si ses hommes mettent la main sur vous, ils vont se déchaîner.

C'est la vérité mais cette histoire de filles mortes lui trotte dans la tête. Elle repense aux jeunes pétrifiés, à Manon et à Cyrielle, à ce qu'elles lui ont raconté. Ont-elles été victimes d'une même hallucination ?

— Si on entre dans la montagne, on risque de se retrouver piégées, non ?

— Ils vont avoir d'autres chats à fouetter. Elles vont revenir, pour s'occuper d'eux.

— Mais, ils connaissent la mine.

— Je connais le réseau mieux qu'eux. C'est là que j'ai trouvé Neige.

Caro détourne la tête, Seriane l'effraie. On a tout raconté à son propos, qu'elle était cinglée, impulsive comme son frère, que Neige en avait eu marre et s'était barrée.

— Qu'est-ce qui est arrivé à ta fille, Seriane ?

Alors Seriane lui raconte : l'état des corps, les traces de viol, les objets contondants et les chaînes trouvés à proximité. Ils les avaient torturées, leur avaient fait subir des semaines durant le pire des calvaires. Ce n'étaient pas seulement des violeurs, mais des tortionnaires.

Caro ferme les yeux, refrène une violente envie de vomir. Manon et Cyrielle se sont recroquevillées l'une contre l'autre derrière un rocher. Leurs mâchoires claquent et leurs têtes dodelinent.

— Ils ont tout fait pour te salir… ces enflures !

Seriane montre les enfants. Sa voix est si basse à présent, un infime filet qui se perd sous les immenses parois du dièdre.

— Tu as Cyrielle. Manon, je tiens énormément à elle… Je ne supporterais pas qu'il leur arrive quelque chose. Je ne les laisserai jamais faire, tu comprends ? Ni les hommes, ni les Six. Mais il faut entrer dans la mine, c'est le seul moyen de survivre à la nuit !

*

Leur marche est rapide, malgré la neige qui devient de plus en plus abondante. Les hommes sont graves, concentrés, heureux aussi de retrouver leurs terres. Le froid ne les atteint pas : le plaisir de la chasse les transporte. Ils sont restés cloîtrés chez eux si longtemps que cette expédition est une délivrance.

Willy pérore à l'avant : il mène sa troupe au combat. Traquer la sorcière et ses souillons, éradiquer une fois pour toutes le mal qui ronge cette vallée, venger son fils meurtri. Il savoure par avance le crépitement des flammes !

Un sifflement court. Les hommes s'immobilisent, le temps d'un regard. Une trace dans la neige, des sabots, une fausse alerte. Ils reprennent leur ascension. Une nouvelle fois, la radio crépite : « Relais à chef de meute, vous me recevez ? » L'adjoint prend le talkie.

— C'est moi. Quoi ?

« Groupe 1 est sur la piste. Les chiens sont au taquet… Elles se dirigent bien vers le premier pic, par des passages coton ! En gros, elles suivent la combe du Petit Van. Mais elles restent sur les rochers pour brouiller les pistes… et avec le vent et le froid… À toi. »

Willy réfléchit. Il est désormais certain que la sorcière les a rejointes : les gamines et leur connasse de mère ne connaissent pas aussi bien les montagnes.

— OK. Roger, dis à groupe 1 de poursuivre et d'accélérer si possible. Et demande à groupe 2 de se déporter vers le sud, dans leur direction. Il faut qu'ils passent les ravines et qu'ils surveillent la base du grand dièdre. Nous, on couvrira au-dessus. Terminé.

« Ça marche. Putain, on va les avoir, ces connasses ! Terminé. »

Le maire sourit. Si ces salopes pensent le berner en prenant des chemins de traverse… Lui aussi connaît le secteur, et il n'est pas le seul ! Il parle assez fort pour que les hommes autour de lui l'entendent.

— Faites passer le mot : groupe 1 est sur leurs traces. Elles remontent par la combe du Petit Van.

La transmission commence.

En grappes, les chasseurs franchissent des vallons creusés par les ravines. Quelques fourrés ou de gros blocs de pierre les obligent à des écarts, mais ils ne rencontrent aucune difficulté jusqu'à la large fondrière qui ferme la combe. Là, la neige s'épaissit et le vent se fait plus marqué. Les hommes s'enfoncent jusqu'à mi-botte. Ils parviennent au pied des pentes alors que l'obscurité roule dans la dépression et que quelques lueurs de fin de ciel subsistent sur les sommets lointains.

Willy décrète une pause, le temps de manger un morceau et de reprendre des forces.

— Ça va, les gars ? Pas trop crevés ?

— Tu rigoles ?

— On devrait les cramer là-haut, ça nous réchaufferait !

Willy prend le temps de vérifier que tous vont bien, que les plus anciens tiennent le coup et que les pieds restent au sec. Puis, quand chacun a mangé et bu son content, il lance le signal de la reprise.

Il faut alors grappiller chaque pas contre la neige. Sous leurs pieds, la moraine est instable : les rochers roulent et heurtent les chevilles. Certains montent de face mais la plupart optent pour une ascension de biais. Les mieux placés atteignent vite l'arête sommitale, mais ils sont saisis par le souffle puissant qui sabre les pentes des Trois Pics. Ils doivent ainsi faire face au froid et aux éclats de givre que les rafales projettent dans leurs yeux.

« Relais pour chef de meute… relais pour chef de meute… Tu m'entends ? À toi. »

Willy plante un pied en hauteur et prend appui sur sa jambe pliée. Il halète, gueule dans sa radio pour couvrir le blizzard.

— Ici chef de meute… Oui…

« Groupe 1 est toujours sur la trace… Ils atteignent le pied du pic. La nuit tombe, ça moutonne grave… le vent devient très fort… ils échappent miraculeusement à la brume… elle s'ouvre devant eux… À toi. »

— Mais je m'en fous du temps qu'il fait !

Willy veut un rapport de chasse, pas un bulletin météo. Il plisse les yeux, regarde autour de lui le fond du vallon dégagé, les nuages bas qui survolent la crête.

— Dis à Ralph et à ses hommes de rester vigilants, et de ne pas se disperser à cause de la brume. Des nouvelles de groupe 2 ?

« Groupe 2… entrée… pareil… »

Une puissante rafale cingle Willy. Il trébuche et rabat sa capuche.

— Merde ! JE TE RAPPELLE, TERMINÉ.

Willy range son talkie et poursuit l'ascension. Ils doivent sortir du cirque et atteindre l'éminence. De là, il pourra sûrement capter directement les autres groupes : Roger et son relais radio sont trop loin désormais.

13

Le cajoleur le redresse, il le frappe, écrase certaines parties de son corps, presse ses yeux de ses doigts moites, tord son épaule jusqu'à la démettre. Une pluie de questions s'abat sur Mathieu qui n'en peut plus.

— Mais balance donc ! À quoi ça te sert, cette obstination ? On sait parfaitement où se trouvent ta salope de gamine et ta grognasse de femme… Elles sont faites comme des rats ! On a des dizaines d'hommes qui se dirigent vers les mines, avec des fusils et des chiens, c'est une question de minutes maintenant.

Mathieu serre les dents, pleure de douleur, de rage, hait cet homme, ne comprend rien à son acharnement. Surtout, il n'a aucune des réponses qu'on lui demande : non, sa fille ne tire pas au fusil, Manon non plus, non ce ne sont pas des fidèles de Seriane… Ce sont des gamines douces, gentilles, des gosses, bordel !

— Tu sais quoi ? Je vais aller chercher ton fils et lui faire pareil qu'à toi, sous tes yeux !

On frappe à la porte, Gus doit s'interrompre. À l'extérieur, dans le couloir, Nico le fixe, inquiet.

— Quoi encore ?

— Ce sont les pompiers, ils sont devant l'église.

— Et ?

— Ils cherchent leur chef.

— Eh ben, dites-leur qu'il est parti, qu'il cherche sa femme et sa fille.

— Ça ne va pas suffire : ils sont remontés. Ils demandent après la bûcheronne aussi, je crois qu'ils soupçonnent quelque chose.

— Merde… Jeanjean est revenu ?

— Oui, il est arrivé il y a quelques minutes avec ses hommes. Ils sont partis renforcer les patrouilles autour du village.

— Fais-le venir, rassemble les hommes et contenez-les. Démerdez-vous un peu ! J'en ai plus pour longtemps.

Avant de partir, Nico jette un coup d'œil embarrassé à Mathieu, torse nu, ensanglanté.

Gus se retourne.

— Tu me compliques la vie ! Tous tes potes vont morfler, si tu continues, surtout la bûcheronne : plus tu me mets en colère, plus je vais me faire plaisir pour compenser…

Et il lui projette un nouveau jet de bombe à poivre en pleine tête.

Il n'a pas le temps de le cogner davantage, la porte s'ouvre avec fracas. Popeye entre, ne dit rien, esquive le spray de lacrimo et envoie valser Gus contre un mur d'un coup de pied.

Étienne se jette sur son ami.

— Mathieu, merde, Mathieu !

Popeye se tourne vers Romaric.

— Détachez-le et transportez-le dehors par l'arrière, vite ! Et embarquez aussi Madeleine et son fils. Tous dans le fourgon. Je vous rejoins.

Gus s'est relevé, flageolant. Il n'a pas le temps de réagir que Popeye est déjà sur lui.

Devant l'église, c'est la mutinerie. Tous les pompiers sont rassemblés, furieux. Ils ne comprennent pas, ont besoin de leur chef pour soigner les blessés.

— Mais y a le docteur ! leur gueule Jeanjean.

— Le docteur, c'est pas pareil. Et puis comment on va faire si d'autres blessés arrivent ! On est dépassés. Mathieu, c'est le seul professionnel, il a l'expérience de ce genre de crise. Nico, dis-lui toi, t'as été pompier volontaire, tu sais comment ça se passe !

Les pompiers se regardent du coin de l'œil. Ils continuent à brailler, s'en prennent à Jeanjean, attendent le signal. La plupart des hommes qui gardaient les accès au village sont venus en renfort. Tout ce beau monde s'engueule.

Puis la sirène retentit, quelques secondes à peine. Immédiatement les invectives cessent, les pompiers se calment.

— Bon, on retourne à l'épicerie, les gars.

Jeanjean les regarde partir, décontenancé. Ce n'est que lorsqu'il voit Nico se ruer dans l'église qu'il percute : ils viennent de se faire avoir en beauté.

La camionnette file à vive allure, feux allumés, en direction du col. Étienne et Madeleine soignent Mathieu comme ils le peuvent, désinfectent ses plaies.

— Les enfoirés.

Ils ont les larmes aux yeux. À l'avant, Popeye se masse le poing, un peu rougi tout de même.

— Il t'a dit quoi exactement ?

— Qu'elles se trouvent quelque part entre le premier pic et le pic central. Et qu'ils sont sur leurs talons.

— Tu es sûr qu'il ne t'a pas mené en bateau ?

— Certain.

Ils hésitent : il faut ramener Mathieu, Madeleine et Loïc à la fonderie. Ils seront en sécurité là-bas. Ils ont besoin de soins et de repos.

Mathieu agrippe le poignet d'Étienne. Il a du mal à parler : sa lèvre est fendue, sa bouche gonflée.

— Faut pas perdre de temps. Cyrielle, Manon… Tu as vu ce qu'ils m'ont fait ? Ils ont frappé Loïc, on doit y aller directement.

— Mais, et toi ? T'as vu ton état ?

— Passe-moi la trousse derrière toi, et de l'eau.

Mathieu se met à farfouiller.

— Rince-moi encore les yeux, avec le sérum !

Étienne s'exécute. Il voit son ami enfourner des cachets, les uns après les autres.

— Tu comptes faire quoi exactement ?

Mathieu se redresse sur la civière.

— Je compte ramener ma femme et ma fille.

Étienne se tourne vers Madeleine mais celle-ci le coupe net :

— On est au chaud et il y a tout ce qu'il faut dans le camion. Laissez-moi une arme et je vous attendrai. Au pire, je sais conduire une camionnette.

La route est mauvaise. Les voitures des équipes parties en battue ont tassé la neige, creusant des ornières pleines d'une gadoue verglacée. Mais les pneus cloutés franchissent sans mal les virages. Ils dépassent les 4x4 du premier groupe, continuent sur un kilomètre et atteignent le virage de la combe de Blanchard. Ils reconnaissent le Dodge du maire.

— Ils sont partis d'ici.

Aucune trace sur la neige vierge qui recouvre la route au-delà.

— On s'arrête ? demande Romaric.

Étienne réfléchit. Il connaît le massif. Plus haut, après quelques épingles à cheveux, il y a un départ vers les grandes dalles du pic central. Ils gagneraient trois cents mètres de dénivelé.

— Je ne sais pas si ça va passer, mais on peut tenter le coup.

Romaric redémarre, le camion s'ébranle dans la neige crissante. Popeye ne dit rien. Ses yeux se perdent le long du talus éclairé par les phares. Romaric lui lance un regard de biais.

— Tu lui as fait quoi ?

— Attention à la route.

— L'autre salopard, Gus, tu l'as laissé partir ?

— Non.

— Alors quoi ?

Popeye grimace.

— On devient vite comme eux…

14

Les larmes aux yeux, les muscles ankylosés par l'effort et le froid perçant, Cyrielle et Manon avancent. Malgré la fatigue, malgré la peur aussi, alors que la nuit menace, Seriane les guide dans un dédale fantomatique de rocailles et de névés. Elle se retourne, tend la main et hisse Manon sur un rebord de granit glissant puis l'entraîne le long d'une ravine vertigineuse.

Il leur reste quelques minutes de clarté. Bientôt, elles ne verront plus les plaques verglaçantes, les crevasses entre les pierres et les congères trompeuses.

Caro trébuche, se reprend de justesse pour aider Cyrielle à franchir un court ressaut gelé. Un coup de vent soulève des volées de grains blancs qui mitraillent leurs yeux. Le froid transperce leurs manteaux et leurs pantalons, cisaille leur peau. Caro place ses mains en porte-voix :

— On ne peut plus tenir ! s'époumone-t-elle, pliée en deux face au déluge.

— Par ici ! crie Seriane en abritant Manon sous un gros rocher en surplomb.

Toutes les quatre se pelotonnent les unes contre les autres en attendant la fin des rafales. Les sifflements faiblissent. Elles se relèvent et entendent alors des aboiements dans la pente derrière elles. Cyrielle grelotte. Son corps, ses yeux sont écarlates de fatigue et de froid. Seriane se tourne vers Manon. Ses cils et ses sourcils sont couverts de givre. Elle réfléchit : l'entrée de la mine est trop loin mais il existe un autre passage.

— Cinq minutes, maximum.

Juste ce qu'il faut pour atteindre une cavité étroite qu'elle a découverte lorsqu'elle a passé des mois entiers à chercher sa fille. Elles suivent un étroit parapet, remontent de larges entailles entre des rochers blancs. La pénombre fond sur les Trois Pics. Une vague noire s'étend. Elles ne voient plus rien.

Soudain, Seriane s'arrête. L'entrée est là. Une bouche étroite dans la pierre.

— Pas ça…, supplie Caro.

Une nouvelle tourmente les projette contre la dalle. En une poignée de secondes, la nuit tombe : le soleil a franchi d'une glissade le bord du monde.

— Il n'y a pas d'autre voie, dit Seriane.

Comme en réponse, les chiens aboient une nouvelle fois.

— Il faut y aller.

— On n'a même pas de lampe, murmure Caro.

— J'ai ce qu'il faut.

Seriane a une frontale, une petite torche aussi, qu'elle tend à Caro.

— Manon, derrière moi, puis Cyrielle. Caro, tu fermes la marche. J'éclaire seule, il faut économiser. Caro, ne perds pas ta lampe et utilise-la seulement en cas de nécessité. Allez !

Elle se faufile dans la faille. Caro regarde Manon puis Cyrielle se faire à leur tour avaler par la terre. Elle se tourne une dernière fois vers la vallée et s'introduit dans la cavité.

Quelques mètres, puis un silence profond l'environne. La largeur du boyau ne leur permet que de se tenir à quatre pattes. Caro respire vite, elle scrute sans cesse la bouche d'air qui rétrécit dans son dos.

— Ça va aller, maman. Je suis là.

Cyrielle la dévisage, douce, tranquille. Caro souffle un grand coup et se rassérène au regard de sa fille.

Un premier tournant et la maigre clarté du dehors s'évanouit. Elles sont dans la terre.

*

Les chiens grognent, jappent, tirent sur leurs laisses comme des forcenés. À l'aplomb du grand dièdre, l'entrée de la galerie forme un halo noir dans la roche, qui engloutit la faible lumière émise par les torches des traqueurs.

— Alors ?

Ralph rejoint ses hommes. Ils se tiennent en demi-cercle, parmi les branches émergées des rhododendrons et des genévriers nains, les yeux braqués sur l'ouverture. Les barrières qui bloquaient l'entrée ont été enlevées et pourrissent dans la neige.

— Ça ne peut pas être une marmotte ?

Ralph lève les yeux au ciel et prend la radio.

— Section 1 pour chef de meute, section 1 pour chef de meute, vous me recevez ?

La radio bourdonne furieusement.

— On est à l'entrée d'une galerie. Les chiens sont toujours au taquet. Mais pas de traces visibles, même dans la neige…

La liaison est mauvaise, les mots lui parviennent par bribes : « … piste nous aussi… dans la galerie… elles ont dû se séparer… se retrouve à l'intérieur… » Puis c'est la déferlante : une tornade de grésil se brise contre le mur de roche.

— Attention !

Ils sont secoués comme de frêles arbustes. La communication est interrompue mais il a compris l'essentiel. Il lève la tête.

Dans la nuit tombante, les Trois Pics sont invisibles, auréolés d'épais nuages. Willy leur a dit de suivre la trace jusqu'au bout, il se doutait que la sorcière et sa clique allaient tenter de gagner la mine. Pourtant, Ralph hésite. Si les chiens sont catégoriques, ils n'ont plus vu de traces de pas depuis belle lurette. Il tente une nouvelle fois de joindre le maire mais le vent se met à mugir, des millions de flocons de givre voltigent au-dessus de leurs têtes : des astéroïdes de glace.

Il range le talkie, fixe sa frontale et prend sa carabine en main.

— On y va ! On ne va pas s'éterniser ici. On les trouve et on les ramène !

— Qu'est-ce qu'on fait des chiens ? demande un de ses équipiers.

— On les emmène, bien sûr. Ils déterrent des blaireaux, ils peuvent bien déterrer des sorcières !

Mais au moment où ils approchent les chiens de la cavité, ceux-ci se mettent à glapir et à tirer sur les laisses pour fuir. Surpris, leurs maîtres tentent de nouveau de les faire entrer, les traînant sur la pierre taillée et la terre. Les bêtes gémissent, grattent le sol, s'écorchent les coussinets.

— Ça alors !

Ralph s'impatiente.

— Bon, on va pas perdre notre temps avec ces corniauds. La moitié de la section avec moi, les autres, vous restez au chaud dans l'entrée avec les clébards.

Et il s'engage sous l'énorme linteau de mélèze gris.

Il fait noir, humide aussi, mais le froid, exempt du vent glacial, est bien plus supportable à l'intérieur. Ralph avance sur plusieurs centaines de mètres, le couloir est assez large pour deux hommes, le sol homogène bien que couvert de scories. Il faut se courber par endroits pour éviter quelques morceaux de bois brisé qui pendent du plafond. La pente est douce, le tunnel rectiligne. Ses hommes se tiennent derrière lui, de grandes ombres dans le faisceau jaunâtre des torches.

Ils marchent quelques minutes en ligne droite, puis la galerie tourne vers la droite et se redresse à l'horizontale. Ils aboutissent dans une cavité plus étroite. Le boisage qui couvrait les murs disparaît, la pierre nue, cristalline, étincelle sous le faisceau des frontales.

— C'est bizarre, dit un type.

— Quoi ?

— J'ai pas souvenir que c'était comme ça : on quitte la galerie, ça devient un boyau naturel, on dirait.

— C'est pas le seul endroit où des galeries relient des sections de grotte. Ils étaient malins, les anciens, ils allaient pas creuser pour le plaisir…

Le premier insiste.

— Y avait une intersection peu après l'entrée et ça montait. Les filons étaient plutôt en hauteur. D'ailleurs, la galerie était reliée au reste de la mine, et la mine, elle se trouve au-dessus, près du pic central !

Ralph hausse les épaules.

— Ben, qu'est-ce que tu veux que je te dise ? Là, ça descend.

Ils continuent. Le passage serpente sur plusieurs dizaines de mètres. Peu à peu, les parois s'arrondissent. La terre battue qui recouvrait le sol taillé a disparu : les pierres affleurent sous leurs pieds avec parfois quelques franges de terre lisse qui comblent les affaissements.

— Tu vois, c'est pas la mine ça, on est dans une grotte !

Ralph pointe sa torche vers le fond de la cavité, de plus en plus étroite.

— Merde, on a dû louper une intersection…

Les hommes murmurent. Les yeux creusent de tous côtés. Aucun d'eux n'a le souvenir d'avoir croisé une autre voie.

— Bon, on va faire demi-tour tranquillement, et tout passer au peigne fin. Vous deux, vous regardez le mur de droite, moi et Michel, celui de gauche. Mimi et le lampion, vous regardez le plafond. Les autres… ce que vous voulez.

Ils rebroussent chemin. Au bout d'une minute peut-être, l'un d'eux s'écrie :

— C'est pas normal, on descend !

Le boyau, en effet, s'incline en rétrécissant au lieu de s'élargir en remontant vers l'entrée de la galerie. Ralph se retourne, inspecte tout autour. Il respire difficilement.

Le passage devient trop étroit pour se tenir debout. Il en est certain : ils ne sont jamais passés par là.

*

— Quel matos de merde !

Dans l'embrasure de la galerie, talkie en main, Willy ne décolère pas : impossible de joindre les autres groupes. Pas plus d'ailleurs que de faire entrer ces foutus chiens dans la mine.

— Willy, on n'a aucune nouvelle de groupe 1 depuis qu'ils sont entrés.

— Et alors ? T'as déjà vu une radio fonctionner dans une mine, toi ?

Ce n'est pas le moment de l'emmerder. Ralph va coincer les petites racoleuses, et lui la fille Lesecq ! Elle a bien essayé de la lui faire à l'envers mais il connaît le massif. Qu'est-ce qu'elle croyait ?

Le gars insiste.

— Si vraiment la sorcière est entrée là, faut prévenir Ralph, non ?

— Pourquoi ?

— Ben, pour lui dire qu'il n'y a que les deux petites et leur mère dans sa galerie, histoire qu'ils y aillent mollo…

Willy n'en revient pas.

— Et puis quoi ? Tu crois qu'il faut être indulgent avec elles parce qu'elles sont plus jeunes ? Dans le déterrage, on ne fait pas de différence entre les blaireaux adultes et les petits : on tue tous les nuisibles !

L'autre fait la moue. Willy lui mettrait bien une torgnole à ce con-là.

— Ce sont des TUEUSES, tu comprends ? Si t'as pas les couilles, tu peux rester ici avec les chiens.

— Non, non, je viens…

Par acquit de conscience, Willy tente une dernière de fois de joindre quelqu'un : groupe 1, groupe 2, Roger ou Jeanjean, mais le vent éparpille les ondes comme des feuilles mortes.

— Mais y a pas de traces dans la neige, dit un autre type.

— Et alors ? Tu crois que les sorcières laissent des traces, toi ?

L'autre fait des yeux ronds : il n'en sait rien.

— Bon, c'est parti. Suivez-moi et ouvrez l'œil. On entre dans le ventre de la bête !

Les traces des rails sont encore nettes dans la galerie mais ceux-ci ont disparu depuis longtemps. Willy examine avec sa torche les poutres de soutènement. Le bois a plus de cent ans mais est encore en bon état. Il s'étonne tout de même lorsque, au bout de cinq minutes, le tunnel s'incline vers le bas : dans son souvenir, la galerie montait, au contraire. Mais il y a tellement de sections et d'entrées…

Derrière lui, les gars le suivent le plus discrètement possible. Six hommes, pas davantage pour la première fournée. Willy veut éviter le tapage de nombreux pieds, pour ne pas révéler leur présence.

Après cinq nouvelles minutes, il s'arrête. Le passage a rétréci, le sol change. Les ornières taillées couvertes de terre poussiéreuse se raréfient, tout comme les planches qui coffrent les parois. Derrière lui, un de ses hommes doute : ils auraient dû rejoindre la grande jonction, là où les galeries principales se croisent.

— Normalement, la galerie progresse à l'horizontal, et on arrive rapidement à une intersection. Si on continue dans le couloir, on atteint la salle de jonction.

— On doit se tromper d'entrée, c'est tout.

Willy reprend la marche. La pente s'incline franchement, à présent, et les dernières traces d'exploitation par les mineurs disparaissent. Encore une dizaine de mètres et ils se retrouvent dans un boyau de la largeur d'un homme. Les parois ne sont plus que roche nue, polie par l'eau : une cavité naturelle.

À ce moment, une voix se fait entendre à l'arrière et deux hommes arrivent au pas de course.

— On a réussi à joindre groupe 2 !

— Ah ! Et alors ?

— Eux aussi sont entrés dans la mine. Ils ont envoyé une partie de l'équipe en exploration, mais aucun n'est revenu. Ceux qui sont restés tentent de les rejoindre, en vain…

— Qu'est-ce que c'est que ce bordel, encore ! Bon, vous quatre, à l'arrière, vous rebroussez chemin et vous vérifiez tout. On vous attend là. Avant d'aller plus loin, je veux être sûr qu'on n'a pas loupé une dérivation.

Les hommes se dévisagent : les sons de l'extérieur ont disparu, il n'y a plus un souffle, plus un murmure, plus une odeur sinon celle de la terre et de la roche. Aucun d'entre eux n'a vu la moindre intersection.

Dehors, les hommes restants sont tendus. Le vent grossit autour des pics, des tourbillons de givre se lèvent et cinglent les entrées des mines où ils se sont réfugiés. Ils ont l'impression que les rafales cherchent à les repousser plus au fond, à les engloutir eux aussi.

Les quatre gars reviennent vite.

— C'est pas par là.

— Quoi ?

— On n'est pas venus par là, y a une erreur.

Willy remonte jusqu'à eux. Il en a assez de ces conneries !

— C'est quoi, votre problème, vous êtes claustrophobes ? C'est le seul passage !

— Écoute, Willy, je t'assure, ça ne peut pas être par là.

Il parcourt quelques mètres avec eux. Des blocs de roche au-dessus de leurs têtes le contraignent à se courber. Il fixe le cercle de lumière devant lui.

— Merde… mais on est où ?

L'autre déglutit avec peine. Devant eux, la cavité s'amenuise encore, plonge vers le centre de la terre.

15

Dans la galerie, tout est silence. Un vestige du début du monde. Les milliards d'années de vie et de sons n'ont pas percé la roche. Les os et la chair de la terre les enveloppent.

Le boyau s'élargit peu à peu et Seriane débouche dans le tube principal : un immense tunnel creusé par une résurgence, large d'une quinzaine de mètres.

— Restez près du bord, aidez-vous des mains.

La remontée est délicate. Le sol glisse et la roche polie offre peu de prises. Elles se tiennent comme elles le peuvent, à la queue leu leu. De nouveau, elles sentent l'air frais du vent tandis que la pâleur nocturne apparaît à travers la bouche de sortie. Mais Seriane s'arrête avant de l'atteindre. Une cavité ronde s'ouvre dans la paroi, à quelques mètres de hauteur.

— Si on va tout droit, on débouche en pleine falaise. C'est impossible de redescendre.

Seriane fait passer Manon devant elle, la guide jusqu'au trou. Bientôt, elles sont toutes les quatre sur la petite plateforme.

Ce nouveau tunnel se révèle très étroit : rapidement, elles doivent ramper pour avancer. Caro respire mal. Manon et Cyrielle gardent leurs yeux rivés sur le filet de lumière que la frontale de Seriane projette. Elles se suivent, s'appuient sur leurs coudes et poussent des pieds pour faire lentement coulisser le reste de leur corps. Tout du long, Seriane leur parle. D'une voix monotone, hypnotique, elle évoque les soubassements des massifs, les racines des pics, la terre fertile et la roche qui vibre entre l'air de la surface et le cœur de lave des profondeurs. Elle plaisante par moments, apaise Manon et Cyrielle. De temps en temps, elle s'immobilise pour laisser Manon se rapprocher et lui empoigner quelques secondes la cheville.

L'étroiture se resserre encore. Aucune ne peut plus tourner sa tête pour regarder en arrière. L'effort qu'elles doivent déployer pour progresser les éprouve terriblement. Caro a l'impression qu'à tout moment des mains vont jaillir pour lui saisir les chevilles ou que des crocs vont s'enfoncer dans la chair de ses mollets. Une angoisse écrasante se referme sur elle : la crainte d'une mort lente dans les tréfonds de la terre. Il faut résister à la panique lorsque la lueur devant s'estompe derrière un renfoncement, lorsque les coudes oubliés ne se déplient plus, coincés contre un débord de pierre. Enfouir alors sa tête entre les bras, calmer sa respiration, puis reculer, étendre les bras, ramper de nouveau.

Les minutes, les heures, les jours défilent, un temps élastique se substitue aux battements de la surface.

Seriane parle toujours. Une mélodie entêtante, adoucissant les méandres de pierre. Des femmes et des filles dans le ventre de la terre. Une histoire ancienne, de l'âge où les hommes se terraient encore dans les replis des montagnes. Épuisées, Manon et Cyrielle peinent à se tracter, centimètre après centimètre. Elles songent à s'assoupir, se laisser dériver dans le noir et le silence absolus, lovées dans un repli de roche comme un cocon poli, bercées par le mouvement tellurique de la terre.

Enfin, le boyau s'achève sur une résurgence assez large pour se tenir debout. Une à une, elles s'extirpent du goulet, s'étirent. Elles regardent, silencieuses, leurs corps désincarcérés. Quelque chose en elles a changé. Le temps imprimé dans leur chair s'est assoupli.

Seriane donne sa Thermos aux filles, tend une gourde à Caro. Celle-ci n'en veut pas, elle a bu il y a peu de temps.

Seriane insiste : c'était il y a plus de deux heures déjà.

— Le temps ne passe pas de la même manière sous la terre.

— Mais, on est dans les grottes depuis combien de temps ?

Cyrielle regarde la montre à son poignet. Une heure quarante ! Caro reste bouche bée.

C'est à cet instant précis que les quatre femmes ressentent le même malaise. L'impression diffuse que quelque chose se trame, dans les tréfonds de la montagne. Une onde de panique traverse les centaines de kilomètres sinuant sous les Trois Pics. Manon pâlit. Elle ressent le même trouble qu'à l'abri de berger.

— Qu'est-ce que c'est ? demande Caro.

Seriane essaie de sourire, rassurante.

— Elles ne sont pas venues pour nous.

— Pour qui alors ?

— Elles ont attiré nos poursuivants dans les galeries.

— Qu'est-ce qu'elles vont leur faire ? Comme aux autres ? Comme aux garçons ?

Manon fixe Seriane. Elle se souvient des pensées morbides qui ont pris possession d'elle au moment où elle a tiré sur le fils du maire. Non, les Six ne leur feront pas seulement ce qu'elles avaient fait aux garçons, ce sera pire. Car cette fois, Seriane ne sera pas là pour les interrompre…

— Il faut continuer. Il y a une salle avec des lits, pour les mineurs. On y sera en sûreté.

Manon lui lance un regard effaré.

— Mais… on ne peut pas les laisser faire, elles vont tous les tuer !

— C'est ce qu'ils veulent, eux aussi, nous tuer !

— Pas tous, ils ne nous veulent pas tous autant de mal…

Le visage de Seriane se ferme.

— Ils sont bien rares ceux qui osent se mettre en travers du chemin du maire et de ses sbires.

— Mais s'il y en a un, Seriane ? Même s'il n'y en a qu'un ?

Un immense frisson cisaille Seriane lorsqu'elle se voit soudain dans les larmes de Manon.

— On devient vite comme eux…, murmure-t-elle.

*

Face à la neige et au blizzard, Étienne, Popeye et Romaric soutiennent Mathieu sans relâche. Les cachets ont accompli leur petit miracle mais ses côtes cabossées lui font encore mal. Son épaule l'élance, et sous ses gants épais plusieurs de ses phalanges le brûlent. Le froid se fond dans chacune de ses blessures et avive son tourment. C'est pitié de voir son visage enflé se couvrir de gerçures et d'entendre les sifflements rauques de sa respiration.

— Mathieu, tu veux faire une pause ? Mathieu, tu veux mon manteau ?

Désireux de le soulager, Étienne gesticule autour de son ami. Il redoute à chaque pas que Mathieu s'écroule. Popeye le tire par le bras.

— Fous-lui la paix. Il ne faut surtout pas qu'il s'arrête !

Alors ils poursuivent, pliés contre le vent, cherchant leur chemin dans leur mémoire et dans les rares reliefs visibles.

L'entrée de la mine la plus proche se situe quelque part sur leur droite, vers le pic central. Il faut gravir une large fondrière, longer un éboulis jusqu'à une vire étroite au pied des grandes dalles. Mais Caro, Cyrielle et Manon sont-elles passées par là ? Ils n'entendent aucun aboiement, n'ont vu aucune trace dans la neige, même au sommet de la combe de Blanchard. Les rafales ont nivelé les crêtes et comblé les dépressions.

— Qu'est-ce qu'on fait ? demande Romaric, arc-bouté et les mains en porte-voix. Normalement, on en a pour une demi-heure, mais avec ce temps... Sans compter le risque de voir Mathieu s'écrouler tout à coup.

— C'est inutile, gueule Popeye, on n'y arrivera pas !

Étienne s'emporte.

— On n'a pas le choix ! Ce sont nos filles, il faut les sauver coûte que coûte !

Ils se tiennent en cercle, dos au vent pour pouvoir s'entendre. Romaric calcule rapidement.

— Il y a au moins six entrées, sans compter les accès aux grottes. On n'a aucune certitude d'en trouver une avec cette tempête, et si on y parvient, rien ne nous garantit que ce sera la bonne…

Popeye pointe une direction de son index.

— Il faut viser le monastère !

Étienne ne voit pas le rapport. Les filles n'ont pas pu l'atteindre en partant du village.

— Il y a une entrée au sous-sol, c'est la seule qu'on est sûrs de ne pas louper !

Romaric approuve.

— Mais ça fait des siècles qu'ils sont enfermés là-haut, vous croyez qu'ils vont nous accueillir à bras ouverts ?

— On n'a pas le choix ! Et puis, on peut entrer sans se faire remarquer… On se faufile, on observe et on avise.

Étienne regarde les murs de vent verglaçants, les flocons qui s'accumulent sur leurs manteaux ; Mathieu, toujours voûté, haletant. Même s'il connaît bien le massif, il doit admettre qu'il ne retrouvera pas la mine avec ce temps et la nuit.

Les quatre hommes repartent dans la tourmente.

16

Ralph se tourne, se retourne. Sa respiration s'accélère, son pouls percute ses tympans. Il commence à perdrc la tête. De quel côté sont-ils arrivés ?

— On est d'accord, les gars, on n'a fait que descendre jusqu'ici ?

Les autres grommellent, gesticulent. Leurs visages sont tendus, leurs voix pâteuses.

— On remonte alors.

Ralph rebrousse chemin. Il parcourt quelques dizaines de mètres. Les parois se referment, il doit se courber. Le boyau l'enserre davantage à chaque pas. Le sol s'aplanit jusqu'à finalement s'incliner vers le bas.

— Nom de Dieu ! Mais qu'est-ce qui se passe…

Roche, terre et neige, dix milliards ou dix mille milliards de tonnes entassées autour d'eux ! Haut, bas, la surface, les profondeurs, Ralph ne s'y retrouve pas. Les autres non plus, qui mâchonnent leur angoisse dans son dos. Les frontales crachent leurs rayons de pacotille sur la voûte poudrée de chapelure blanche. La montagne les étouffe, les écrasera bientôt pour lentement les digérer. Le ventre des Six, le ventre de la bête !

Ralph songe à son fils choqué qu'il a laissé, à sa gamine. Il bafouille : « Ramenez-moi… »

— Quoi ?

Ramenez-moi. Comme si les autres le pouvaient.

*

Dix mètres en avant, quinze dans l'autre sens et, toujours, la pente s'affaisse. La roche froide suinte tout contre lui, un cocon moite au-dessus de son crâne et sous ses grolles épaisses.

Willy renifle bruyamment. Il sent les fragrances poivrées, capiteuses, qui mijotent autour d'eux : la sorcellerie et ses tromperies ! Seriane les drogue, les enfume, il en a la certitude.

— Faut se réveiller, faut briser tout ça… Cassez tout !

Willy se met à gesticuler, prend le manche de sa carabine pour l'éclater contre un bourrelet de pierre, dégage sa hachette et assène des coups violents tout autour de lui. La roche se brise en petits copeaux tranchants. Un deuxième s'y met, d'autres suivent. Ils tapent dans tous les coins, sur tous les affleurements : un vrai feu d'artifice. L'un d'eux se met à brailler quand un éclat se fige dans son œil. Il trébuche, sa tête heurte la voûte. Ceux qui ne cèdent pas à la rage fuient cette pluie d'échardes.

Willy postillonne, éructe.

— C'est une illusion ! Une putain d'illusion ! Ces murs n'existent pas ! Cette grotte n'existe pas ! Elle essaie de nous rendre fous ! MAIS TU NE NOUS AURAS PAS, CONNASSE !

Il se flanque alors une grande claque, puis une seconde et, toujours hurlant, s'évertue à repousser la roche.

*

Ralph halète à présent. Comme un petit chiot après une course. Les autres autour de lui se concertent. Certains paniquent, d'autres, hébétés, tentent de comprendre.

— Oh ! Ralph, ça va ?

— Faut se casser. Faut sortir d'ici !

Il se retourne, écarte les autres et repart dans le tunnel.

— Ralph, attends !

Il avance. Le méandre rétrécit.

— Ralph, reviens ! C'est trop étroit !

Il s'agenouille, progresse à quatre pattes, se contorsionne pour éviter les proéminences. Ses vêtements s'accrochent, se déchirent. Il avance encore, sa vue se brouille. Des voix le supplient de revenir. Un autre le suit. Ils rampent et la roche se referme autour d'eux.

Ralph ne bouge plus. Il se tortille de temps à autre pour essayer de se dégager, mais en vain : ses bras repliés ne lui servent plus à rien. Il faudrait qu'il revienne en arrière pour dégager ses coudes, mais la crosse de sa carabine s'est prise dans un angle de roche.

Les fourmis le grignotent. Ça a commencé il y a quelques minutes par les pieds, puis elles sont remontées jusqu'à ses jambes, son torse. Bientôt, elles s'attaqueront à sa tête. Il ne sent pas la bave qui dégouline de sa bouche entrouverte, n'entend pas ses compagnons qui l'appellent. Il y a juste ce bruit en sourdine, une sorte de ronflement, qui lui noie les oreilles. Et ce tambour trop rapide, irrégulier, qui claque contre les parois de son crâne.

Soudain, il aperçoit quelque chose. Un halo, très vague, au bout du goulet. Il ferme les paupières, les rouvre : la lueur est toujours là, un peu plus forte. Quelque chose rampe dans les ténèbres et se rapproche.

*

La progression est longue mais plus facile. Elles doivent de temps à autre escalader quelques blocs, d'autres fois s'insinuer entre des pans inclinés ou encore franchir un méandre étroit, mais rien de comparable avec ce qu'elles ont déjà accompli.

Manon repense à la longue traversée du boyau : passée l'angoisse première, elle a aimé s'enrouler dans la pierre, sentir la roche nue contre son nez, sa bouche. Dans la pénombre, sa chair se mêlait à celle de la montagne. Et lorsque, par instants, le rayon de la frontale disparaissait et qu'elle se retrouvait plongée dans le noir absolu, elle s'imaginait au début du monde.

Elles arpentent une vieille galerie jusqu'à une salle aménagée. Elles sont sous terre depuis près de trois heures maintenant. Des lits rouillés, une table, trois chaises en métal subsistent. Elles sont presque choquées de découvrir les traces d'une présence humaine. Datant de plus d'un siècle, les affaires des mineurs sont restées intactes. Dans certains chariots, le minerai n'a même pas été vidé.

Caro s'inquiète.

— Ils ne risquent pas de nous trouver ici ? S'ils entrent par les galeries…

— Aucun risque. Il y a eu un éboulement plus haut, cette portion est coupée du reste du réseau.

Seriane ajoute aussitôt :

— Mais il y a une autre sortie.

Cyrielle et Caro s'affaissent sur un lit. Elles parlent doucement, Cyrielle s'inquiète pour son frère.

Manon s'assied près de Seriane. Celle-ci embrasse son front frais, doux comme la roche polie par le passage millénaire de l'eau.

— Qu'est-ce que tu vas faire ?

— Je ne sais pas vraiment… défaire ce que j'ai assemblé.

Manon fronce les sourcils.

— Comment ça ?

— Je n'ai jamais prévu ce qui est arrivé. Je l'ai simplement désiré. Très fortement, extraordinairement fortement. Certains me disent sorcière, mais je n'ai pas utilisé de formules, d'incantations, de potions ou d'autres choses de ce genre… Je suis simplement restée là, sous terre, des jours durant, avec ma peine immense et mon immense colère.

— Mais… tu n'as rien fait ?

— J'ai perdu la raison. C'est comme si j'étais restée endormie très très longtemps. Je buvais de l'eau de temps en temps, je végétais dans le noir, je rassemblais ce qui restait d'elles autour de moi. Sans ma haine, je crois que je n'aurais rien voulu de plus… Je me suis fondue dans la roche, dans la terre, puis j'ai commencé à ressentir une présence, une volonté. Alors, j'ai ramassé des objets qui traînaient : des morceaux de bois, des galets, des bouts de rail… J'ai pétri la terre et l'eau et je les ai refaçonnées. Une nouvelle chair, de nouveaux organes que j'ai composés avec ce qui restait des leurs… Je rêvais tellement de sentir la peau de ma fille contre la mienne.

Manon se serre contre elle, effleure son bras.

— Au début, l'argile était trop liquide, le bois cassait… Mais j'ai recommencé. Cent fois, mille fois, dix mille peut-être. Le temps n'existe pas, il n'a jamais existé ici. Tu ne t'en rends pas compte encore parce que tu en as amené de petits bouts avec toi, mais ils vont vite se perdre. Le temps, c'est le domaine du ciel, des grands horizons, du soleil qui passe et des astres mobiles… Sous terre, rien ne bouge, rien ne transite. Le temps ne s'intéresse pas aux interstices, aux espaces repliés, enfouis : il trace de longues lignes droites.

— Tu ne mangeais pas ?

— Non. Je n'avais plus faim.

— Et tu ne dormais pas ?

— Si, sans doute, mais je ne faisais plus la différence.

Seriane ne la regarde pas. Manon serre doucement sa main dans la sienne.

— Elles vont… remourir ? Neige aussi ?

Seriane se tasse doucement. Le poids du grand pic au-dessus d'elles l'écrase soudain.

— Je voulais tellement la revoir… Rester sous terre pour l'éternité, à ses côtés. Mais je leur ai insufflé ma haine…

— Ce n'est pas vraiment ta fille, n'est-ce pas ?

— Non, ce n'est pas elle. Ce n'est pas du tout Neige.

17

Même en pleine tourmente, sous les dièdres et les grands surplombs fantomatiques qui surgissent par instants, le monastère en impose.

Ils arrivent par le flanc est. Les deux tours qui encadrent le haut porche de l'entrée se discernent de loin, malgré le brouillard. De grandes façades de granit tracent des lignes sombres dans l'océan de neige.

Ils soufflent. Leurs poumons dilatés piquent, l'air glacial s'y engouffre à chaque inspiration. Leurs yeux rouges, fouettés par le blizzard, et leurs doigts de pieds et de mains les démangent : la chair lutte contre le gel.

Les Trois Pics restent invisibles. Des dieux inaccessibles qui dominent le monde.

Ils doivent franchir une pente. Toute chute serait mortelle. Ils s'aident de couteaux et de la hache de Popeye pour traverser la plaque gelée. Ils pataugent dans la neige croûtée de l'autre côté pour remonter et gagner l'entrée du monastère.

Sur le fronton central, une horloge blanche luit audessus d'un triple vitrail découpé de colonnades. En dessous, un arc surplombe la haute porte. De chaque côté, les tours de pierre sont surmontées d'une croix blanche. Derrière l'entrée majestueuse, les longs bâtiments massifs, accolés les uns aux autres, forment une muraille contre la neige et le vent.

Étienne n'y était pas venu depuis son enfance. Ils avancent prudemment jusqu'à la porte close, impressionnés malgré eux. Étienne inspecte la neige : aucune trace de pas.

— On toque ? demande Romaric.

— Non, on entre, lui répond Popeye.

Celui-ci contourne le porche et longe le premier bâtiment. Il rebrousse rapidement chemin et demande à Étienne :

— Tu es en état de grimper ?

Les jointures entre les pierres sont franches, Étienne gravit sans mal les quelques mètres. Avec la hache de Popeye, il nettoie les pointes d'un carreau brisé. Il entre dans une petite pièce, une sorte de chapelle. Il n'y a plus un banc, plus de porte, même l'autel a été démonté. Il sort dans le grand hall. L'atmosphère est glaciale, mais il est protégé du vent.

Un grand couloir ouvre d'un côté sur la grande porte, de l'autre sur la cour intérieure. Étienne déverrouille et fait coulisser les barres de fer des hauts vantaux. Le vent projette une nébuleuse de givre dans l'entrée. Popeye, Romaric et Mathieu s'y glissent et ferment derrière eux.

Au-dessus de leurs têtes, une grande statue de pierre représente un homme affublé d'un visage monstrueux, au museau allongé et aux traits canins.

— C'est saint Christophe, le saint des voyageurs, dit Popeye. Dès son arrivée, le Romain a arrangé à sa sauce la sculpture d'origine. La légende raconte qu'en quête du diable, saint Christophe a fini par adorer le

Christ. L'histoire a été purgée mais il s'adonnait à l'anthropophagie. Monstre, domestique, passeur et protecteur, tout cela à la fois.

Étienne déchiffre rapidement l'inscription sur la pierre :

Donnez l'alarme sur ma sainte montagne !
Tremblez, vous tous, habitants du pays,
car il arrive le jour de l'Éternel,
il est tout proche !
C'est un jour de ténèbres, un jour d'obscurité.
C'est un jour de nuages et de nuées épaisses.
Comme l'aurore qui se répand sur les montagnes.

Ils avancent dans l'allée déserte jusqu'à la grande cour. Là encore, nulle trace de pas. La neige s'est accumulée depuis les premières chutes d'automne, formant un énorme coussin immaculé. Ils s'introduisent dans un bâtiment par une porte latérale, allument leur torche ou leur frontale. Partout des pièces dépouillées, sans portes, sans bancs, aux rambardes ou aux armatures de bois manquantes. Tout ce qui brûle a été emporté.

Leurs pas résonnent dans le labyrinthe de pierre.

— Il n'y a plus personne, murmure Romaric.

Entendre sa propre voix le fait tressaillir. Popeye les guide jusqu'à un escalier monumental. Sur les deux côtés, les marches conduisent à l'étage, alors qu'au centre, un escalier plonge vers le sous-sol. Ils descendent. Une grande porte ferme le passage. D'énormes poutrelles glissées dans les taquets en bloquent l'ouverture.

— C’est ici, chuchote Popeye. Il faut descendre dans les caves jusqu’au tunnel.

— Pourquoi des barres de renfort ?

— S’il y a des survivants, ils doivent rester dans les étages. C’est sûrement pour se garder des intrusions.

— Ou empêcher des gens de sortir…, grogne Mathieu, qui a en tête les corps retrouvés à chaque printemps.

Romaric va répondre lorsqu’un son se fait entendre derrière la porte. Étienne lève brusquement la main. Popeye leur fait signe de ne plus bouger. Ils attendent, à l’affût. Une sorte de gémissement, une voix humaine. Les a-t-on repérés ?

Popeye et Mathieu arment leurs fusils. Étienne et Romaric soulèvent le plus délicatement possible la première poutrelle. Chaque heurt retentit sinistrement dans la cage d’escalier. Les gémissements redoublent à l’intérieur.

— Ils sont plusieurs, souffle Romaric.

Les trois poutres de métal enlevées, ils perçoivent des raclements. De grosses souris dans une cage.

— Attention…

Ils ouvrent les battants.

Dans le faisceau des lampes, trois corps avachis. Leurs vêtements trop amples flottent sur leur peau blafarde. Ils lèvent leurs mains en geignant, fuyant la lumière, et une odeur pestilentielle d’excréments, de sueur et de crasse, émane de leurs corps rabougris.

— Merde…, dit Popeye.

Il baisse le canon de son fusil.

Une immense cave voûtée s'ouvre devant eux. Quelques torches éteintes sont accrochées aux piliers. Des chaises, des tables, des lits de métal… des armoires aussi et des bureaux rouillés posés au milieu de rien, sur la terre battue.

Hormis les lampes, la seule lueur provient d'un foyer de braises à l'autre extrémité. Popeye avance en tête. Étienne suit avec Mathieu, Romaric ferme la marche.

Une vingtaine d'hommes peut-être les observent sans bouger, le regard vague. Ils semblent à bout de forces, malades, se tiennent recroquevillés sous d'épaisses couvertures. Outre celle des corps, une forte odeur imprègne la pièce : proche de l'encens, mais en plus désagréable. Un nuage blanc flotte dans toute la pièce.

Étienne sent sa tête lui tourner, il croise le regard de Mathieu.

— Opium, affirme aussitôt celui-ci.

Un tas de planches et de débris de bois repose près du feu endormi. Près des braises, des hommes sont en train de dévorer des morceaux de chair. Deux petits cadavres écorchés, carbonisés, suspendus à une broche.

— Vous croyez que c'est quoi ? chuchote Mathieu.

— De la marmotte, dit un homme qui l'entend. On les piège devant le monastère quand on n'a plus rien.

Ils restent silencieux. L'odeur de chair brûlée pimente la vapeur d'opium.

— Vous… vous êtes d'en bas ? demande l'homme très excité.

Il a l'accent piémontais. Popeye acquiesce.

— Vous avez réussi à entrer ! Vous n'avez pas été pris ?

— Pris par quoi ?

— Dès qu'on sort, elles nous sentent…

— Mais… vous êtes qui ?

Ils sont sept, encore vaillants, à se tenir désormais auprès d'eux.

— Qu'est-ce que vous faites ici ?

— On travaille dans la mine. Une fois par mois, ils viennent chercher le minerai. On entend l'appel, on remplit la nacelle et ils actionnent le treuil. On récupère la nacelle. Avec un peu de nourriture parfois… Des conserves, du riz. De moins en moins.

L'homme est heureux de parler mais il n'a plus l'habitude, il cherche ses mots.

— Je m'appelle Matéo, je viens de Turin. Et lui, c'est Francesco. On a franchi le col ensemble.

— Pourquoi ? le questionne Popeye.

— On pensait que ce serait mieux…

Certains sont arrivés cet été, d'autres l'année dernière. Ils crèvent de faim. Ils tiennent deux ans, trois maximum, puis meurent, épuisés. Popeye et Romaric n'en reviennent pas : aucun des anciens n'a survécu.

— Il y avait un homme, il se faisait appeler le Romain. Est-ce que vous le connaissez ? l'interroge Popeye.

Au début, l'autre ne comprend pas. Plusieurs sont natifs de Rome.

— C'était un surnom. Il ne venait pas de Rome.

Lorsque Matéo saisit à qui Popeye fait allusion, il grimace.

— On en a tous entendu parler. Il y avait bien un homme qui se faisait appeler ainsi et dirigeait le monastère. Votre *romain* est mort, il y a deux ans. Une pneumonie.

— Pourquoi est-ce que vous restez ici ?

— De temps en temps, l'un de nous essaie de partir… Parfois, il se fait prendre dans les couloirs ou devant l'entrée. Souvent, elles le chopent plus loin, à l'extérieur. Elles viennent souvent, le soir, derrière la porte. Alors on barricade…

— Mais qui, *elles* ? Il y a des femmes ici ? s'étonne Romaric.

— Elles ressemblent à des femmes, elles en ont l'apparence… Des succubes. Elles sont six.

Le type à côté se signe.

— Ces succubes, elles vous veulent quoi ?

— Nous tuer. Elles sont là pour ça… Heureusement qu'on a l'opium, ajoute l'homme en baissant la tête.

Étienne, Mathieu et Romaric se dévisagent en silence. Matéo, Francesco et les autres sont tous complètement camés.

— La porte, elle est fermée de l'extérieur. Il y a quelqu'un qui reste de l'autre côté ?

— Sûrement pas ! On met les traverses, on referme et on glisse une barre dans un trou pour les faire coulisser. C'est le seul moyen qu'on a trouvé pour éviter que l'un de nous ouvre… Vous… vous ne savez pas… elles viennent juste derrière la porte, elles entrent dans nos têtes, elles nous rongent le cerveau ! Parfois, les effets de l'opium s'atténuent, et l'un de nous tente de fuir… On doit prendre de l'opium, tous, même les nouveaux ! Au début on croit résister mais on ne tient pas. Vous verrez…

— Quoi ?

— L'opium mélange les pensées. Elles ne parviennent plus à nous posséder.

Le type se met à tousser bruyamment. Tous ces mots lui brûlent la gorge. Étienne avance d'un pas.

— Ma fille et celle de mon ami sont quelque part dans les mines. Il y a un passage ?

— Oui. Mais la galerie est coupée.

— Comment ça ?

Depuis longtemps les anciens mineurs ont dynamité les deux sections, pour empêcher les choses de s'approcher, explique difficilement Matéo.

— Il n'y a pas d'autres accès ?

— Non.

Matéo a hésité un instant avant de répondre.

— Ce sont nos filles. Elles sont dans les mines, poursuivies, on ne peut pas les laisser. Ce sont des enfants…

Matéo déglutit. Il tente de s'échapper dans ses souvenirs mais ses yeux rebondissent contre les murs de la cave.

— S'il vous plaît…

— Il reste l'ancienne cage d'ascenseur de la mine. Elle est bouchée mais la plaque doit pouvoir s'enlever. On n'y va jamais, c'est bien trop dangereux !

Une nouvelle quinte de toux le coupe en deux. Étienne attend qu'il aille mieux, l'aide à s'asseoir sur une chaise.

— Vous pourriez nous guider ?

— Je ne sais pas. Si elles sont derrière…

— On sera très prudents, je vous le promets. Je ne peux pas laisser ma fille. Mon ami non plus.

Matéo acquiesce. Il les mènera.

18

Willy s'est calmé, il réfléchit. Il rappelle ceux qui partent.

— Revenez ! Ça ne sert à rien, vous n'avez pas compris ? On ne trouvera pas d'issue en marchant !

Ils écoutent. Sauf l'un d'entre eux qui se met à courir à l'opposé en larmoyant. Il se cogne contre les saillies, s'enfonce dans le boyau qui descend encore. Ses coéquipiers l'appellent, en vain. Puis ils se couchent en entendant le coup de feu. Le type tire de tous côtés, recharge, tire encore. Les détonations explosent comme des coups de tonnerre dans un ciel trop petit. Willy et ses gars se bouchent les oreilles.

Finalement, c'est un cri de douleur puis un râle délirant qui se substituent aux déflagrations. Un bruit de bête enragée qui ne sait plus se tenir debout. Quelque chose d'inhumain : comme si la folie avait dévoré sa voix.

Willy inspire, expire tranquillement. Il murmure à ses hommes :

— Restons groupés, bouchez-vous les oreilles et ne paniquez pas. Ça va passer, il suffit d'attendre. Si on reste calmes, elle va devoir venir nous chercher. Et là…

*

Il a couru puis rampé, épuisant ses dernières forces. Willy et les autres lui ont gueulé de revenir mais il sait l'issue proche : cette lueur froide devant lui ne peut provenir que de l'extérieur, il en est convaincu ! Tellement que lorsque le passage devient plus étroit encore, il laisse son sac à dos, sa grosse veste éraflée, et se tortille comme un lézard pour grappiller quelques mètres de plus. Jusqu'à ce qu'il reste coincé. Sa tête passe, pas ses épaules. Il est comme emmuré. Il force comme un damné, déchire son pull. La faible clarté est toujours visible, si proche et pourtant inaccessible. De l'autre côté, à ses pieds, il entend soudain des grattements, puis des couinements. Une image bondit alors dans son esprit : longiligne, vicieuse et vorace, bien pire qu'un rat. Une hermine !

Il en a une trouille bleue.

Il l'entend très nettement à présent. Elle se rapproche. Elle va bientôt atteindre ses chaussures. Et alors, que fera-t-elle ? Prudente, elle commencera par un petit coup de croc. Il agitera ses jambes, elle refluera. Puis elle reviendra, mordra un peu plus fort, entamera le tissu, arrachera un premier bout de sa chair. Peut-être s'attaquera-t-elle ensuite directement à son cuissot ?

Il pousse de toutes ses forces sur ses bras arqués. Mais sa tête ne passe pas. Ses oreilles coincent, son crâne s'écorche sur la pierre. Les bruits à ses pieds s'accentuent : ce n'est pas une hermine qui se trouve là, elles sont une dizaine au mois, à le flairer, l'examiner de leurs affreuses billes noires. Il peut encore soulever son buste pour dégager son fusil. Mais le canon pointe dans le mauvais sens. Une première hermine remonte le long de son mollet, il panique, meugle en continu désormais.

Dans un éclair de lucidité, il plie son fusil à la jonction et parvient ainsi à le faire pivoter sous lui. Lorsqu'il sent la petite bête fouiner entre ses jambes, il tire, recharge, tire à nouveau. Cinq cartouches dans son chargeur, il s'apprête à le vider lorsqu'une balle lui explose l'entrejambe. Une autre suit peu après, lui transperce un pied. Il presse encore une fois la détente.

Il n'a plus la force de se débattre, agite encore un peu ses pieds. Son sang, ses viscères se répandent. Il perçoit une odeur musquée, qui lui rappelle celle des intestins quand il vidait les bêtes au retour de la chasse. Et les relents de la fille qu'ils ont violée, six ans plus tôt. À la fin, après plusieurs semaines, elle puait ainsi.

Les hermines sont là, elles farfouillent dans ses entrailles et le grignotent. Leurs ignobles dents pointues… Son râle cahote jusqu'aux oreilles de Willy, de ses hommes et de ceux de Ralph.

*

Ralph vagit. Il voit la chose approcher à travers la pierre. Un visage féminin, terrifiant.

Il grogne en essayant de reculer. La crosse du fusil frotte contre la pierre. Il se tortille, hurle comme une bête piégée. Les autres l'entendent, se demandent qui pousse ce cri entêtant, à se frapper la tête contre les murs.

Ralph parvient à dégager ses bras. La femme est proche à présent, il sent les remugles rances du sang, de la lymphe, de la terre et du bois. Une odeur de putréfaction. Il se cogne contre les arêtes de pierre, s'égratigne le crâne à force de pousser, comme pour écarter la montagne.

Elle est là, devant lui. Elle le regarde. Son visage mort, sa peau argileuse, les galets dans ses orbites… Il défèque de trouille, est pris de convulsions, ses hanches s'emboîtent dans une petite arche et il reste coincé là, à battre des pieds et des mains.

Elle l'observe. Il lui semble la reconnaître. Il tente de ramener son fusil, tâtonne pour trouver la gâchette. Ses yeux morts, cette bouche crasseuse… Il n'a rien fait, il a juste regardé, un peu. Il n'a pas participé à l'orgie.

— C'est pas moi ! J'ai rien fait ! Ce sont les autres !

Il s'était rincé l'œil et il avait laissé la jeune femme à ses tortionnaires. Il avait fait semblant de ne pas comprendre les allusions de Gus qui l'invitait à prendre sa part…

Enfin, il trouve le chien. Une balle lui perfore l'épaule. Il tire, réarme, tire encore. Il n'a pas le temps de voir celle qui lui pénètre dans l'œil, explose dans son crâne. Une myriade d'éclats de plomb déchiquettent le cortex et les membranes de son cerveau.

Juste avant de mourir, il voit devant lui le corps criblé de balles du chasseur de l'autre groupe entre les parois qui s'estompent.

*

Willy déglutit difficilement. Il pose encore une fois la main sur la concrétion rocheuse qui l'entoure. En haut, en bas, il sonde. La roche est solide sous ses doigts, pourtant c'est une illusion ! Il en est convaincu : vapeurs, émanations… ils ont été drogués. Et ces abrutis se tirent dessus ! Il ferme les yeux et repasse sa main en espérant déjouer les fausses évidences. Rien ne se produit. Lorsqu'il rouvre les paupières cependant, quelque chose a changé : le tunnel s'est tassé. De quelques centimètres à peine, mais il n'arrive plus à se tenir droit comme avant.

— Merde, dit-il simplement, éveillant aussitôt les craintes de ses compagnons.

— Qu'est-ce qui se passe ?

Willy se tourne pour masquer son trouble. Il regarde la montre à son poignet : il n'en revient pas, déjà trois heures qu'ils errent dans les tréfonds de la montagne !

Il a juste cligné des yeux, pourtant le plafond bosselé a baissé de quelques millimètres ! Il respire bruyamment à présent, n'ose plus fermer les paupières. Il tient quelques dizaines de secondes, mais ses yeux le piquent trop, il finit par cligner plusieurs fois. Maintenant, c'est une certitude : les murs se contractent.

19

Étienne et les autres se préparent à repartir. Ils attendent simplement que le feu reprenne : Matéo va les guider jusqu'au puits mais il a besoin d'une torche.

Mathieu, adossé à un pilier, grimace.

— Tu tiens le coup ? lui demande Étienne.

— Oui. J'ai un peu forcé sur les doses…

— Il y a Caro avec elles. J'espère que Seriane les a rejointes…

Mathieu fait un effort intense, tous les traits de son visage se plissent.

— Tu te rends compte, Étienne ? Le Romain et sa bande, ils sont tous morts ! Et maintenant, tous ces pauvres types y passent alors qu'ils n'ont rien fait ! J'ai beau ricaner quand Willy parle de sorcellerie… Et si Seriane est derrière tout ça ?

— J'ai confiance en elle, bien plus qu'en ce salopard !

— Est-ce que tu peux vraiment te fier à ce que tu ressens, Étienne ? Les garçons, ce qui leur est arrivé, ce qui se passe ici depuis six ans… Tout nous échappe ! Nous sommes hors jeu, tu comprends ?

Mathieu prend une grande inspiration.

— Si Seriane te manipule, tu n'as aucun moyen de le savoir ! Peux-tu faire dépendre la vie de nos filles de tes intuitions ?

Les lèvres d'Étienne restent closes. Ses cauchemars, les mots de Seriane dans la cave, son regard, et l'oppression terrible qu'il a alors ressentie… Mais pourquoi le manipulerait-elle ? À quelle fin ?

— Tu as raison, sauf sur un point : ce n'est pas Seriane qui a déclenché tout ça.

Ils entendent soudain des claquements de langue. Un type squelettique s'est approché d'eux. Il a le visage décharné, la peau ravagée de parasites. Il essaie de les accrocher de ses yeux voilés, aux pupilles trop grosses, mais son regard se dérobe sans cesse. Il agite un os dans sa main en produisant un ricanement épouvantable, puis en gratte le pourtour avec les dents.

— Putain…, dit Mathieu.

— Quoi ?

— C'est un fémur, un fémur humain !

Ils partent enfin. Les quatre hommes sont éprouvés : jamais ils n'avaient vu ou imaginé une telle horreur ! Le monastère est devenu une souricière, un mouroir. Matéo a chassé l'homme et son fémur. Il n'a rien dit. Étienne, Mathieu, Romaric et Popeye non plus. Ces hommes ont simplement tenté de fuir, cherché un endroit meilleur, et ils ont abouti dans cette cave puante où ils agonisent à petit feu, rongés par l'opium, la faim et la terreur.

Ils suivent la galerie. Étienne reste en arrière. *Elles ressemblent à des femmes… Elles sont six.* Seriane sait-elle ce qui se passe ici ? A-t-elle manigancé quelque chose pour faire souffrir ces hommes parce qu'ils ont torturé sa fille ? Elle part souvent dans la montagne, mais comment pourrait-elle causer tant de mal ?

Ils parviennent au large puits, à l'ancienne cage d'ascenseur. À cinq, ils déplacent la lourde plaque de métal et de bois qui bouche le trou rectangulaire. Un gouffre sans fond. Au-dessus, le treuil fonctionne encore : une grande manivelle permet de faire descendre une petite nacelle.

— Le câble doit être assez long, suppose Matéo.

Romaric l'inspecte. Il est rouillé, des échardes de métal pointent tout du long.

— Il a l'air assez solide. Bon, descendez-moi, je vais voir ce que ça donne en bas.

L'un après l'autre, ils atteignent la galerie inférieure, quinze mètres plus bas.

*

Le petit groupe que Ralph a laissé derrière lui piétine. Il y a quelque chose d'insupportable à rester ainsi immobile au milieu des détonations et des râles. Leurs amis, coincés juste là, sont à l'agonie !

L'un d'eux n'y tient plus. Il ne craint pas les passages étroits.

— Je vais voir. Bon Dieu, on va se casser d'ici !

Il s'élance, déterminé. Il court, cale sa respiration sur le rythme de ses pas. La pente s'incline légèrement. Le tunnel ne rétrécit pas, s'évase même soudain pour déboucher sur une grande caverne. Il sourit : il a fait le bon choix. Avec sa lampe, il éclaire les murs autour de lui. Une fine poussière noire tombe du plafond.

Il balaie ses cheveux. Les fragments de roche s'éparpillent sur ses bras et sur son visage. Tout autour à présent, la roche s'effrite. Intrigué, il dirige le rayon de sa lampe vers le sol et les voit alors : des milliers et des milliers de tiques. Ses pieds, son pantalon, en sont déjà couverts ! Il pousse un hurlement, secoue frénétiquement ses cheveux, ses avant-bras, tente de quitter la grotte. Mais dans la panique, il trébuche. Une énorme grappe lui éclate au visage. Les tiques, affamées, se ruent à l'intérieur de ses narines, de sa bouche, de ses yeux. Leurs rostres s'enfoncent par centaines dans son corps. Il remue sa langue pour repousser la nuée grouillante, expectore de toutes ses forces. Soudain il se fige : sa langue s'est retournée contre sa glotte. Ses doigts farfouillent dans sa bouche pour la rattraper. L'air lui manque, la tête lui tourne, il bascule sur le côté et son crâne heurte une pierre. Juste avant son dernier soubresaut, il regarde dans le faisceau immobile de sa lampe la roche nue, sans la moindre tique. Un visage terreux le contemple. Il reconnaît sans aucun mal les traits de la jeune femme.

*

Elles approchent. Manon et Cyrielle le sentent dans leur chair, Caro à la tension croissante des filles et de Seriane. Aux boyaux tortueux ont succédé les galeries rectilignes de la mine. Elles évoluent dans le noir : Seriane allume quelques secondes, vérifie le chemin, puis éteint pour économiser sa lampe. Heureusement, à l'exception des rails, le sol est uniforme.

Manon ne quitte pas Seriane d'une semelle. Elle marche d'un pas sûr, semble avoir repris des forces. Cyrielle reste dans leur sillage.

Caro est éreintée : elle titube, son souffle s'est racorni, tout son corps se grippe comme une machine rongée par le sel. La consistance des murs lui paraît changée. La roche semble moins dure, presque molle. Elle a l'impression que même le sol est légèrement flasque.

Elles parviennent à un élargissement. Seriane allume. Sur leur droite, une arche ouvre sur une nouvelle cavité aménagée. Des cantines sont encore dressées sur une table.

Seriane veut repartir, mais Caro l'arrête.

— Vous… vous allez un peu vite pour moi…

— Ça ne va pas ? lui demande Seriane.

Toujours aussi grande, droite, sa chevelure et ses yeux clairs brillant à la lueur de la frontale. Caro se sent fade, rabougrie, à ses côtés.

— Je… je fatigue…

— Maman, tu as besoin de te reposer !

Elles s'affairent autour d'elle. Le regard de Caro se perd dans les murs : elle a l'impression de les voir palpiter légèrement.

Seriane se retourne vers la longue galerie. Si elles attendent trop…

— Comment… comment as-tu découvert ces grottes ? demande Caro, inquiète.

— Je me réfugiais ici, enfant. Mon père était violent… C'était ma planque.

— Seriane… qu'est-ce que… tu comptes faire ?

Elle halète, ne parvient pas à terminer une phrase. Des filaments rouges teintent les roches désormais. Tout un réseau de veines ondule le long du tunnel.

— Je sais où leurs corps reposent. C'est là que nous devons nous rendre.

Le visage de Caro, soudain, se creuse.

— Ce n'est pas un tunnel, c'est un intestin…

— Quoi ?

Cyrielle regarde sa mère, inquiète. Seriane fronce les sourcils, sort de son sac une petite fiole. Une odeur vive s'en dégage.

— Bois !

Caro commence par repousser sa main.

— Je… je vais y arriver…

La tête lui tourne, le tunnel vibre de plus en plus. Elle entend à présent les gargouillis d'une gigantesque digestion. Les sucs se rapprochent, vont bientôt les dissoudre !

— Cyrielle, tiens la tête de ta mère !

Caro sent les mains de sa fille se plaquer contre ses oreilles, la fiole approche de sa bouche. Elle se revoit abritée sous le surplomb, lorsque Seriane lui a tendu une gourde. C'est la Thermos qu'elle a donnée aux filles… Idem à la précédente pause : à chaque fois, c'est dans une gourde différente que Seriane l'incite à boire !

Elle essaie de se détourner, de fermer les lèvres. Elle s'efforce de résister à l'engourdissement, d'alerter sa fille, la supplie de la lâcher. Le liquide fond dans sa bouche, elle sent l'âpreté se répandre le long de sa gorge. Les murs gonflent toujours, se rapprochent, les voix deviennent distantes. « *On doit la laisser, on n'a pas le choix.* » Caro sent qu'elle se déplace, s'allonge. Elle n'entend pas sa fille lui murmurer à l'oreille que jamais elle ne la laissera, qu'elle reste auprès elle. Les intestins sont partis, il ne reste que des murs de roche nue et son esprit qui voltige.

*

Ils évoluent à présent à pas de loup au cœur des mines, dans les premières galeries. Ils balaient les recoins du faisceau de leurs torches. Contrairement aux étages supérieurs, à ce niveau, les planches de soutènement des tunnels sont restées intactes. Les outils et les chariots des mineurs sont encore en place. De vieux ustensiles, datant de plus d'un siècle, abandonnés à la hâte.

Le regard de Mathieu brûle : les cachets qu'il a ingurgités le consument à petit feu.

— De quand datent ces galeries ? demande Popeye.

— Fin du XIXe, se souvient Romaric. Une partie de la première section a été bouchée par des éboulements, elle n'a jamais été rouverte par la suite. Si nous sommes dans cette portion, le puits de la cage d'ascenseur est le seul moyen qui reste pour descendre ou monter…

— Qu'est-ce qu'on fait là, alors ?

— C'est ce qui se dit, je n'ai jamais vérifié. Je n'étais même pas au courant de l'existence du puits. Il y a sûrement d'autres passages : les anciens racontent que des boyaux naturels connectent les étages entre eux.

Ils atteignent une intersection : un tunnel étroit que la galerie coupe, de part en part. Les hommes l'ont élargi et nivelé à coups de pioche. Face à eux, la galerie semble s'achever sur un grand éboulis.

— Qu'est-ce qu'on fait, demande Popeye ?

— À gauche, dit Romaric.

— Pourquoi ça ?

— Je ne sais pas, ça sent quelque chose, vous ne trouvez pas ?

Une odeur d'argile peut-être, quelques fragrances de bois, qu'ils n'avaient pas remarquées jusqu'à maintenant. Popeye n'est pas d'accord.

— On ferait mieux de suivre la galerie principale : il faut qu'on remonte. Vos filles sont sûrement dans les étages supérieurs.

Romaric explore la cavité avec sa torche.

— Justement, le passage monte.

Popeye avance de quelques pas, perplexe.

— J'ai regardé en passant, ça ne montait pas.

— Quoi ?

— Le tunnel était rectiligne, il ne tournait pas et ne montait pas.

Romaric ricane. Les deux hommes se toisent avec un drôle d'air. Étienne vérifie à son tour : le tunnel monte bien.

Ébranlé, Popeye n'en démord pas.

— Je suis certain de ce que j'ai vu…

Mathieu tient difficilement debout. Les cachets découpent ses pensées. Il rêve de s'allonger au milieu des rails, de se laisser dériver. Et alors qu'il fouille le sol du regard, il aperçoit des empreintes, dans la terre poussiéreuse : des petits pas, des chaussures d'enfant !

— Étienne…

— Ça ne sert à rien de discuter des heures, on va voir et on revient ! De toute manière, c'est bouché devant.

— Étienne…

Popeye et Romaric pénètrent dans l'étroit couloir. Étienne se tourne vers son ami.

— Les traces…

— Quoi ? Quelles traces ?

Mathieu agrippe le bras d'Étienne, ses pensées flottent. Il en oublie presque ce qu'il fait, tend la main.

— Là !

Étienne inspecte le sol uniforme et les rails qui disparaissent quelques mètres plus loin.

— De quoi est-ce que tu parles ?

— Elles sont passées par là… elles ont suivi la galerie…

— Mais, Mathieu, je ne vois pas de traces ! Et la galerie se termine en cul-de-sac…

Étienne relève sa torche.

— Tu vois bien, c'est une impasse !

Mathieu, lui, voit le tunnel se prolonger aussi loin que porte le faisceau de lumière.

*

Caro divague, dans un sommeil torturé. Elle ne sent pas les larmes couler sur ses joues, n'entend pas Cyrielle qui tente de la réveiller. Seriane l'a trompée. Elle a trompé tout le monde ! Et la sorcière a emmené sa fille et celle d'Étienne dans les tréfonds de la montagne.

Elle pressent déjà ce qui va advenir : la mort de tous les hommes du village, sa propre agonie, lente et solitaire, et bientôt les Six deviendront les huit, leurs rangs grossis par la corruption annoncée de Cyrielle et de Manon.

Seriane va-t-elle les torturer ? Laissera-t-elle des hommes se jouer d'elles avant de les transformer ? Par quel rituel réduira-t-elle leurs filles à cet état abâtardi, monstrueux ?

Caro a échoué. Elle n'a pas su les protéger et ce qui les attend est la pire des abominations.

*

Romaric marche en tête, Popeye est sur ses talons. Le tunnel monte, rétrécit. Ils aboutissent au bout de quelques minutes dans une petite salle ronde.

— Merde…

Soudain Popeye aperçoit, au ras du sol, une ouverture. Il s'accroupit, le boyau s'élargit et continue vers le haut.

— Je vais voir.

Il entre, rampe sur une courte distance. La voix de Romaric lui parvient assourdie. Il s'arrête, vaguement inquiet. Il lui semble entendre un léger ruissellement. Il avance encore un peu, atteint un replat puis le boyau descend en pente douce, de l'autre côté.

— Merde. Ça redescend !

Romaric ne lui répond pas. Il crie plus fort. Toujours aucune réponse. Il se laisse glisser sur plusieurs mètres lorsqu'il entend soudain le ruissellement, derrière lui. De l'eau, quelque part, qui approche. Il pivote sur le dos. Il voit alors une mince ouverture dans le plafond. Presque instantanément, une eau froide, glaciale, en jaillit et commence à couler le long de son corps.

Popeye souffle un grand coup, se remet sur le ventre, pousse en arrière. L'eau entrave ses mouvements, le courant contrarie ses efforts. Surtout, devant lui, l'eau monte : le boyau doit être bouché quelques mètres plus bas seulement !

Il doit encore franchir le replat…

Il commence à paniquer, gueule après Romaric qui ne répond toujours pas. De toute manière, le bruit de l'eau est tel désormais qu'il couvre tout. Il gagne un mètre, regarde devant lui : le niveau monte à une vitesse vertigineuse. Plus il rampe vite, plus il s'essouffle, et moins il tiendra lorsque l'eau l'engloutira. Il se calme et reprend ses poussées en prenant de grandes inspirations.

*

Romaric n'en revient pas.

Devant lui, il n'y a plus rien : plus d'ouverture, plus de cavité. La salle est entièrement fermée et il est prisonnier à l'intérieur !

Il gueule, appelle, se gifle : il a vu Popeye s'engager dans le boyau, il a suivi sa progression sur les premiers mètres à l'aide de sa lampe !

Il éprouve un immense désarroi. Et la sensation, angoissante, que déjà l'oxygène se raréfie.

20

La terre grogne, le massif s'ébroue. La secousse est brève mais dans l'immense grotte que Seriane éclaire de sa frontale, des milliers de gouttelettes se détachent des stalactites et fondent vers le sol comme une pluie de comètes.

Elles se tiennent enfin à l'orée de la salle. Pendant cette longue traversée, les heures ont filé, comme emportées par un ruisseau d'orage. Seriane se tient au centre, Manon sur sa gauche, le regard dur.

Elles contemplent au sommet du tertre les six tumulus érigés au pied des niches que l'eau a creusées dans la roche pendant des millénaires.

Quelques pointes de stalactite éclatent sur le sol de la grotte, un tintement couvre alors le grondement mourant du séisme. La roche s'est craquelée : une fissure a fendu à l'horizontal tout un pan de la grotte.

Elles seront là d'une seconde à l'autre.

*

Étienne a entendu Romaric crier. Il a voulu s'engager à son tour dans l'étroit tunnel mais Mathieu l'en a empêché. Il l'a fait avancer dans le noir, en direction de l'éboulement qui obstrue la galerie. En marchant, Mathieu lui parlait de tout et de rien, de souvenirs de leur jeunesse, de Cyrielle et de Manon, de Marie aussi. Puis il a éclairé : l'éboulis était toujours là, devant eux. Derrière, il y avait l'intersection et l'entrée du tunnel. Sauf que celles-ci se trouvaient maintenant à une centaine de mètres en arrière.

— C'est quoi ce délire ?

Étienne n'en revient pas. Mathieu vacille, se raccroche à lui.

— Qu'est-ce que tu vois devant nous ?

— L'éboulis.

— Il n'y a pas d'éboulis, Étienne. Et l'entrée du boyau est loin désormais…

Les cachets altèrent-ils les sens de Mathieu à ce point ? Sauf qu'il y a cette distance parcourue, entre l'intersection et l'éboulement, qui n'existait pas quelques minutes plus tôt !

— Ce sont des illusions, Étienne. Elles nous manipulent… Elles mordent dans nos pensées…

Il sort de sa poche les comprimés prélevés dans la pharmacie du camion. Il ingurgite une nouvelle dose, en tend à Étienne.

— Prends ça !

— Attends…

Puis Étienne se souvient de ce que Matéo leur a dit, à propos de l'opium : le seul moyen de résister, avoir des pensées insaisissables !

Il enfourne les pilules et se laisse dériver dans le noir. Mathieu se tient à lui, tous deux tâtonnent dans les ténèbres. La galerie est interminable.

De temps à autre, ils allument une torche : pendant quelques secondes, la lumière dissipe l'obscurité, puis celle-ci s'étend de nouveau comme une immense avalanche. Leurs mouvements sont lents et désordonnés, leurs pensées et leurs souvenirs s'entrechoquent. Le cœur d'Étienne tambourine, son crâne le brûle, les idées noires gravitent autour de lui : il soupçonne à chaque nouvelle frayeur une présence maléfique.

Malgré l'épuisement, malgré l'engourdissement de leur corps et de leur esprit, ils se rapprochent du centre de la montagne, de la grande salle.

Alors la terre se met à trembler et les Six tressaillent.

*

Dans les galeries, les parois s'élargissent soudainement, l'eau disparaît : le séisme stoppe les artifices. Les hommes se regardent, hébétés.

Willy se relève. Il a le visage empli de larmes, ses yeux rougis le piquent. À chaque fois qu'il clignait des paupières, l'étau se resserrait. Il en devenait fou.

Il tend sa torche. Un léger rétrécissement de la galerie précède la salle de jonction, d'où partaient la plupart des tunnels creusés par l'homme. Sur le sol de terre, des corps, une dizaine au moins. Son faisceau balaie les cadavres. Ralph est là, parmi d'autres. Certains sont morts étouffés, la gorge serrée par leurs propres mains, plusieurs sont tombés sous les balles de leurs compagnons.

La tête lui tourne. Il a survécu. Mais Ralph et les autres… Tous ceux qui avaient touché ces filles y sont passés. Il tremble, pue aussi : il est couvert de merde et d'urine. Et lui qui croyait qu'avec son fusil et son bûcher…

Popeye enfin peut respirer, il entend Romaric qui vient vers lui. Sa main se referme sur son mollet, le tracte le long du boyau jusqu'à la galerie plus vaste. Il tousse, crache. Pas une trace d'eau : ses poumons sont noyés par sa propre salive.

Mathieu serre longuement Cyrielle contre lui puis il s'approche de Caro. Elle est étendue sur une paillasse, dans le renfoncement creusé le long de la galerie. Étienne la secoue doucement pour la réveiller. Elle gémit, balbutie. Elle réclame sa fille.

— Elle va les sacrifier, elle va prendre Manon et Cyrielle. Elle va tuer notre fille…

Mathieu lui caresse le front :

— Je suis là, Cyrielle aussi. Nous sommes là, tous les deux, tout ira bien à présent.

Il s'avachit contre elle, l'embrasse en pleurant. Étienne se tourne vers Cyrielle, lui demande :

— Manon ? Où est-elle ?

— Elles ont continué. Elles doivent y être à présent.

— Où ça ?

— Dans la grande caverne, là où se trouvent les corps.

Willy doit sortir. Les lignes de lumière dessinent des ombres derrière les dépouilles. Les têtes ahuries des autres survivants qui déboulent et tombent sur le charnier, se détournent. Certains vomissent.

Dans un grand craquement, les planches de soutènement de la salle de jonction se brisent. D'énormes rochers s'ébranlent. Ils se fracassent sur les corps dans un bruit de chair broyée et d'os brisés.

« Qu'est-ce qu'on fait ? » demande un type. Willy ne répond pas, croise une dernière fois l'œil vitreux et exorbité du cadavre devant lui et il se met à courir, avec toute l'énergie qui lui reste, vers l'issue la plus proche. À l'intérieur, dans la salle de jonction, un énorme bloc se décroche et le plancher de roche se fragmente : les corps basculent dans un abîme sans fond.

L'un après l'autre, les hommes ressortent, le regard vide et le pantalon souillé par leurs propres déjections. Des colonnes d'estropiés. Ceux qui sont restés aux entrées des galeries n'en reviennent pas. Les questions qui se pressent sur les lèvres sont ravalées : nulle réponse à attendre de ces hommes-là. Le froid est vif mais le vent s'est arrêté. Les plus vaillants ôtent leur manteau pour recouvrir les corps frémissants de leurs camarades.

Willy tremble sans pouvoir s'arrêter.

— Et les autres ? demande un gars.

— Quels autres ? murmure-t-il en réponse.

21

Seriane s'avance au milieu de la forêt de stalagmites pâles qui dentelle le sol rebondi de la salle. Manon la suit en silence.

Sur les longues tiges crénelées du plafond, de nouvelles gouttelettes perlent déjà. De temps à autre, l'une d'entre elles se détache et éclate, plusieurs mètres plus bas, en minuscules éclaboussures. Le souvenir resurgit subitement : un soleil brûlant d'après-midi, l'odeur du café qu'elle a oublié d'éteindre, Neige a cinq ans, elle se serre contre elle.

Maman ? Qu'est-ce qu'on fait des gens qu'on aime quand ils deviennent morts ?

Ça dépend. Parfois on les met dans des cercueils, Neige.

Moi, les gens que j'aime, s'il y en a qui meurent, je les transformerai en cornichons pour les garder toujours près de moi dans un bocal.

Les tumulus se dressent au sommet de la dune de pierre. Seriane n'a pas pris de bocal.

La foulée feutrée de Manon se glisse à sa suite. Chaque pas est un arrachement. Seriane songe à la fin qui approche : elle, la mère sans fille accompagnée de Manon, une fille sans mère. Elle sait que, bientôt, son enfant disparaîtra de nouveau.

« Neige, Neige, reviens, tu vas trop loin ! » Sa fille continue à courir dans la pinède, entre les arbustes fraîchement plantés. Elle agite les odeurs de sève et de jeunes pousses, des pierres chaudes et de thym, les mélange dans un tourbillon de joie. « Cachée maman ! » Et la quête commence : retrouver sa petite nichée derrière une souche ancienne ou un taillis bourgeonnant.

Les souvenirs l'écrasent. Elle est venue ici, a attendu une éternité dans les ténèbres, deux uniques désirs façonnant tout son être : ressusciter et venger. Amorphe, engourdie par des semaines de jeûne, elle s'est assise. Son corps gelé l'élançait à chaque inspiration. Une idée a germé dans son esprit. Elle a tendu la main, pris un os et commencé à l'enrober de glaise.

Lorsqu'elle traverse la dernière rangée de stalagmites, Manon sur ses talons, la terre se remet à trembler. Les Trois Pics grincent, enragent : un dragon gigantesque.

Une pluie de doigts de pierre se met à tomber. La forêt est ébréchée, les concrétions étêtées. Manon tend une main frissonnante vers Seriane. En haut de la butte, chacune derrière son tumulus, les Six les attendent.

Des masses sculptées, polies, mi-glaise mi-chair, des golems dégénérés au visage repoussant. À l'exception de la structure d'os, de bois et de roche qui forme leur armature, tout en elles n'est que putréfaction et viscosité. Leur rage est latente. Seriane éprouve leur frustration d'avoir laissé échapper tant de proies. Leur férocité entaille son esprit.

L'absence d'yeux ne tarit pas l'intensité de leurs regards : dès que leur attention se porte sur Manon, celle-ci doit repousser l'afflux de pensées monstrueuses qui tentent de s'agglomérer aux siennes.

Les Six sont fébriles : elles attendent leur génitrice. Un rituel va recommencer. Seriane les apaise. Neige, Roxane, Mathilde, Méline, Maria, Aude, elle égrène leurs noms. Elle débouche la fiole qu'elle porte autour du cou.

Étienne surgit sur un court parapet qui surplombe la salle. Il voit immédiatement Manon aux côtés de Seriane, face aux six terreurs sculptées. Il crie, appelle sa fille, mais les sons s'étouffent autour de lui.

Il voit Seriane élever une fiole. Sauter ? Il est trop loin, trop haut, à plusieurs mètres d'un sol épiné de stalactites.

Seriane ressent la volonté ancienne qui s'éveille en elle. Quelque chose est enterré dans ce massif, qui, dès son enfance, a scellé son existence. Elle est sereine lorsqu'elle porte la fiole à sa bouche et en avale le contenu. Son temps est révolu. La grotte murmure, tressaille. La transmission peut commencer.

Seriane chancelle. Son cœur se met à cavaler, ses bras tressautent, ses yeux s'embrument. Elle finit par lentement ployer.

— Seriane ! hurle Manon qui tente de la rattraper avant qu'elle ne s'affaisse.

— Fais-le. S'il te plaît…

Sa voix faiblit. Le poison qu'elle a ingurgité se répand en elle, déjà sa respiration s'étiole et se contracte. Malgré l'émiettement de ses pensées, de ses souvenirs, elle voit le visage lumineux de Manon et les vestiges de celui de Neige…

Gamine, elle jouait dans la grotte. Elle élevait çà et là de petits cairns pour témoigner de son passage. Un inconnu laissait des bouts de bois, des galets. D'autres signes, comme un jeu. Avec tout cet attirail, elle a commencé à fabriquer des tumulus. Puis un jour, elle l'a trouvé : enfoui au plus profond de la roche, comme s'il était remonté par une fissure. Un vieil os humain. Sans même y réfléchir, elle l'a poli, l'a enrobé d'argile et d'autres matériaux et elle s'en est servie comme socle de sa sculpture. Par la suite, d'autres os sont apparus.

Les Six titubent à leur tour comme six reflets déformés du corps de Seriane. Des coups de vent s'élèvent de leur enveloppe minérale qui se désagrège, comme un ballon percé. Un souffle aigre, acide. Les vapeurs toxiques se propagent.

Manon s'enroule autour de Seriane, elle enfouit sa tête contre elle, ses yeux la piquent. Son corps si frêle repousse les assauts viciés qui tentent de l'atteindre. Elle s'arrime à la roche alors qu'une puissante secousse déchire la montagne. Dans un gigantesque craquement, une première crevasse fissure le sol.

— Attention, beugle Étienne !

Il voit une longue estafilade percer le sol. Un gouffre gigantesque est en train d'apparaître.

Le désarroi des Six est immense. Leur haine un instant étanchée par la mort de leurs bourreaux se ravive : elles ne veulent pas retourner au néant ! Elles farfouillent dans l'esprit évanescent de Seriane, y attisent des peurs anciennes, les incrémentent de couleurs sournoises et d'arômes sordides : son père, les coups portés, la mère qui se tait. Seriane entend gémir le gosier de la terre. Elle divague, se souvient : en parcourant enfant certains boyaux inférieurs, en se perdant dans les méandres les plus étroits, elle avait déjà débouché dans cette énorme cavité. Après une raclée de son père et le silence de sa mère, elle avait failli s'y jeter : le plus insondable des oublis, là où personne ne la retrouverait jamais. Puis elle avait senti la volonté régénérante, flottant dans les ténèbres.

Seriane s'écroule, inanimée. Les Six gisent : leurs corps fument, les végétaux et les minéraux se disjoignent mais restent encore saisis par l'argile.

— Maintenant, murmure Manon.

Elle fourre ses mains dans leurs entrailles pour les déchirer.

Plus haut, Étienne crie à tue-tête, s'époumone en vain. Il voit avec horreur la fissure béante s'écarter encore tandis que sa fille fourrage dans ces curieux amas de glaise, extirpe des organes de roche, du bois, du métal, des os également.

Seriane, tombée, ne se relève pas.

Étienne n'a plus le choix. Il s'accroche à un bloc de roche suintant et se suspend dans le vide. Cinq mètres en dessous, les pointes aiguisées des stalagmites l'attendent. La paroi est sournoise, glissante. Il crochète ses doigts dans chaque entaille, chaque microfissure. Les vibrations qui secouent le massif le déséquilibrent. Mais, calant ses pieds comme il le peut, il descend.

Manon peine : la glaise est gluante, les relents pestilentiels. Les vertiges s'amplifient, elle a du mal à respirer. Des pensées angoissantes gravitent dans son esprit. Non pas les peurs mordantes que les Six lui insufflaient, mais des réminiscences plus anciennes : elle voit des mineurs paniqués. Ils ont trouvé une tombe et des ossements. Des artefacts aussi, scellés au plus profond de la terre. En d'autres temps, des hommes étaient venus ici pour enfermer quelque chose. Quelqu'un plutôt : une femme, emmurée vive. Une rebouteuse, une sorcière, une diseuse de bonne aventure.

Manon gémit. Ses forces la quittent.

Étienne est presque en bas, il va toucher le sol, quand elle déchiquette le dernier corps. Elle s'aide d'une pointe de stalactite brisée, plonge et replonge le cône de pierre.

Puis un craquement fracture la terre. La longue colonne dorsale de concrétions se disloque, les éclats de roche pleuvent de la voûte, des portions entières de l'hémicycle s'effondrent.

Dans un ultime artifice, les organes et les veines, la chair et les muscles se retendent un instant. Une silhouette, entre deux mondes, la dévisage.

— Neige…

Puis les corps démembrés des Six disparaissent, emportés par l'éboulement.

Étienne soulève Seriane, attrape la main de Manon et la guide à travers les failles et le sol chancelant. Ils assistent, du bord de la salle, au dernier tremblement qui engloutit ce qui reste de la caverne.

22

Les premières voitures parviennent au village. Les chasseurs en descendent, hagards. Ils s'asseyent par terre, parmi les résidus d'insectes. Les façades sont lézardées, les cheminées écroulées. Le village est dévasté.

Les habitants les accueillent. Les équipes de la fonderie, les pompiers surtout, sont sur le qui-vive : les blessés sont nombreux. La seule bonne nouvelle concerne les quatre garçons qui, dans la nuit, sont brusquement sortis de leur torpeur.

Jeanjean et les autres se font tout petits. Ils se sentent minables. Les exactions de Gus ont été révélées. Son corps a été retrouvé au fond de la crypte, là où il interrogeait ses victimes.

Plus haut sur la route du col, Willy laisse descendre le Dodge. Il est le dernier. Il a tenu à ce que tous passent avant lui. Il voulait conduire, seul. Il sent la fatigue le gagner, ses paupières s'engourdissent. Les feux de la voiture qui le précédait ont depuis longtemps disparu. Cédric, son fils, se remettra-t-il de ses blessures ? La femme de Ralph, ses enfants… Il va devoir affronter les visages haineux des femmes et des enfants de tous ceux qui ne reviendront pas.

Un virage, un renfoncement, puis soudain une bête surgit juste devant lui : une biche peut-être, ou un chevreuil ? L'animal est magnifique. Il tourne brusquement le volant, ses pieds s'égarent, ses mains s'emmêlent, le Dodge patine sur la grande plaque de glace. La vieille glissière se distend, craque, s'arrache à ses ancrages. Willy n'a jamais voulu participer aux orgies souterraines. Comme Ralph, il ricanait pour donner le change. Mais il a laissé faire. Pour la première fois, il se demande vraiment ce que Seriane et les autres parents ont pu ressentir pendant ces six années d'impossible deuil. Pour la première fois aussi, il prend conscience des horreurs que ses amis ont fait subir à ces gamines.

Puis il bascule dans l'éboulis de roches et de glace.

*

L'aube est rougeoyante, le ciel dégagé. L'énorme madeleine de neige au centre du monastère étincelle.

Toute la nuit, Manon a veillé Seriane. Quelque chose les lie désormais. Un amour profond et une affaire ancienne, une histoire de transmission. La jeune fille a posé les mains sur son front, brassé avec assurance des herbes dont Étienne ignore les vertus. Ses yeux ont noirci, des ombres caverneuses sont venues recouvrir ses pupilles. Il n'a pas osé lui demander ce qu'elle faisait. Il sait que, ces derniers mois, Seriane a passé du temps avec elle, lui apprenant les secrets des plantes.

Et, au lever du jour, Seriane vit. Elle ne parle pas encore, mais voit et entend. Elle a serré entre ses doigts les mains d'Étienne et de Manon.

— C'est moi désormais, la guérisseuse, a dit la jeune fille en riant. Puis elle s'est endormie, épuisée.

Devant une fenêtre encore intacte, Caro, Mathieu et Étienne se tiennent côte à côte. Ils contemplent les plaines de neige qui descendent vers le village. Popeye et Romaric sont descendus rejoindre Madeleine au camion. Ils reviendront avec des vivres.

Matéo et les autres n'ont pas pu les suivre. Ils doivent reprendre des forces avant de quitter, enfin, cet endroit maudit.

— Et maintenant, qu'est-ce qu'on fait ? demande Mathieu.

Étienne se tourne vers le col. Il déborde de neige. Caro soupire. Tous trois savent qu'un retour n'est pas envisageable. Ils ne veulent pas laisser grandir leurs filles dans les rancœurs qui rongeront à jamais l'âme du village.

— On peut attendre ici, propose Caro. Après le séisme, ils ne risquent pas d'organiser une nouvelle battue ou de venir nous chercher. On est à l'abri.

— Faudra descendre récupérer quelques affaires, ajoute simplement Mathieu.

Il songe aussi à la fonderie, qui pourrait les accueillir. Quelques temps, du moins.

— Et toi, Étienne, t'en dis quoi ?

— Moi, j'attends Seriane. Je reste avec elle. Il faut aider les mineurs aussi. Quand elle ira mieux, on verra. Il y a des terres, plus au sud, qui sont restées préservées…

Mathieu et Caro se dévisagent.

— Sûr qu'un peu plus de chaleur…

Le soleil jaillit alors de derrière les falaises : une vague de lumière se répand sur les pentes blanches et le givre du matin commence doucement à fondre.

Remerciements

À Anne-Laure, Marius, June et Violette, vous m'avez si vaillamment soutenu dans l'écriture de ce roman, malgré le confinement, le déménagement et l'exode au Maroc, le covid puis le reconfinement…

À Lisa Liautaud, mon éditrice, pour nos échanges, ses précieux retours et le temps passé à clarifier ce qui restait obscur.

À Cécile Rivière, pour ses encouragements si bienvenus et ses opportunes suggestions.

À mes parents et à Alex, pour leur relecture attentive.

À June, encore, qui rêve parfois de me conserver dans un bocal à cornichons…

Et, bien sûr, au canard-lapin, et à son amour des lectures inachevées.

Au Vercors, à sa neige, sa vie foisonnante, ses falaises étincelantes, ses forêts de mélèzes et ses vents sauvages.

Photocomposition PCA

Achevé d'imprimer en mars 2021
par CPI FIRMIN-DIDOT (27650 Mesnil-sur-l'Estrée)
pour le compte des Éditions Calmann-Lévy
21, rue du Montparnasse, 75006 Paris

N° d'éditeur : 5653486/01
N° d'imprimeur : 163154
Dépôt légal : avril 2021
Imprimé en France.